KB055800

판사
이한영

판사 이한영 4

2018년 5월 8일 초판 1쇄 인쇄
2018년 5월 11일 초판 1쇄 발행

지은이 이해날
발행인 이종주

기획 팀 이기헌 왕소현 박경무 이승제
책임 편집 최전경

발행처 (주)로크미디어
출판등록 2003년 3월 24일
주소 서울시 마포구 성암로 330 DMC첨단산업센터 3층 314호
Tel (02)3273-5135 **Fax** (02)3273-5134
홈페이지 rokmedia.com **E-mail** rokmedia@empas.com

ⓒ 이해날, 2018

값 8,000원

ISBN 979-11-294-5184-2 (4권)
ISBN 979-11-294-5170-5 04810 (세트)

이 책의 모든 내용에 대한 편집권은 저자와의 계약에 의해
(주)로크미디어에 있으므로 무단 복제, 수정, 배포 행위를 금합니다.

작가와의 협의에 의해 인지는 생략합니다.
잘못된 책은 구입처에서 바꾸어 드립니다.

이해날 현대 판타지 장편소설

4

판사 이한영

ROK
MEDIA
로크미디어

Contents

Chapter 1   7

Chapter 2   71

Chapter 3   135

Chapter 4   199

Chapter 5   269

Chapter 1

　유세희가 테이블에 놓인 서류 봉투를 가져가기 위해 손을 뻗는 그 순간 이한영이 봉투 끝을 잡고 들어 올려, 그녀의 손은 허공을 집고 말았다.

　그녀의 큰 눈동자가 이한영을 향했다.

　"뭐죠?"

　"하나 더, 해야 할 말이 있습니다."

　그녀가 고개를 끄덕이자 이한영이 말을 잇는다.

　"엄준호 총장을 섭외한 후엔 모든 공을 아버지에게 넘기세요."

　유세희의 이맛살이 찌푸려졌다.

　그녀는 자신이 엄준호 총장을 스카우트했다는 걸 널리 알려 변호사들의 신임을 얻을 생각이었다. 그런데 모든 공을 아버지에게 돌리라니.

그녀의 눈에 의문이 가득 실렸다.

"왜죠?"

이한영이 서류 봉투를 부채 부치듯 펄럭이며 느릿하게 입을 열었다.

"유세희 씨와 나의 관계는 많은 사람들이 알고 있을 겁니다. 그런데 유세희 씨가 엄 총장을 섭외한다면 사람들이 뭐라고 생각할까요? 지금껏 가만히 있던 막내딸이 갑자기 일을 잘한다며 칭찬할까요, 아니면 남자 친구의 도움을 받았다고 비아냥거릴까요?"

유세희는 남자의 액세서리가 될 마음이 전혀 없다.

무대 뒤에 서서 박수를 보내는 내조의 여왕이 아니라 주연이 되고 싶은 사람이다.

이한영이 그녀의 표정을 눈에 담으며 툭 던지듯 말을 내뱉었다.

"남자 친구의 능력에 의존하는 사람이 되고 싶지는 않죠?"

그녀는 생각도 하지 않고 답한다.

"당연하죠."

이한영은 다시 서류 봉투를 내려놓더니 그녀를 향해 쭉 밀었다. 그리고 작은 목소리로 귓가에 속삭이듯 말한다.

"두 마리 토끼를 모두 잡을 수는 없어요. 일단은 아버지에게 인정받는 것. 그거 하나만 생각하죠. 그럼 변호사들의 시선은 자연스레 모일 겁니다. 누구에게? 유세희 씨에게."

유세희가 고개를 끄덕였다.

이한영의 입가에는 미소가 맺혔다.

그녀가 엄준호 검찰총장과 만나는 자리에서 아들의 마약 문제를 거론하는 것은 상관없었다. 엄준호 검찰총장이 자신의 치부를 떠들어 댈 리는 없기 때문이다.

하지만 다음의 일이 문제다.

유세희가 에스 로펌으로 돌아와 "내가 검찰총장과 계약을 성사시켰어요!"라고 떠들어 대면 사람들은 '유세희가 어떻게?'라며 의심할 것이다. 지금껏 그녀가 보여 준 게 없기 때문이다.

그리고 그 의심의 소리는 강신진의 귀에도 들어갈 거다.

하지만 유선철 대표가 직접 움직였다고 하면 그 누구도 의심하지 않는다. 강신진이라 해도 한발 늦었다고만 생각할 거다.

유선철은 그 정도의 정보력과 힘이 있는 사람이기 때문이다.

일은 누가 하느냐에 따라 바라보는 시선이 달라진다.

유세희가 테이블에 놓인 서류 봉투를 손에 들었다.

"어쩌나? 남자 친구라는 말, 듣기 싫지는 않네. 하지만 남자 친구의 등에 업혀 다니는 철부지로 보이고 싶지도 않아요. 이한영 씨 말대로 하죠."

이한영이 눈을 가늘게 만들어 웃었다.

일단 강신진이 걷는 길에 돌덩이 하나를 올려 걸음 속도를 늦췄다.

이제 다음의 일을 해야 한다.

⚖️

며칠 후, 백이석 법원장의 앞에는 임정식 민사 수석 부장
과 강신진 형사 수석 부장이 앉아 있었다.

백이석 법원장이 고심 어린 표정으로 두 수석 부장의 얼굴
을 번갈아 본다.

"두 사람 모두 알고 있을 거야. 징용 피해자들의 소송이
우리 법원으로 왔어."

판결 하나로 국민의 적이 될 수도 있는 재판.

판결 하나로 국민 판사라는 칭호를 얻을 수도 있는 재판.

판사들에겐 부담되는 일이다.

백이석 법원장의 시선이 임정식 민사 수석 부장의 앞에서
멎었다.

"임의 배정이 아니라 지정해야 할 것 같은데, 누가 맡았으
면 좋겠나?"

임정식 수석 부장의 눈앞에 이한영의 얼굴이 스쳤다가 사
라졌다.

하지만 그는 그 이름을 꺼내지 못했다. 바로 옆에 강신진
수석 부장이 있기 때문이다.

괜히 자기 새끼 챙기는 사람으로 인식되면 자신뿐만 아니

라 이한영의 앞날에도 좋지 않다.

임정식 수석 부장이 망설이고 있자 백이석 법원장의 눈동자가 강신진 수석 부장에게 향했다.

"강 수석 부장은 이 일에 적임자가 있다고 생각하나?"

강신진 수석 부장이 기다렸다는 듯 입을 열었다.

"이한영 판사를 추천하고 싶습니다."

뚝 떨어지는 말에 임정식 수석 부장이 놀란 눈으로 강신진 수석 부장을 향했다.

강신진 수석 부장은 단호한 눈빛으로 백이석 법원장을 보며 무거운 입술을 움직인다.

"이한영 판사는 사건에 꽂히면 끝까지 파고든다고 들었습니다. 상대가 시장이라 해도 상관없이 판결을 내리는 사람이라고 알고 있습니다. 여론에 휘둘리지 않고 법에 따라 판결을 내릴 사람은 이한영 판사가 유일하다고 봅니다."

백이석 법원장이 천천히 고개를 끄덕이며 다시 임정식 수석 부장에게 시선을 옮겼다.

"임 수석 부장의 생각은?"

"저도 이한영 판사라면 나쁘지 않다고 생각합니다."

"그럼 이한영이로 하지."

백이석 법원장이 들고 있던 서류를 툭 테이블에 던지자 임정식 수석 부장이 챙겨 들었다.

백이석 법원장이 말을 잇는다.

"임 수석 부장, 단독재판이라 해도 복잡한 사안이야. 이한영이 혼자 하기는 버거울 테니 옆에 배석 하나 붙여 주도록 해."

"알겠습니다."

임정식 수석 부장은 백이석 법원장의 말에 대답하며 슬쩍 강신진 수석 부장의 표정을 살폈다.

뜬금없이 이한영을 추천하다니, 무심한 표정에 어떤 생각이 담겨 있는지 알 수가 없었다.

⚖

"폭탄 하나 맡아라."

"네?"

이한영은 임정식 수석 부장의 방에 있었다.

폭탄을 맡으라는 말에 놀란 눈으로 바라보자 임정식 수석 부장이 두툼한 서류 봉투를 건넨다.

"강제징용 피해자의 재판이야. 들어서 알고 있지?"

"아, 네."

이한영은 서류 봉투를 받아 들며 임정식 수석 부장을 향해 시선을 들었다.

"혹시, 법원장님이 직접 주시는 겁니까?"

임정식 수석 부장이 휘휘 고개를 저었다.

"아니, 강신진 수석 부장이 너를 추천했어."

임정식 수석 부장의 입에서 아침에 있었던 회의 내용이 간략히 전해지자 이한영은 슬며시 미소 지었다.

자신의 의도를 숨긴 채 자연스레 남을 추천하는 강신진 수석 부장의 방법. 확실히 배울 점이 있었다.

"웃어? 부담 안 돼?"

"부담은 됩니다."

"그런데?"

"제가 맡고 싶었습니다."

임정식 수석 부장이 황당한 표정을 지었다.

"심장이 강철로 만들어진 거야, 뭐야?"

농담을 계속하던 임정식 수석 부장이 펜을 빙그르 돌리며 말을 이었다.

"혼자서 힘들 테니 배석 붙여 주라 하셨거든. 윤슬혜 판사 붙여 줄까? 같이해 본 적 있으니까 호흡은 맞을 거 아냐? 필요하면 더 이야기하고."

"윤슬혜 판사도 과하다고 생각합니다. 감사합니다."

임정식 수석 부장이 고개를 끄덕였다.

"사무실에 가 있어. 윤슬혜 판사를 보낼 테니까."

⚖️

강신진 수석 부장은 소파에 눕듯이 앉아 느긋하게 천장을 보고 있었다.

가만히 시간을 보내고 있는 게 아니다. 그의 눈앞에는 싸우며 울부짖고 있는 수많은 사람들의 모습이 있었다.

가만히 천장을 바라보던 그가 고개를 저었다.

"시끄러워. 정말 시끄러워."

그의 입에서 낮은 한숨이 흐를 때, '똑똑똑' 소리와 함께 "김진한 부장입니다."라는 소리가 이어서 들렸다.

강신진 수석 부장이 자세는 그대로 한 채 고개만 돌려 문을 향했다.

"들어와."

문이 삐걱 열리고 김진한 부장이 들어왔다.

"검찰총장과 약속 잡았습니다. 내일 저녁입니다."

"얼굴이 왜 그래?"

김진한 부장의 표정은 신호만 주면 비가 내릴 것처럼 먹구름이 밀려와 있었다.

"그, 그게⋯⋯."

"말해."

김진한 부장이 토해 내듯 빠르게 말한다.

"엄준호 검찰총장이 에스 로펌과 계약한 것 같습니다."

엄준호 검찰총장이 로펌과 계약했다는 것, 조금 의외이기는 하지만 여기까지는 그럴 수도 있는 일이다.

하지만 김진한 부장의 얼굴에 떠오른 표정은 그 이상의 의미를 담고 있었다.

　김진한 부장이 머뭇머뭇 앞으로 다가와 핸드폰을 쑥 내민다.

"보셔야 할 것 같습니다. 지금 나온 속보입니다."

검찰 '마약 투약' 혐의, 엄준호 검찰총장 아들 긴급체포

　동남아에서 구매한 필로폰을 투약한 혐의로 엄준호 검찰총장의 아들 엄 모 씨를 긴급체포……(중략)……검찰에 따르면 엄준호 검찰총장이 직접 정황을 파악하고 수사를 명령한 것으로……(중략)……엄준호 검찰총장은 조사 결과에 따라 법에서 정해진 대로 응당한 처벌을 받아야 한다며…….

　강신진 수석 부장이 고개를 저었다.

"엄준호 총장이 에스 로펌과 계약했다고?"

"네."

"아들의 변호는 거기서 담당하겠네?"

"네. 유선철 대표가 직접 움직인 모양입니다."

"조용히 살겠다던 엄준호를 이런 식으로 손에 쥐다니, 노인네가 한발 빨랐어."

　그들의 생각과 달리 유세희가 움직인 거지만, 철없다고 소문난 막내딸이 했을 거라곤 아무도 상상하지 못했다.

　강신진 수석 부장이 핸드폰을 건네자 김진한 부장이 고민으로 가득한 얼굴로 묻는다.

"어떻게 할까요?"

"약속 취소해. 준비 없이 나가면 실없는 사람만 될 뿐이야. 시간을 두고 다른 계획을 생각해 보지."

강신진 수석 부장은 다시 느긋이 소파에 기대 천장을 바라봤다.

검찰총장을 떠밀어 법무부 장관과 싸움을 붙이려 했지만 그 계획은 어긋나 버렸다.

하지만 강신진은 느긋한 사람이다. 계획이 틀어졌다고 원통해하며 화를 내지 않는다.

아쉬움 없이, 곧바로 다른 계획을 머릿속에 세우고 있었다.

⚖

그 시각, 에스 로펌 대표이사실.

유선철 대표의 앞엔 유세희가 앉아 있었다.

"잘했어."

유선철 대표는 큰 목소리로 칭찬했지만 유세희는 아무렇지도 않은 표정으로 고개만 살짝 끄덕인다.

"어렵지 않은 일이었어요."

유선철 대표가 그녀의 옆으로 다가와 어깨를 툭툭 친다.

"이한영이가 가르쳐 줬다고?"

"네."

"이한영이가 공을 나에게 넘기라 했다고?"

"네."

"볼수록 마음에 드는 놈이야. 세상을 보는 눈이 있어. 잘 만나서 네 사람으로 만들도록 해."

"네."

유선철 대표가 유세희를 보며 빙긋 웃었다.

그가 볼 때 유세희의 그릇은 이한영과 비교하면 한없이 작다.

하지만 그런 큰 그릇을 들고 닦아 쓰는 게 여자다.

유세희라면 이한영을 손에 쥘 거라고 생각했다.

그때 '똑똑똑' 소리와 함께 문이 열리더니 검은 양복을 입은 사내들이 큰 서류 가방을 들고 대표이사실로 들어왔다.

사내들은 유선철 대표가 직접 지휘하는 직속 변호사들이다.

저들이 있을 땐 오빠 유진광이든 언니 유하나든, 모두 대표이사실을 떠나야 한다.

유세희가 자리에서 일어나려 하자 유선철 대표가 고개를 젓는다.

"듣고 배워. 너도 이제 큰일을 맡아 봐야지."

유세희의 눈이 반짝였다.

엄준호 총장으로 인해 칭찬받을 땐 표정의 변화가 없었지만 지금은 웃음을 참느라 입술이 씰룩이고 있다. 아버지에게 드디어 인정받고 있다는 것이 확실히 와닿기 때문이다.

결국 유세희는 참고 있던 미소를 내보이고 말았다.

그녀가 밝게 웃으며 고개를 끄덕였다.

"네."

대표이사실엔 변호사들의 뚜벅거리는 소리만 들렸다.

변호사 스무 명이 회의 테이블에 앉았지만, 유세희는 여전히 소파에 있었다.

유선철 대표가 회의 테이블의 가장 상석에 앉자 적막한 분위기가 넓은 대표이사실을 찍어 누르기 시작한다.

유선철 대표가 고개를 끄덕이며 변호사들을 쭉 훑는다.

노인의 밝은 눈이 얼굴에 닿았을 때 가장 옆에 앉은 변호사가 무거운 분위기를 뚫고 입을 열었다.

"제국 제강 사건입니다. 소송인의 평균연령이 90세를 훌쩍 넘었습니다."

"그래서?"

"병원에 알아봤더니 연세도 있고 많은 지병을 안고 있어 1년을 버티기 힘들 거라고 합니다."

"전부?"

"네."

"그래서?"

"상속인도 존재하지 않습니다."

유선철 대표의 입꼬리가 말려 올라갔다.

"굳이 법정에서 싸울 필요도 없는 사건이라는 건가?"

"네."

"재판 직전에 변호인 사임서 넣어."

"네."

"시간 끌어, 뒈질 때까지."

"네."

"담당 판사는 누구지?"

"이한영이라고 합니다."

유선철 대표의 입에 활짝 미소가 걸렸다.

그의 시선이 천천히 유세희에게 향한다.

"세희야, 이한영이 한번 만나도록 해."

그들에게 역사의 아픔은 없다. 오로지 돈이 되는지 아닌지가 전부다.

역사의 슬픔은 과거일 뿐, 돈이 되지 않는다면 기억할 가치도 없는 일이다.

그리고 그 아버지에 그 딸이다.

유세희가 밝게 웃으며 고개를 끄덕인다.

⚖

사무실의 문이 열리고 서류 박스가 가득 담긴 카트가 끊이지 않고 미끄러져 들어온다.

박스에 담긴 기록물은 모두 강제징용에 관한 것이었다.

테이블에 산처럼 쌓이는 기록물은 생각 없이 읽어도 수일은 걸릴 것처럼 보인다.

커피를 마시던 김윤혁이 기록물을 툭툭 건들며 이한영에게 시선을 옮겼다.

"고생 좀 하겠어."

"응. 생각보다 많네."

김윤혁의 눈동자가 이번엔 테이블에 앉아 있는 윤슬혜 판사에게 향했다.

"윤 판사도 고생해. 난 소리 나는 거 신경 안 쓰니까 떠들어도 괜찮아."

"아, 감사합니다."

윤슬혜 판사가 고개를 꾸벅 숙였다.

그들이 대화하는 와중에도 기록물은 착착 쌓이고 있었다.

윤슬혜 판사가 서류 하나를 손에 집어 넘겼다.

"에스 로펌이 피고 측 대리인이죠? 제국 제강에서 얼마를 받았을까요? 많이 받았겠죠?"

"그렇겠지?"

이한영이 가볍게 답하며 책상에서 벗어나 테이블로 향했다.

그녀는 계속 말을 잇는다.

"피해자 다섯 분이 각각 1억씩 청구했잖아요. 에스 로펌에 의뢰할 돈을 이분들께 드리는 게 더 안 들 텐데. 이해가 안 돼요."

"재판도 없이 보상금을 지급한다는 것은 스스로 잘못을 인정하는 거야. 지금껏 잘못이 없다고 주장해 왔는데 갑자기 자기들의 치부를 인정할 수 있겠어?"

윤슬혜 판사가 한숨을 내쉬며 고개를 저었다.

"그런데 제국 제강보다 에스 로펌이 더 얄미운 거 알아요? 한국의 대표 로펌이라는 곳이 전범 기업을 대변하고 나섰잖아요."

그녀는 일제강점기의 친일파가 에스 로펌 같았을 거라고 생각되나 보다.

이한영이 그녀의 앞에 앉았다.

"법률상 에스 로펌이 제국 제강 변론을 맡은 게 문제 있어?"

"아뇨."

"그럼 법만 봐."

"네."

"이제 시작하자. 난 피고 측을 맡을 테니까, 윤슬혜 판사는 원고 측을 정리해 줘."

두 사람은 기록물을 손에 들고 하나하나 읽으며 중요한 부분에는 밑줄을 긋고 포스트잇에 쟁점을 정리하기 시작했다.

그때 이한영의 핸드폰이 진동을 울렸다. 석정호다.

복도로 나가며 전화를 귀에 댔다.

"어, 정호야. 또 얼마 올랐어?"

주식장 마감 시간인 오후 3시 30분이 되면 알람처럼 정호에게서 전화가 온다. 그리고 언제나 흥분한 목소리로 외친다.

—7억 찍었어!

"가지고 있어."

여기까지가 매일 반복되는 대화의 패턴.

그런데 오늘은 좀 이상했다.

평소 가지고 있으라는 말을 하면 죽어 가는 한숨 소리를 내던 석정혼데, 오늘은 다르다. 우물쭈물하는 게 느껴진다.

"왜? 무슨 일 있어?"

—한영아, 내가 생각해 봤는데, 이쪽 공부 제대로 한번 해 볼까?

철없는 소리를 하고 있다.

"엉뚱한 소리 마."

지금은 이한영의 전생 지식을 바탕으로 때려 맞혔을 뿐이다. 앞으로도 이렇게 되리라는 보장은 절대 없다.

—아니, 내가 막 주식으로 돈을 크게 번다는 게 아니라 며칠 해 보니까 사회 공부도 돼서 그래. 스포츠 기사만 검색해서 읽던 내가 경제 뉴스도 보고 있어. 내가 배운 것도, 가진 것도 없는데…….

이한영의 머릿속에 한 사람의 얼굴이 떠올랐다.

지난번, 석정호가 주식 공부를 한다고 했을 때부터 머릿속에 넣고 있던 인물이다.

"제대로 배울 생각 있어?"

—응, 있어.

"중간에 포기하지 않고?"

ㅡ어? 어.

머리가 팽팽 돌아가지 않아서 그렇지, 곰 같은 우직함이야 믿을 수 있다.

동굴에 들어가서 마늘과 쑥으로 백 일을 버티라 해도 버틸 놈이다.

이한영은 손목을 들어 시간을 확인했다.

"오늘 밤에 강남역으로 나와. 옷은 정장을 입었으면 좋겠네."

ㅡ강남역?

"집 주변에, 지하에 방 하나 얻어 놓고."

이한영은 석정호와의 통화를 끊었다.

전생에서 이한영은 돈 걱정을 해 본 적이 없다. 아내가 거대 로펌의 막내딸인데 걱정하는 게 이상한 것이다.

그래서 돈을 어떻게 굴려야 하는지도 모른다.

미래의 지식을 알고 있지만, 솔직히 앞이 깜깜했던 게 사실이다.

이럴 때 필요한 것은 투자 전문가다. 그 역할에 제격인 인물이 있다.

⚖️

"아으, 봄이 온다더니만 춥네."

"그렇게 입고 있으니까 춥지."

"네가 정장 입고 오라며. 내가 정장이 이것밖에 없잖아, 흐흐."

석정호는 봄가을에 입는 얇은 검은색 정장을 입고 있었다.

추운지 몸을 웅크리고 주변을 둘러보며 말을 잇는다.

"그런데 누굴 만나려고 그래?"

두 사람은 강남역 주변에 서 있었다.

발 디딜 틈도 없을 정도로 많은 사람들 속에서 이한영이 입을 연다.

"사기꾼이 될 사람."

사기꾼도 아니고 사기꾼 될 사람이라니.

석정호가 고개를 갸웃거릴 때, 이한영이 손가락으로 한 곳을 가리켰다.

석정호의 시선은 자연스레 그의 손가락이 가리키는 곳을 향해 움직였다.

커피숍, 창가에 앉은 남자가 보인다.

파란 점퍼를 입고 있지만 퉁퉁하니 뺀질뺀질하게 생긴 인상이다.

"저 남자?"

이한영이 고개를 끄덕였다.

"응, 파란 점퍼. 지금부터 네가 할 일은……."

노트북을 두들기며 히죽이던 남자는 누군가가 어깨를 콕콕 찌르는 걸 느꼈다.

고개를 돌려 보자 심장이 덜컥 내려앉을 정도로 거대한 덩치가 보인다. 거기에 검은 양복까지 입고 있으니 끔찍하게 느껴졌다.

"왜, 왜요? 무슨 일 있어요?"

"이순호 맞지? 닉네임, 프린스."

거대한 덩치가 이름과 온라인에서 사용하는 닉네임까지 말하자 이순호라 불린 남자는 더욱 겁먹기 시작했다.

"누, 누구시죠?"

거대한 덩치는 석정호다.

그가 이순호 옆의 의자를 쭉 빼더니 여유롭게 앉았다. 그리고 이순호의 어깨를 툭툭 치며 말했다.

"뭐 쓰고 있었어?"

이순호가 화들짝 노트북을 덮으려 했다.

하지만 석정호가 그의 손을 제지한다.

"두 번 말하게 할래? 뭐 쓰고 있었어?"

"죄송합니다."

"사람들 많은 곳에서 혼나고 싶지 않지? 따라와."

석정호가 자리에서 일어나 앞으로 성큼성큼 걸어갔다.

이순호는 고개를 푹 숙인 채 그의 뒤를 쫄래쫄래 쫓는다.

멀찍이 떨어져 그 모습을 지켜보던 이한영은 피식 웃었다.

"둔하게 생겨선 연기 좀 하네."

"뭘 잘못했는진 알지?"
석정호와 이순호는 한적한 커피숍으로 이동해 있었다.
이순호가 두려움으로 가득한 눈으로 석정호를 바라본다.
석정호가 두꺼운 주먹으로 테이블을 '쾅!' 하고 쳤다.
"대답 안 해?"
"……사람들을 모아 투자금을 걷었어요."
"얼마 모았어?"
"1억 3천요."
"유사 수신 행위가 2년 이하 징역이라는 건 알지?"
유사 수신 행위란 허가를 받지 않고 불특정 다수에게 자금
을 받는 행위를 말한다.
이순호가 고개를 끄덕끄덕할 때, 석정호가 낮은 목소리로
입을 열었다.
"몇 명한테 받았어?"
"열셋요. 천만 원씩."
"지금 당장 이자 쳐서 돌려줘."
이순호가 떨리는 목소리를 감추지 못하며 묻는다.
"그, 그럼 봐주실 거예요?"
"봐서."
고압적인 태도.

이순호는 석정호가 경찰 같은 쪽이라고 생각했다. 경찰이 아니고서야 이런 행동을 할 리가 없기 때문이다.

그가 재빨리 핸드폰을 들어 토토톡, 손가락을 움직이기 시작했다.

이한영은 멀찍이 떨어져 앉아 그들을 보고 있었다.

이순호는 몇 년 후 수백억대의 사기로 대한민국을 들썩이게 하는 놈이다.

처음에는 인터넷 투자 게시판에서 이름 좀 날리는 정도였지만 실력이 알려지면서 사람들이 모이기 시작했고, 놈은 빠른 속도로 돈을 벌기 시작했다.

그의 실력만큼은 진짜였던 것이다.

하지만 인간의 욕심은 끝이 없는 법.

욕망에 넘어간 이순호는 크게 한탕 하기 위해 유령 회사를 설립하고 있지도 않은 금 투자와 장외 주식 거래 등으로 사람들을 현혹하다가 검찰에 잡히고 만다.

하지만 이젠 그런 미래는 없을 거다.

그때 이순호가 고개를 들어 석정호를 향했다.

"다 했어요."

"그래? 그럼 부탁 하나만 하자."

"부탁요?"

"내게 투자 좀 가르쳐라. 경제적인 걸 전반적으로 알려 줬으면 좋겠는데."

"……투자요?"

이순호가 눈동자를 데구루루 굴리며 석정호를 살폈다.

정신을 차리고 보니, 형사랑은 거리가 멀다.

"누구세요?"

"백수."

이순호가 황당한 얼굴로 고개를 저었다.

"하, 씨발. 이제 개나 소나 와서 지랄이네. 일없어요."

"그럼 이건?"

석정호가 탁, 녹음기를 테이블에 내려놓았다.

이순호의 눈동자가 녹음기로 향할 때, 석정호가 빠르게 입을 연다.

"네 음성 녹음한 거. 이건 무섭나? 죄를 시인했잖아?"

"이봐요, 그쪽은 몸 쓰는 사람이지만 난 머리 쓰는 사람이야. 피해 입지도 않은 새끼가 녹음해서 뭘 어쩔 건데? 그런 건 증거로도 못 써, 병신아."

"나도 피해자야."

석정호가 핸드폰을 들어 올렸다.

1천만 원이 입금되었다는 문자가 보인다.

"네가 방금 넣은 돈인데, 너 이자 안 넣었더라? 계속 나한테 병신, 병신 욕할래?"

"아뇨. 하지만 돈 다 돌려줬으니까 끝난 거 아녜요?"

이순호가 다시 눈동자를 굴리기 시작했다.

하지만 그의 생각은 이어지지 못했다. 석정호의 큰 손이 그의 팔을 강하게 잡았기 때문이다.

우악스러운 악력에 이순호가 미간을 찌푸리자 석정호가 빙긋이 웃는다.

"술이나 한잔 먹으러 가자. 내가 족발 살게."

이순호는 도망치고 싶었지만 팔이 잡혀 있으니 이러지도 저러지도 못하고 끌려갈 수밖에 없었다.

석정호가 커피숍에서 나와 뼈를 스미는 바람을 가로질러 걸으며 이순호에게 말했다.

"지금부터 너는 조국을 위해 일하게 될 거다."

"조국?"

"그래, 인마. 내가 널 어떻게 찾았겠냐?"

이순호의 눈이 번쩍였다.

생각해 보니 모든 게 이상했다.

인터넷 게시판에서 행동했기에 그의 얼굴과 이름을 알고 있는 사람은 없다. 하지만 이 남자는 자신의 얼굴과 이름을 정확히 알고 있었다.

게다가 예사롭지 않은 덩치.

조선 시대에 태어났다면 장군이 되었을 몸이다.

그뿐만 아니라 녹음에 대비하며 사전에 투자까지 해 둔 치밀함.

이순호가 침을 꿀꺽 삼키며 입을 열었다.

"혹시 국······정원?"

석정호가 고개를 비틀었다.

"국정원보다 높지 않나? 아닌가? 그건 모르겠네."

"그보다 높으면······."

"됐고. 넌 도망치면 바로 잡혀. 알았어?"

그들이 사라지는 모습을 지켜보며 이한영은 피식 웃었다.

이순호는 천천히 길들이면 된다. 녀석을 통해 적과 싸울 실탄을 준비한다.

이순호는 천천히 접근하기로 하고, 이제 다음 일을 할 시간이다.

이한영은 진동을 울리는 핸드폰을 꺼내 귀에 댔다.

"네, 유세희 씨."

—퇴근하셨나요? 뵙고 싶은데요.

⚖️

이한영은 유세희와 지난번 만났던 재즈 바에 앉아 있었다.

그녀가 짙은 검은 눈동자로 바라본다.

"강제징용 재판, 이한영 씨 담당이라면서요?"

"네. 에스 로펌이 피고 측 대리인이라고 들었습니다."

"이한영 씨도 우리가 나쁘다고 보나요? 매국 로펌이라고?"

"법에는 어긋나지 않는다고 봅니다."

유세희가 온더록스 잔을 가볍게 흔들며 말을 이었다.

"아버지가 이 재판에 신경 쓰고 계세요."

이한영이 손을 올렸다.

"재판에 관한 이야기는 그만하고 싶은데요."

유세희가 조용히 웃는다.

"청탁이 아니에요. 이 재판에는 우리나라의 아픈 역사가 담겨 있어요. 그러니까, 제대로 해 주셨으면 해요. 우리는 비록 매국 로펌이라는 말을 듣고 있지만 감성이 아닌 논리로 세상을 보기 위해 노력할 겁니다. 그러니까 이한영 판사님도 신중하게 해 주셨으면 좋겠어요."

말을 마친 그녀가 잔을 들어 올렸다.

'신중?'

어찌 들으면 감성적으로 되지 말고 논리적으로 접근하자는 말로 느껴질 수도 있다.

하지만 대놓고 시간을 끌겠다는 말.

그러니까 이한영도 협조해 줬으면 한다는 거다.

이한영은 잠시 전생을 통해 이 재판을 돌이켜 봤다.

에스 로펌은 피해자들이 모두 세상을 떠날 때까지 재판을 질질질 끌었다.

피해자분들이 어떤 마음으로 세상을 떠나는지는 관심도 없었다.

그들은 오로지 승리에만 굶주린 하이에나일 뿐이었다.

이한영의 눈동자가 유세희에게 향했다.

그녀는 가증스럽게 웃고 있었다.

"유세희 씨, 재판은 내가 합니다."

어떤 협조도 하지 않겠다는 강한 어조.

"네?"

흔들리는 그녀의 눈동자를 보며 이한영이 잔을 들어 내밀며 말을 잇는다.

"그리고 아버지의 말이 아니라 제 말을 따라야 원하는 자리에 더 가까워질 겁니다."

"내가 원하는 자리에 앉으려면 이한영 씨의 말을 따라야 한다?"

이한영은 찌푸려진 유세희의 눈빛을 마주 보며 고개를 끄덕였다.

"어렵게 생각할 필요 없잖아요? 아버지가 만든 판에서 뛰어놀아 봤자 부처님 손바닥 안입니다. 기적적인 일을 해낸다 해도 아버지의 예상을 넘어서긴 힘들죠. 그렇게 해서는 언니 오빠를 따라잡을 수 없어요."

언니, 오빠라는 말에 유세희의 입꼬리가 대각선으로 휘었지만 이한영은 상관하지 않고 묵직한 목소리로 말을 잇는다.

"손바닥에서 내려오세요."

그녀가 살래살래 고개를 저었다.

"내려와서요? 뭘 할 수 있죠?"

"이번 재판, 상대측이 이길 수 있도록 도우세요."

유세희는 찌푸린 눈을 펴지 않고 이한영의 눈빛을 바라봤다.

분명 자신감은 넘친다. 하지만 유세희에겐 세상 물정 모르는 만용으로만 보인다.

"이한영 씨, 기분 나쁠 충고를 해도 될까요?"

"따가운 말은 몸에 좋은 법이죠."

"이한영 씨와 똑같은 눈, 많이 봤어요. 초임 판사나 검사, 미숙한 신규 변호사가 그런 눈을 하고 있지요. 그 사람들의 처음과 끝은 모두 똑같았어요. 강렬한 신념이 있었지만 결국 권력 앞에 무릎 꿇었죠. 그리고 어느 순간 자신이 욕했던 사람들과 똑같은 길을 걸어가고 있었어요."

이한영이 픽 웃었다.

"제가 강렬한 신념으로 세상과 싸우는 철부지로 보이나요?"

"그게 아니라면 이번 재판, 우리 회사에 도움을 주세요. 이한영 씨는 우리 아버질 모르고 있어요."

이한영이 탁 소리가 날 정도로 강하게 온더록스 잔을 테이블에 내려놓았다. 그리고 눈동자만 올려 유세희를 바라본다.

유선철 대표를 모른다니, 웃기는 소리를 하고 있다.

누구보다 추악한 노인네.

오로지 자신의 욕망을 위해 법을 악용했던 쓰레기.

아주 잘 알고 있다.

그 눈빛이 사나웠는지 유세희가 움찔거릴 때, 이한영이 잔에서 천천히 손을 떼며 느릿하게 입을 열었다.

"뭔가 오해하는 것 같네요. 난 유선철 대표님과 싸우겠다고 말한 적 없어요. 유세희 씨를 원하는 자리에 앉혀 주고 싶다고 했을 뿐이에요."

이한영의 강렬한 눈빛에 유세희는 자신도 모르게 고개를 끄덕였다.

"좋아요. 그런데 이 재판에서 우리 회사가 패한다고 해서 나한테 돌아올 이득이 어디 있죠?"

이한영이 조용히 미소를 그렸다.

"그럼 제가 알고 있는 걸 말해 보죠. 제국 제강은 우리나라 중견 기업을 합병할 계획이 있습니다."

돈이 쏟아질 일이다.

돈 냄새를 맡은 에스 로펌은 합병 과정에서 법률 자문을 하고 싶어 했다. 그래서 욕먹을 각오를 하고 이번 강제징용 보상금 재판을 맡았다.

이한영이 계속 말했다.

"이번 재판은 제국 제강과 에스 로펌의 관계를 돈독히 하는 교두보가 되겠네요?"

유세희의 눈이 동그랗게 커졌다.

에스 로펌에서도 소수만 알고 있는 이야기이기 때문이다.

"이, 이한영 씨? 그걸 어떻게?"

전생을 살았기 때문에 알고 있는 사실이다.

하지만 그 사실을 모르는 유세희에게는 놀라울 뿐이었다.

이한영이 모든 걸 알고 있다는 눈빛으로 빙긋이 웃으며 말을 이었다.

"그러니까, 이번 강제징용 재판, 에스 로펌이 패소하도록 도우세요. 대표님이 심혈을 기울여 만든 교두보가 와르르 무너지게 만드세요."

"그, 그래서요?"

"무너진 진지에서 공을 세워라. 사카모토 료마."

그녀의 눈동자가 자리를 잡지 못하고 흔들린다. 머릿속으로 어느 쪽이 이득이 될지 셈을 하는 거다.

이한영이 그녀의 앞으로 바짝 끌어당겨 앉으며 속삭였다.

"제국 제강이 에스 로펌과 일하지 않겠다고 선언할 때 유세희 씨가 관계 회복을 시키면?"

유세희의 눈에 욕망이 확 담겼다.

이한영이 그녀의 귓가에 쐐기를 박는다.

"영웅은 난세에 난다고 했습니다. 유세희 씨가 영웅이 되는 순간, 그 시나리오는 제가 쓰고 싶은데요."

유세희의 눈동자가 천천히 이한영에게 옮겨 갔다.

이한영이 어깨를 으쓱해 보인다.

"오빠나 언니가 아무것도 못하는 위기의 순간에 일을 해결하면 유세희 씨의 회사 내 서열은 어떻게 될까요?"

유세희가 고개를 끄덕인다.

그녀의 눈빛은 이미 결심을 끝마친 상태다.

"이번 재판에서 우리는 시간을 끌 거예요."

"시간?"

"네. 강제징용을 당했던 분들에게 남은 날은 고작 1년이라고 들었어요. 그 시간만 버티면 되죠. 처음에는 별 이유 없이 기일 연기 신청을 할 거고…….."

한 번 정도는 기일을 연기해 주는 편이다.

하지만 두 번, 세 번 미루려면 타당한 사유가 필요하다.

그녀가 말을 잇는다.

"재판 직전 변호사들이 사임할 거예요."

기존 변호사가 사임하고 새로운 변호사가 들어오면, 관련 자료를 살펴봐야 한다는 핑계로 또 기일 변경을 신청할 수 있다.

즉, 재판을 질질 끌겠다는 명백한 의도다.

"아버지는 이한영 씨가 트집 잡지 말고 허가해 줄 것을 바라고 있어요. 신청의 허가는 모두 판사의 재량이니까요."

"다른 건?"

"아직은 여기까지예요."

이한영이 툭툭, 손가락으로 테이블을 두들기며 조용히 전생을 떠올려 봤다.

에스 로펌은 의사의 말을 듣고 징용 피해자들이 1년밖에 살지 못한다고 단정했지만, 그분들은 더 오랜 시간 세상에 남았고 그만큼 싸움은 길어진다.

그러나 그렇다고 해서 그분들이 이기는 것도 아니다.

결국 그분들은 대법원의 결정을 듣기 전에 세상을 떠났다.

테이블을 두들기던 이한영의 손가락이 툭 멈췄다.

빨리 끝을 봐야 한다.

슬픈 역사를 겪어 온 그분들이다. 마지막까지 슬프게 할 수는 없었다.

이한영이 생각을 정리한 후, 테이블을 짚으며 일어섰다.

"그럼 이만 가죠. 이 재판의 승패가 속도에 달려 있다는 것을 안 이상 다시 들어가서 기록물을 읽어 봐야겠네요."

유세희가 손바닥만 한 검은색 백을 들고 일어설 때, 이한영이 그녀의 옆에 섰다.

"유선철 대표님께는 제가 잘 협조하기로 했다고 말씀드리세요. 나머지 변명은 생각해 두겠습니다."

"그렇게 할게요."

대답한 그녀가 테이블을 빠져나가기 위해 몸을 돌리는 순간, 이한영의 거친 손이 그녀의 손을 확 잡는다.

갑작스러운 행동에 깜짝 놀란 그녀가 고개를 틀어 큰 눈으로 이한영을 향했다.

이한영은 조용한 미소를 그리고 있을 뿐이었다.

"가시죠."

"저, 저기, 이한영 씨?"

"오늘은 손만 잡읍시다."

"네?"

이한영은 그녀의 손을 움켜잡은 채 성큼성큼 걸어 나갔다.

그의 손에 이끌려 가는 유세희의 뺨이 붉어진다.

지금까지 남자의 손을 잡아 보지 못한 것도 아닌데, 이한
영의 두꺼운 손에 자신도 모르게 의지하고 있다.

⚖️

종이 넘기는 소리만 사락거리며 들려왔다.

시간은 밤 12시를 훌쩍 넘어가고 있었지만 김윤혁은 아직
사무실에 남아 있었다.

그의 표정이 좋지 않다.

평소와 달리 웃음기 있는 얼굴이 아니라 마치 도깨비같이
일그러져 있다.

종이를 한 장 더 넘긴 순간 쾅, 양손으로 책상을 내리찍는다.
그러더니 고개를 좌우로 저으며 관자놀이를 꾹꾹 누른다.

김윤혁의 분에 가득 찬 눈빛은 테이블에 산처럼 쌓인 기록
물에 닿아 있었다.

"강신진 수석 부장이 이한영을 추천했다고?"

김윤혁의 입가에 어이없다는 실소가 걸렸다.

그는 일류 대학을 졸업했으며 연수원을 차석으로 수료했

다. 스펙상 무엇 하나 빠지는 게 없다.

비록 충남에서 향판을 하긴 했지만 이는 어디까지나 태산같이 거대한 강신진 수석 부장에게 인정받고 싶은 마음에 김윤혁이 그의 지시를 따랐기 때문이지, 달리 문제가 있어서가 아니었다.

하지만 오히려 이한영이 인정받고 있다.

강신진이 이런저런 말을 하진 않지만 이한영을 가까이 두려 한다는 것은 바보라도 알 수 있었다.

"그놈이 뭘 했다고? 묻지도 않고 충남에 내려간 건 나야!"

실핏줄이 죽죽 그어진 김윤혁의 시선이 휙, 이한영의 책상으로 이동했다.

"망쳐 버려?"

김윤혁의 볼이 실룩거린다.

"이놈의 자료를 에스 로펌에 넘겨 버려?"

에스 로펌은 대한민국 최고 로펌 중 하나다.

그들은 법을 유리하게 해석할 힘이 있으니, 거기에 이한영의 생각까지 넘겨 버리면 누구도 반박할 수 없는 논리를 만들어 낼 거다.

김윤혁의 입가에 시린 미소가 떠올랐다.

'그럼 이한영은 강제징용된 노인들을 병신 취급하고 제국 제강의 손을 들어 줄 수밖에 없겠지?'

비난의 화살을 온몸으로 받아 내는 이한영이 보이는 것만 같다. 상상만 해도 즐거웠다.

    김윤혁이 벌떡 자리에서 일어서더니 이한영의 책상으로
빠르게 걸어가 서랍을 뒤진다.

    그러다 다이어리를 꺼내서 펼치고 이 사건과 관련된 요약
이 있는지 찾기 시작했다.

    "없어?"

    그의 손이 더 빠르게 책상을 더듬었다. 원하는 것은 보이
지 않는다.

    그러다가 마지막 서랍에 닿았다.

    콱! 콱! 당겨 봤지만 열리지 않는다.

    다른 서랍은 모두 열어 두고 이 서랍만 잠가 둔 이유.

    원래 잠긴 서랍이 더 궁금한 법이다.

    '도대체 뭘 숨긴 거야!'

    그는 열쇠를 찾기 위해 책상 위를 눈으로 살폈다.

    '이놈이 사무실 열쇠를 집으로 가져갈 성격은 아닌데?'

    사무실을 더듬던 그의 눈동자가 책장에 멈췄다.

    책장에 놓인 열쇠가 보인다.

    '병신 새끼.'

    김윤혁이 몸을 돌려 책장으로 향했다.

    그때 뚜벅뚜벅 발소리가 들린다.

    김윤혁의 시선이 홱, 문으로 이동했다.

    구두 소리는 가까워지고 있다.

    '젠장!'

김윤혁이 서둘러 다시 자리에 앉는 순간 삐걱, 문이 열렸다.

들어온 사람은 이한영이었다.

"아직 퇴근 안 했네?"

이한영의 말에 김윤혁이 고개를 끄덕였다.

그의 표정은 방금과 다르다. 도깨비 같던 인상은 사라졌고, 피곤함에 찌든 얼굴로 환히 웃고 있다.

"넌? 다시 들어온 거야?"

이한영이 테이블에 놓인 기록물을 툭 치며 대답했다.

"응. 기록물이 이렇게 있으니까 집에 있어도 마음이 안 편하네."

"그래도 좀 쉬지."

"조금만 있다가 들어갈 거야. 너는?"

김윤혁이 빙긋이 웃으며 어깨를 으쓱인다.

"난 이제 가 봐야지."

김윤혁은 자리에서 일어나 가방을 챙기기 시작했다.

그리고 이내 사무실을 빠져나가기 위해 문 앞에 섰다.

김윤혁이 이한영을 보며 빙긋이 웃는다.

"그럼 고생해."

김윤혁이 떠나며 탁 하고 문이 닫히자, 이한영은 책상의 연필꽂이에서 볼펜 하나를 꺼내 손가락으로 한 바퀴 돌렸다.

손 위에서 빙그르르 돌던 볼펜이 뚝 움직임을 멎는다.

잠시 볼펜을 바라보던 이한영은 볼펜의 중앙 분리부를 돌렸다. 그러자 속에서 USB가 나왔다.

　요즘 몰래카메라는 참 잘 나온다. 100만 원도 하지 않는 금액으로 상대에게 의심받지 않고 자연스럽게 촬영할 수 있다.

　'내가 너랑 같은 방을 쓰면서 가만히 있을 수는 없잖아?'

　이한영은 컴퓨터에 USB를 꽂았다.

　책상에 앉아 있는 김윤혁의 얼굴이 보인다.

　-강신진 수석 부장이 이한영을 추천했다고?

　-그놈이 뭘 했다고? 묻지도 않고 충남에 내려간 건 나야!

　-망쳐 버려?

　그가 이한영의 자리로 오면서 더 이상 모습은 보이지 않았다. 하지만 그 뒤로도 뭔가를 뒤지는 소리가 요란하게 들렸다.

　그리고 이한영이 사무실로 들어오며 상황은 마무리되었다.

　모니터를 바라보던 이한영이 자리에서 일어나 책장에 있는 서랍 열쇠를 손에 들었다. 그리고 김윤혁이 열려고 하다가 실패한 책상을 열었다.

　드르륵 소리가 들리며 서랍의 안쪽이 보인다.

　그곳엔 아무것도 없었다.

　이한영이 빈 서랍을 툭툭 두들기며 깊은 생각에 빠졌다.

　'이용할 수 있을 것 같은데…….'

며칠 후.

복도를 걷는 이한영의 옆으로 윤슬혜 판사가 빠르게 붙었다.

"에스 로펌에서 기일 변경을 신청했다면서요?"

"응."

"받아 주실 거예요?"

이한영은 묘하게 웃을 뿐이다.

이한영의 표정을 살피며 윤슬혜 판사가 조심스레 입을 연다.

"딱 봐도 시간 끄는 거잖아요. 이러다가 변호사 사임, 선임 몇 번 하고…….."

"읽어 봐."

이한영이 핸드폰을 윤슬혜 판사의 눈앞으로 쑥 들이밀었다.

깜짝 놀란 그녀가 고개를 틀어 이한영을 향한다.

"뭐예요?"

"기사."

건조한 목소리를 들으며 그녀는 기사를 훑었다.

시간 끌기 절대 안 돼. 서울 중앙 지법 백이석 법원장 호통

강제징용 피해자의 소송과 관련해 소송대리를 맡은 에스 로펌
이 변론 기일 연장 신청을 한 것으로 알려졌다. 이에 백이석 법원장
은 빤히 보이는 꼼수라며……(중략)……백이석 법원장은 피해자들

의 연세가 많고 시간을 끌 사안이 절대 아니라며 최우선순위로 두고 속전속결로 끝내야 한다고……(중략)……일각에서는 법원장의 이런 발언이 판사의 판결에 영향을 미치는 것은 아니냐며 우려를 표하고 있다. 이번 1심은 서울 중앙 지방법원 이한영 판사가…….

⚖

쾅! 유선철 대표의 꽉 쥔 주먹이 책상을 내리찍었다.

"백이석!"

꽉 다문 입에선 씹어 먹듯 분노가 새어 나왔다.

유선철 대표에게 백이석 법원장은 젊은 시절부터 악연이었다.

그는 무엇 하나 협조한 적이 없다. 돈도 없는 거지새끼가 법복을 두르고 청렴한 척한다.

생각만 해도 짜증이 났다.

"그런데 또!"

유선철 대표의 살모사 같은 눈에 분노가 치밀어 오를 때, 책상 위의 전화가 시끄럽게 울렸다.

─제국 제강 측에서 기사를 본 것 같습니다.

"맥주 처먹으면서 구경이나 하라고 해."

유선철 대표는 전화기를 집어 던지듯 내려놓았다.

쉽게 풀릴 줄 알았던 일이 난항을 만나면 짜증이 나는 법이다.

게다가 이번 일에 얽힌 돈은 수천억에 가깝다.

겉으로만 보면 강제징용 피해자의 쥐똥만 한 피해 보상금이 전부지만 제국 제강은 대한민국 기업을 인수하려는 목적이 있다.

이번 일이 잘돼서 믿음을 준다면 앞으로 기업 인수에 관한 모든 것의 자문을 에스 로펌이 맡게 될 거다.

"그런데 백이석 이 새끼가 시작부터 똥을 뿌려?"

아랫입술을 꾹 물고 생각에 빠졌던 유선철 대표가 서둘러 전화기를 들어 올렸다.

"세희더러 올라오라고 해."

잠시 후, 대표이사실의 거대한 문이 열리고 유세희가 들어왔다.

그녀가 들어오자마자 유선철 대표가 쏘듯이 말한다.

"이한영이가 협조한다고 했지?"

유세희는 선뜻 대답하지 못했다.

이한영에게 어떻게 행동해야 할지 들었지만 유선철 대표의 두 눈이 무섭게 빛나고 있기 때문이다.

"그……렇게 말은 했어요."

"내가 들을 수 있도록 스피커폰 누르고 전화해 봐."

그의 말과 동시에 그림자처럼 서 있던 유선철 대표의 비서가 문밖으로 나가더니 유세희가 밖에 두고 온 핸드폰을 들고 들어왔다.

　유선철 대표가 딸도 믿지 못한다는 증거였다.

　비서가 핸드폰을 건네자 유세희는 비장한 표정으로 이한 영의 번호를 눌렀다.

　그녀는 이한영이 스피커폰이라는 걸 모르고 다른 소리를 할까 걱정됐는지 신호음이 가는 동안 마른침을 삼켰다.

　─이한영입니다.

　그리고 전화가 연결되었다.

　이한영의 목소리는 대표이사실 전체에 울렸다.

　무거운 분위기 속에서 모두가 숨죽인 채 유세희의 전화를 꿰뚫듯 본다.

　유세희가 애써 침착하게 입을 열었다.

　"유세희예요."

　─네, 세희 씨.

　이한영의 반가운 목소리에 유선철 대표의 눈빛이 번쩍인다.

　세상을 움직이는 것은 남자다. 하지만 그 남자를 움직이는 것은 여자다.

　적어도 유선철 대표는 그렇게 생각하고 있었다.

　유선철 대표는 유세희의 전화에 반가워하는 이한영의 목 소리를 들으며 사랑에 빠져 주인 만난 똥개처럼 꼬리를 흔드 는 모습을 상상했다.

　'빠졌어.'

유선철 대표가 유세희를 보며 손으로 신호를 보냈다.

그녀가 고개를 끄덕인 후 목소리를 이었다.

"이번 재판에 협조하기로 말씀하셨던 것, 예정대로겠죠?"

유선철 대표는 핸드폰에서 나오는 소리에 바짝 귀를 기울였다. 하지만…….

─아…….

생각했던 대답이 아니다. 아쉬움이 가득 담긴 탄식!

그 한숨이 의미하는 걸 모를 유선철 대표가 아니다.

그의 눈썹이 순식간에 위로 솟구쳐 올랐다.

─죄송합니다. 저도 어떻게 해 보려고 했는데, 불가할 것 같습니다. 이유 없는 연장일 뿐이라……. 정확한 사유를 넣어서 다시 신청하시면 저도 적극적으로 반영하겠습니다.

유세희는 전화를 끊고 시선을 앞으로 향했다.

유선철 대표는 아무 말 없이 입을 다물고 있다. 그의 입에서 새어 나오는 단어는 딱 하나였다.

"백이석……."

잠깐의 침묵 끝에 유선철 대표의 옆으로 비서가 섰다.

"어떻게 할까요?"

잠시 화가 났던 유선철 대표가 정신을 추스르는 듯 눈을 꾹 감았다.

"일단 법원이 역사적 문제를 신중하지 못하게 접근하며 서두르고 있다고 반박 기사를 내."

"알겠습니다."
"그리고…….."
유선철 대표의 눈이 번뜩였다.

⚖️

"이러면 됐나?"
"감사합니다."
이한영이 허리를 굽히자 백이석 법원장이 손을 젓는다.
"법원장은 판사들이 소신껏 설 수 있도록 도와야 할 의무
가 있어. 내 할 일이었으니 고마워할 필요 없어."
백이석 법원장은 자세한 내막까지는 알지 못했다.
하지만 에스 로펌이 시간을 끄는 것을 막아 달라는 이한영
의 부탁을 묻지도 않고 들어줬다.
백이석 법원장이 자세를 고쳐 앉으며 이한영을 향했다.
"이제 에스 로펌에서 어떻게 나올 것 같나?"
통찰력으로 앞날을 예측해 보라는 뜻.
이한영은 바로 대답했다.
"법원장님께서 말씀하신 이상, 에스 로펌은 재판이 금방
끝날 것으로 예상할 겁니다."
"그렇겠지."
그만큼 사법부에서 백이석 법원장의 힘은 크다. 그가 나선

판사
이한영

만큼 재판은 속전속결로 끝나게 될 것이다.

대법원까지 간다 해도 마찬가지다.

전생에서도 이랬으면 좋았겠지만 그때 백이석 법원장은 대법원장과 맞서느라 다른 재판에 관심을 둘 여력이 없었다.

이한영이 계속 말했다.

"에스 로펌은 피해자를 만날 겁니다. 돈으로 달래고 힘으로 협박해서 소송을 그만두라고 말하겠죠."

"피해자를 만난다?"

"네. 유선철 대표는 안전한 길에서 최선의 결과를 우선하는 사람입니다. 재판을 길게 끌기가 어려워졌다는 걸 안 이상 소송이 일어나지 않게 하기 위해 최선을 다할 겁니다. 어차피 제국 제강의 목표는 재판의 승리가 아니라, 법적으로 죄가 있다는 걸 인정하지 않는 것이니까요."

백이석 법원장이 조용히 고개를 끄덕였다.

"죄를 인정하지 않기 위해 몰래 합의하고 사건을 끝낸다?"

"네. 하지만 생각대로 되지 않을 겁니다. 돈이면 다 되는 세상은 아니니까요."

⚖️

이한영의 예측대로 에스 로펌은 피해자를 만나러 가는 중이었다.

변호사는 조세헌. 첫째 아들 유진광의 오른팔이자 오명 금속 살인 사건으로 수감된 이동욱 변호사의 라이벌이었던 사람이다.

핸들을 틀던 조세헌 변호사가 인상을 찌푸리며 입을 열었다.

"팀장님 담당 아니잖아요? 그런데 나설 필요가 있을까요?"

블루투스로 연결된 차량의 스피커에서 첫째 아들 유진광의 느글거리는 목소리가 흐른다.

─이럴 때 아버지가 믿을 사람이 나밖에 없잖아. 내가 믿을 사람은 조세헌 변호사밖에 없고. 나도 곧 도착하니까 옆에나 앉아 있어 줘. 언제쯤 도착해?

"15분 정도 남았습니다."

조세헌 변호사는 이맛살을 찌푸리며 힘껏 액셀을 밟았다.

그는 이 재판이 마음에 들지 않았다.

잠시 후 도착한 곳은 서울의 달동네였다.

조세헌 변호사는 한참 아래쪽에 차를 댄 후 힘겹게 언덕을 올랐다.

중간쯤 올랐을 때, 계단에 앉아 숨을 고르는 유진광이 보였다.

조세헌 변호사를 본 유진광이 언덕 아래를 가리키며 말했다.

"경치 좋지?"

"네."

"이런 곳을 뭐라고 부르는지 알아? 이제 달동네라고 부르지도 않아요. 개미 마을이래, 개미 마을. 킥킥킥, 개미굴에 살고 있으니 인간도 아닌 거지. 서울에 몇 군데 남아 있는데, 왜 안 밀어 버리는지 모르겠어."

더 듣고 싶지 않은 이야기에 조세헌 변호사가 말을 돌린다.

"피해자의 집은 어딥니까?"

"여기."

유진광이 엄지손가락으로 뒤를 가리켰다.

시멘트 벽이 그대로 드러난 초라한 집이 보인다.

유진광이 낮은 목소리로 다시 입을 연다.

"잘 봐 둬. 100년 전에 거지같이 살다가 일본에 끌려간 새끼는 지금도 거지야. 시간이 지나도 세상은 바뀌지 않아."

"네."

대답이 짧았다.

유진광이 히죽 웃으며 조세헌 변호사의 표정을 살핀다. 그러더니 가볍게 쥔 주먹으로 그의 가슴을 툭 쳤다.

"인간을 사랑해 불을 훔쳤다가 목에 맷돌을 달고 끝없이 침전하는 프로메테우스."

윤동주의 〈간〉이라는 시에 나오는 구절을 변형한 말로, 프로메테우스는 제우스가 아끼는 불을 인간에게 주다가 걸려 독수리에게 간을 쪼아 먹히는 벌을 받는 그리스신화의 영웅이다.

뜬금없는 말에 조세헌 변호사가 눈을 동그랗게 뜨고 유진광을 바라봤다.

유진광은 여전히 히죽 웃으며 조세헌 변호사의 넥타이를 고쳐 매 주듯 만지작거린다.

"프로메테우스가 되고 싶은 건 아니지? 지금처럼 잘 먹고 잘 입고 좋은 차 타고 다니려면 보이는 것을 외면할 줄 알아야 해. 나라고 이 재판이 마음에 들겠어? 안타깝지, 안타까워. 불쌍해."

조세헌 변호사가 이 재판을 마음에 들어 하지 않는 걸 알고 하는 이야기다.

유진광이 조세헌 변호사의 팔을 툭툭 치며 말을 이었다.

"불쌍하고 안타깝지만 어떡해? 최악의 변호사는 적에게 동정심을 갖는 사람이야. 조세헌 변호사는 좋은 변호사잖아? 의뢰인만 생각하도록 해."

"알겠습니다."

조세헌 변호사가 고개를 숙였다.

유진광이 씩 웃었다.

"그럼 불쌍하니까 돈 주러 가자."

조세헌 변호사가 유진광의 옆을 스쳐 문 앞에 섰다.

그리고 주먹을 꽉 쥔 채 쾅쾅쾅, 철문을 두들겼다.

"계십니까!"

잠시 후, 두 사람은 볼에 핀 검버섯이 여럿 보이는 노인의 앞에 앉았다.

"어디서 왔다고요?"

노인의 힘없는 목소리에 유진광이 빠르게 입을 연다.

"에스 로펌에서 왔습니다. 제국 제강의 소송대리인입니다."

"그런데요?"

유진광은 망설이지 않고 말한다.

"이 재판, 그만둬 주십시오."

노인의 눈에 순간적으로 불이 확 올랐다.

하지만 유진광은 계속 말한다.

"다 어르신들을 생각해서 드리는 말씀입니다. 우리 쪽 고문단은 대법관 출신, 장관 출신, 검찰총장 출신으로 이뤄져 있습니다. 어르신께서 절대 이길 수 없는 싸움입니다. 한평생 고생하며 살아오셨는데, 말년엔 편하게 지내셔야 하지 않겠습니까?"

노인은 유진광의 얼굴을 더 마주하지 못하고 눈을 감았다. 눈꺼풀이 살짝 떨려 온다.

하지만 유진광은 말을 잇는다.

"소송은 언제 끝날지 알 수 없습니다. 어르신의 건강 역시 마찬가지고요. 그래서 저희는 제국 제강과 어르신, 양측의 이득이 무엇일지 오랫동안 고민했습니다."

노인의 눈꺼풀이 열렸다.

주름진 눈매로 유진광을 가만히 보던 노인이 혼잣말처럼 중얼거린다.

"고민했다고요?"

"네. 아시겠지만, 한일 관계도 있고 해서 이 재판의 결과는 나지 않을 수도 있습니다. 그러니까 어르신께서 '제국 제강에 잘못이 없다. 다 돈 때문에 한 일이다.'라고만 해 주신다면 저희가 피해 보상금으로 신청한 1억이 아니라 그 이상을……."

"못난 놈!"

노인의 입에서 찢어지는 목소리가 터져 나왔다.

늙은 눈에선 줄기줄기 눈물이 쏟아져 내린다.

"내가 그깟 돈 때문에 이러는 줄 알아! 살면 얼마나 더 산다고 그 돈이 필요하겠어!"

노인이 울고 있지만 유진광은 상관하지 않는다.

"그럼 다른 게 필요하시다면……."

"인정!"

"네?"

"인정하라고! 나를 끌고 갔다는 걸 인정하라고! 내 평생의 삶을 거짓으로 만들지 말라고! 인정, 그거면 돼. 크흐흐흐……."

노인은 어깨를 들썩이며 통곡한다.

조세헌 변호사는 작게 한숨을 내뱉었고, 유진광은 계속 노인을 설득하려 한다.

"죄송합니다. 그건 어렵습니다. 돈이든 뭐든 말씀하시면……."

"나가!"

방청석에 있는 사람들은 모두 한곳을 보고 있었다.

그 시선을 따라가면 아흔이 넘은 노인들이 힘겹게 방청석에 앉는 모습이 보인다.

많은 사람들은 바쁜 현실에 과거를 잊는다.

하지만 과거는 전래 동화가 아니라 기록이다.

노인들이 적셔진 눈시울로 법대를 바라보는 모습에 지켜보던 사람들은 자신들도 모르게 숙연해졌다.

그리고 그들의 앞에 이한영이 섰다.

재판을 마친 강신진 수석 부장이 법복을 펄럭이며 바삐 걸어가고 있었다. 향하는 곳은 강제징용 재판이 벌어지는 법정이다.

그가 막 코너를 돌 때, 옆으로 김진한 부장이 섰다.

"시작했습니다."

"분위기는?"

"뭐, 이제 시작인데요."

"표정들은 어때?"

김진한 부장이 넙데데한 얼굴을 갸웃거렸다.

"그게 좀 이상해요."

"이상해?"

"백이석 법원장님이 나서시면서 재판이 당겨졌잖아요? 그런데 에스 로펌 측이 희한할 정도로 여유롭네요."

강신진 수석 부장이 법복을 훌훌 벗어 팔에 걸며 물었다.

"이한영의 표정은?"

"그게…… 그놈도 여유롭습니다."

"그럼 초조한 쪽은 피해자 측인가?"

"네."

법정 앞에 도착해 김진한 부장이 조용히 문을 열자 방청석의 분노가 폭발할 것 같은 활화산처럼 훅 다가온다.

김진한 부장은 자신도 모르게 마른 입술을 혀로 핥았다.

"이거, 판결 잘못했다가는 돌 맞아 죽을 것 같은데요."

"감정이 좋지 않으니까 그렇겠지."

"이한영이에겐 상당히 어려운 숙제 같습니다."

속삭이는 말에 강신진 수석 부장이 가늘게 웃었다.

"지켜보자고."

법대 앞에서는 피해자 측의 청구 원인 진술이 끝나고 에스 로펌의 답변이 이어지고 있었다.

"한국과 일본은 평화조약 제4조를 통해 모든 문제를 완전히 해결했습니다. 즉, 규정에 따르면 원고들은 어떠한 주장도 할 수 없습니다!"

에스 로펌의 변호사는 주성복.

돈만 준다면 악마라도 변호할 수 있다는 경제적인 인물이다.

그의 입에서 한마디 한마디 말이 이어질 때마다 방청석에서는 탄식이 흐르고 있었다.

하지만 주성복 변호사는 아랑곳하지 않는다.

"저도 대한민국의 국민으로서 안타까운 역사를 떠올리면 울분이 터집니다. 하지만! 결코, 감정적으로만 생각해선 안 됩니다."

주성복 변호사가 원고 측을 향해 몸을 돌려 그들을 차갑게 바라본다.

"이번 재판은 원고 측의 억지일 뿐입니다."

주성복 변호사와 눈을 마주친 노인들이 파르르 몸을 떤다.

같은 한국인으로서 저런 말을 하는 걸 이해할 수 없었기 때문이다.

하지만 주성복 변호사는 노인들의 감정에 관심이 없었다.

"몇 년 전 일본에서 징용된 분들이 제국 제강을 상대로 소송을 건 적이 있습니다. 결과는 징용된 분들의 패소였습니다."

주성복 변호사의 시선이 이한영을 향해 빠르게 돌아갔다.

"재판장님, 판례에 따르면 일본 법정의 판결이 사회질서에 벗어나지 않는 한 국내에서도 기속력을 갖는다고 합니다. 게다가 제국 제강은 인수와 합병 등을 통해 이전과는 전혀 다른 회사가 되었습니다. 그런데 왜! 광복으로부터 70년! 평화조약을 체결한 지 50년! 수십 년이 지난 일에 소송을 거는지 모르겠습니다."

한국의 로펌이 제국 제강을 대표하듯 이야기한다.

로펌의 이미지 따윈 상관없다. 그들에겐 승리가 곧 이미지이자 돈이기 때문이다.

주성복 변호사가 이한영을 향해 한 발 다가서며 말을 잇는다.

"안타깝게도 무엇 하나 상관없는 제국 제강이 왜 손해배상을 해야 하는 겁니까! 이건 대한민국의 감정을 이용한 부당한 청구입니다. 청구를 기각하여 주십시오."

말을 마친 주성복 변호사는 그 자리에 우두커니 서서 이한영을 바라봤다.

판사를 압박하려는 행동이다.

하지만 상대는 이한영이다.

손가락으로 법대를 툭툭 두들기던 이한영이 감흥 없이 입을 열었다.

"알았어요. 이만 들어가세요."

주성복 변호사는 몸을 돌리며 미간을 찌푸렸다.

'유세희와 사귀는 사이라고 하지 않았어? 뭐 저리 뻣뻣해?'

곧바로 증인신문이 이어졌다.

첫 번째 증인은 이번에 소송을 건 원고 중 한 명인 노인 홍병학이다.

홍병학 노인이 법정 경위의 부축을 받아 힘겹게 증인석에 앉았다.

노쇠한 몸. 하지만 눈빛은 강렬하다.

피해자 측 변호사가 앞에 섰다.

이름은 이제율. 인권 변호사로 유명한 사람이다.

약자의 편에 서서 꽤 많은 승리를 거뒀지만 그의 눈엔 긴장감이 역력했다. 눈앞에 있는 주성복 변호사 때문이다.

'에스 로펌의 악마…….'

이길 수 있다고 확신할 수 없다.

짧게 긴장을 내뱉은 이제율 변호사가 홍병학을 향해 입을 열었다.

"증인, 강제징용을 당했다고요?"

"네."

"당시 상황을 설명해 주겠습니까?"

홍병학이 잠시 옛 기억을 더듬듯 눈을 감았다. 그리고 고통을 씹으며 말한다.

"마을에 공고가 났어요. 제철소에 들어가 훈련을 받으면 취직도 하고 돈도 많이 준다고 했어요. 그래서 다들 가고 싶어 했죠. 배가 고프니까요."

"그래서 지원했습니까?"

"아뇨. 시장의 추천을 받아야만 들어갈 수 있었어요. 그런데 이상한 게, 시장의 추천서엔 마을의 어린 친구들 이름만 적혀 있었던 거예요."

"증인의 이름도 있었나요?"

"네."

"그래서 지원했나요?"

홍병학이 고개를 저었다.

"아뇨. 당시 전쟁이 한창이라는 말도 있었고, 느낌이 이상해서 지원하지 않았습니다."

"지원하지 않았는데, 어떻게 제철 회사에 가게 된 겁니까?"

홍병학의 입이 닫혔다.

고통스러운 기억을 떠올렸는지 주름진 볼이 가늘게 떨리더니 힘겹게 입을 열었다.

"수, 순사가 말채찍으로 때렸어요. 지원하지 않으면 부모님 앞에서 죽이겠다고……. 그래서 어쩔 수 없이 갔어요."

홍병학의 말에 이제율 변호사는 잠시 눈을 감았다.

순간 뜨거워진 감정을 참지 못한 것이다.

잠시 마음을 달랜 변호사가 다시 입을 열었다.

"그다음은 어떻게 됐죠?"

홍병학의 입에서 과거가 흘렀다.

불구덩이에 들어가 석탄 찌꺼기를 빼 오던 노예 같은 삶과 도망치다가 잡혀 두들겨 맞은 일 등이었다.

"그리고 제철소가 공습으로 파괴되고 일본이 패전했어요. 임금은 하나도 받지 못했고, 우리는 그렇게 버려졌습니다."

"그래서, 가족분들은 만나셨나요?"

가족이라는 말에 홍병학의 눈에서 뜨거운 눈물이 왈칵 쏟아졌다.

아흔이 넘은 노인이 아이처럼 울며 대답은 못 하고 고개만 젓는다.

잠시 안쓰러운 눈으로 홍병학을 바라보던 이제율 변호사가 천천히 이한영에게 몸을 돌렸다.

"이상입니다."

그리고 주성복 변호사가 뚜벅뚜벅 증인의 앞으로 걸어왔다.

증인은 아흔이 넘었지만 주성복 변호사는 고압적으로 내려다보며 입을 연다.

"하나만 묻겠습니다. 그때 제국 제강에 있던 일본인들이 지금도 살아 있습니까?"

"아, 아뇨."

딱 하나의 대답을 들은 뒤 주성복 변호사는 이한영을 향해 몸을 돌렸다.

"재판장님, 지금의 제국 제강과 이전의 제국 제강은 분명 다른 회사라는 걸 다시 강조하고 싶습니다. 그리고 또 하나. 당시 제국 제강은 합법적으로 노동자를 모집했습니다. 증인의 말에 모집 공고가 있었다는 게 그 증거입니다. 제국 제강은 강제 동원한 사실을 전혀 모르고 있었습니다. 이상입니다."

홍병학이 고개를 들어 황당한 시선으로 주성복 변호사를 향했다.

"그, 그게 할 말이라고 하는 거요? 아까부터 계속……."

노인의 말은 이어지지 못했다. 주성복 변호사가 그의 말을 자르고 입을 열었기 때문이다.

"제가 틀린 말을 한 것 같진 않은데요?"

"이, 이봐요!"

주성복 변호사가 노인의 눈을 똑바로 바라보며 잔뜩 비꼬듯 말을 이었다.

"증인, 생각 좀 하세요. 지금 이 소송이 말이 된다고 생각합니까? 이성적으로 보세요. 지금의 제국 제강은 당시와 전혀 상관없어요. 일본이라면 가리지 않고 욕을 하니까 그 분위기를 타고 이러는 거잖아요!"

말도 안 되는 소리에 홍병학은 멍한 시선으로 입을 다물었다.

동시에 원고 측 변호사 이제율이 급히 일어났다.

"지금, 뭐 하는 겁니까! 역사는 연속성을 가지고 있습니다! 과거를 끝내지 않는 한, 앞으로 나아갈 수 없습니다!"

주성복 변호사가 픽 웃는다.

"말 잘했네. 과거를 끝내야 하는데 왜 들추고 있습니까?"

두 사람의 언성이 높아질 때, '쾅!' 하고 둔탁한 소리가 법정을 울렸다.

이한영이 주먹으로 법대를 내리찍은 거다.

깜짝 놀란 사람들의 시선이 모두 이한영에게 향했다.

"양측, 자중해 주세요. 더 할 말 없으면 다음 증인신문 이어 가죠."

한편, 방청석의 가장 뒤에서 재판을 지켜보던 김진한 부장이 입을 열었다.

"캬, 이한영이가 선을 제대로 그었는데요? 가만히 놔뒀으면 멱살 잡을 것 같았는데요. 단독이 저렇게까지 분위기를 흔들기 쉽지 않은데, 흐흐."

"제법이야."

피식거리며 웃던 김진한 부장의 고개가 스르륵 옆으로 이동한다. 다른 사람들의 분위기를 살피려는 거다.

그때 그의 시선이 닿은 곳에 김윤혁이 보인다.

"윤혁이도 와 있네요?"

"윤혁이?"

"저번에 수석 부장님이 충남에서 우리 지법으로 올린 판사 있잖아요. 이한영이 동기."

"아……."

강신진 수석 부장이 기억났다는 듯 고개를 끄덕이자 김진한 부장이 장난스레 웃었다.

"기억 좀 해 주세요. 지난번에 인사도 했었는데."

"그러지."

몇 번을 만났다. 하지만 강신진 수석 부장의 머릿속에 김윤혁은 없었다.

그저 이한영을 키울 페이스메이커 정도로 생각할 뿐이다.

그리고 다음 증인이 앉았다.

피고 측이 신청한 증인으로, 제국 제강의 한국 담당 후쿠모토. 재일 교포 3세다.

그가 증인석에 앉더니 이한영을 또렷이 보며 입을 열었다.

"조선 놈은 맞아야 한다!"

뜬금없는 말에 방청석이 술렁거릴 때 그가 태연히 말을 이었다.

"……그런 말이 있었죠. 하지만 이제 극우 몇몇을 제외하고는 그런 말을 쓰지 않습니다. 시대는 지났고 다 과거일 뿐입니다. 시작하죠."

후쿠모토의 발언으로, 가뜩이나 분노로 채워졌던 법정은 포탄의 뇌관이 터질 일만 기다리는 것 같았다.

주성복 변호사가 모두의 싸늘한 눈초리를 받으며 증인석으로 걸어 나온다.

"증인, 강점기 때의 제국 제강과 지금의 제국 제강이 어떻게 다르죠?"

"기존의 제국 제강은 50년 전, 일본의 회사 경리 응급조치법과 기업 재건 정비법의 제정 및 시행에 따라 해산하였고 자산 출자로 새로이 회사를 설립했습니다."

후쿠모토의 말이 이어질 동안 이한영의 시선은 방청석으로 향했다.

중간에 유세희가 앉아 있는 게 보인다.

이한영이 눈빛을 보내자 그녀는 스르륵 자리에서 일어나 또각거리며 법정을 벗어났다.

법정을 나가 복도에 선 유세희가 핸드폰을 귀에 댔다. 아버지 유선철 대표에게 거는 전화다.

－재판은 어떻게 되고 있어?

"주성복 변호사는 잘하고 있어요. 일반인들이 보기엔 기분이 나쁘겠지만, 논리적으로 상대측 변호사는 반론을 못 하는 상태예요."

－그런데 전화 건 이유가 뭐야?

"그게……."

유세희가 유선철 대표와 전화를 하는 동안 이한영은 법대를 툭툭, 손가락으로 두들기고 있었다.

'유세희는 내 뜻을 따랐고.'

그의 시선이 다시 방청석으로 향했다.

모든 사람들이 에스 로펌의 뻔뻔한 태도에 분을 참지 못하는 눈치다.

하지만 대한민국 최고 중 하나라는 에스 로펌의 악마 변호사 주성복을 논리적으로 깨부술 수 있는 사람은 없다.

원고 측의 이제율 변호사 역시 손만 부들부들 떨고 있을 뿐이었다.

그렇게 마지막 증인신문까지 끝났다.

사람들의 답답한 시선이 이한영을 향한다.

순간, 그때까지 법대를 툭툭 두들기던 이한영의 손가락이 움직임을 멈췄다. 그리고 느긋하게 주성복 변호사에게 시선을 향했다.

"양측의 신문 잘 들었습니다. 최종 변론을 하기 전에 묻고 싶은 게 있습니다."

판사의 질문은 때가 없다. 하고 싶으면 하는 거다.

그게 '법정의 신'이라 불리는 판사의 힘 중 하나다.

"양측 변호사분들도 알고 계시겠지만 이번 사건에는 예민한 문제가 많이 걸려 있습니다. 그래서 최종 변론을 듣고 선고를 내리기 전에 신중해지고 싶습니다. 이해해 주셨으면 합니다."

이한영의 한마디에 분노에 치를 떨던 기자들의 눈빛이 바뀌었다.

그들이 속삭인다.

"충남에서 시장한테 호통쳤던 판사 맞지?"

"증거를 직접 찾기도 한 판사야."

"법정에서 핸드폰 검사해서 저수지 살인 사건도 해결했었잖아?"

주성복 변호사의 재수 없는 말과 후쿠모토의 뻔뻔함에 명치에 바위를 얹고 있던 방청석의 모든 눈이 기대를 잔뜩 품고 이한영을 향했다.

판사 이한영

저들의 논리를 부술 수 있는 사람은 하나! 판사 이한영뿐이다.

모두의 간절한 눈빛은 그 말을 하고 있었다.

Chapter 2

그리고 이한영이 입을 열었다.

"우선 피고 측 소송대리인."

묵직한 목소리에 주성복 변호사는 뭔가 싸늘한 느낌을 받았다.

목에 칼이 닿은 것 같은 그런 느낌.

그가 자신도 모르게 마른침을 삼키는데, 이한영의 목소리가 귀를 찌르고 들어왔다.

"처음 청구 원인에 대해 답변을 하실 때, 일본의 판결이 기속력을 갖는다고 하셨죠?"

"네. 외국 법원의 판결 효력을 인정하는 것이⋯⋯."

담담하게 말을 이어 가려고 했지만 이한영이 손을 들어 주성복 변호사의 입을 틀어막았다.

"대리인, 그래서 제가 일본의 판결을 따라야 한다는 겁니까?"

"네?"

"이곳은 일본 법정이 아니라 한국의 법정입니다. 제가 일본 사법부의 지시를 따를 필요는 없는 것 같은데요."

"재판장님, 법령에 따르면……."

이번에도 이한영은 그의 말을 단칼에 자른다.

"대리인, 일본은 식민 지배가 합법적이라는 인식을 전제로 합니다. 하지만 우리 헌법 규정을 보면 일본의 지배는 불법적인 강점에 지나지 않습니다. 즉, 대한민국의 헌법 정신과 양립할 수 없습니다. 그 효력을 인정해야 할까요?"

법정이 술렁이기 시작했다.

지금껏 철옹성과 같이 완벽하게 보였던 주성복 변호사의 논리가 흔들리는 게 느껴졌기 때문이다.

이한영의 나이는 주성복 변호사보다 한참이나 어리다. 법정에 선 시간만 따져도 감히 비교할 수 없다.

하지만 이한영의 입에서 쏟아진 말에 주성복 변호사는 놀랄 수밖에 없었다.

그가 눈을 깜빡일 때, 이한영이 엄숙히 그를 바라보며 말을 이었다.

"그래서 전 독자적인 판단을 내리려고 하는데, 제 말에 틀린 점이 있습니까?"

"아뇨. 없습니다."

이한영이 내리그은 날카로운 칼!

주성복 변호사는 아무것도 하지 못한 채 뒤로 물러설 수밖에 없었다.

하지만 아직 끝이 아니었다. 이한영의 칼은 계속해서 휘둘렸다.

"그리고 평화조약에 따라 피해자들이 어떤 소송도 하지 못한다고 하셨는데요."

"아, 네."

주성복 변호사는 눈동자를 데구루루 굴렸다. 질문을 예상하고 답변을 생각하려는 거다.

하지만 이한영은 생각할 시간을 주지 않았다.

"국가와 국민은 별개의 법적 주체인데, 개인 청구권까지 소멸했다고는 볼 수 없지 않나요?"

"한일 양국 정부의 합의가 있었던 만큼……."

"2006년에 우리나라 정부에서 협정과 관련한 일부 문서를 공개한 적이 있는데, 식민 지배 배상 청구가 아니라 양국의 채무 관계를 해결하기 위한 것이라고 되어 있었습니다. 위안부 문제와 같은 불법행위에 대해서는 해결되지 않았다고 하는데, 어떻게 생각하십니까?"

"그러니까, 그게……."

팩트는 잔인한 거다. 주성복 변호사의 말은 꼬여 가고만 있었다.

　주성복 변호사가 제대로 답변하지 못하자 이한영의 시선
은 피해자 측 소송대리인 이제율 변호사에게 향했다.

　"그럼 이번엔 원고 측에 묻겠습니다."

　이제율 변호사는 긴장된 숨을 들이마셨다.

　이한영의 눈빛은 상대가 누구든 봐줄 마음이 없어 보인다.

　"네, 질문하십시오."

　"구 제국 제강이 저지른 일을 지금의 제국 제강이 승계했
다고 볼 수 있나요?"

　이제율 변호사가 바로 입을 연다.

　"해산되고 다시 설립되었다고 하지만 같은 사업을 계속한
점 등을 볼 때……."

　영화나 드라마와 달리 실제 법정에서 판사는 상당히 많은
개입을 한다.

　때로는 무죄를 호소하는 죄인을 쏘아보며 "내가 당신을 믿
고 무죄를 내려도 되겠습니까?"와 같은 말로 심리전을 펼칠
때도 있고, 말이 길어지는 변호사에게 "기록물에 적히지 않
은 말을 해 보세요."라고 압박하기도 한다.

　지금도 그렇다.

　이한영은 누구도 트집을 잡지 못할 완벽한 판결을 위해 양
측의 변호인을 자유자재로 뒤흔들고 있었다.

　그때 주성복 변호사의 시선은 빠르게 방청석으로 향했다.

유세희를 찾는 거다.

그녀가 이한영을 향해 무언의 눈빛을 보내 주길 바랐는데…….

보이지 않는다.

'어디로 간 거야?'

유세희를 찾아 방청석을 훑던 주성복 변호사의 시선이 한 곳에서 멎었다.

바로 제국 제강의 한국 담당 후쿠모토가 있는 자리다.

후쿠모토는 몹시 불쾌한 얼굴로 주성복 변호사를 노려보고 있었다.

그 눈빛은 이렇게 말하고 있었다.

'돈을 받았으면 돈값을 해, 병신아.'

주성복 변호사가 마른 입술을 혀로 핥을 때, 이한영의 질문이 다시 그에게 향했다.

"원고 측 대리인."

"네?"

또 칼날 같은 질문이 날아온다.

유세희는 유선철 대표와의 전화를 끊고 법정으로 들어가기 위해 문고리를 잡았다.

그 순간, 문이 저절로 열리며 안에서 오빠 유진광과 조세헌 변호사가 나왔다.

조세헌 변호사가 유세희에게 살짝 고개를 숙일 때, 유진광이 짜증으로 가득한 눈으로 그녀를 바라보며 입을 연다.

"네 남자 친구 때문에 엿 되게 생겼다?"

유세희도 지지 않는다.

"네가 잘했다면 애초에 법정까지 오지 않았겠지."

그녀의 말에 유진광의 아래턱에 꽉 힘이 들어가며 턱살이 흔들렸다.

강제징용 피해자의 집에 갔다가 욕만 먹고 나온 일이 기억 났기 때문이다.

그가 짜증을 삼키며 입을 열었다.

"들어가서 봐, 네 남자 친구라는 새끼가 무슨 짓을 하고 있는지. 그리고 지켜봐, 네가 망친 판을 내가 어떻게 살리는지. 철이 없으니까 이 판에 걸린 돈이 얼만지 계산이 안 되냐?"

"내가 계산 못하는 거 처음 알았어? 고등학교 때부터 수학은 포기했었는데. 오빠라고 하나 있는 게 동생한테 관심이 없으니."

"자랑이냐? 머리 나쁜 거 떠벌리고 다니게?"

유세희는 괜찮은 대학을 나왔다.

하지만 최고의 대학에 사법 고시까지 패스한 유진광에겐 한심해 보일 뿐이다.

말을 마친 유진광이 그녀를 스쳐 지나갔고, 옆에 있던 조 세헌 변호사도 그 뒤를 쫓았다.

유세희는 고개를 틀어 복도의 끝으로 사라지는 두 사람을 싸늘한 눈빛으로 노려봤다.

"언제까지 웃을 수 있는지 보자."

입을 꾹 다문 그녀가 몸을 틀어 법정으로 들어가자 이한영이 입을 열고 있었다.

"좋습니다. 이것으로 변론을 종결하겠습니다. 선고 기일에 뵙죠."

이한영이 자리에서 사라지자 법정은 순식간에 소란스러워졌다.

"판결 안 들어도 이미 끝난 거 아냐?"

"원고의 승리인 거지?"

"마지막에 이한영 판사가 질문할 때, 주성복 변호사가 제대로 답변한 게 하나도 없었잖아."

"씨발, 조선 놈은 맞아야 한다고? 별 개 같은 소리를 다 들어 보네."

"에스 로펌 어쩌냐? 지금도 매국 로펌이라고 손가락질받는데 패소까지 해 버리면, 크크크."

에스 로펌의 논리가 와르르 무너지는 걸 본 기자들은 신이 났다.

폭죽을 주면 장소와 상관없이 터뜨릴 기세다.

즐거운 자리에서 유일하게 인상을 구기고 있는 한국인은 주성복 변호사뿐이었다.

입을 다물고 주먹을 꽉 쥔 주성복 변호사의 귀에 후쿠모토의 목소리가 들려왔다.

"변호사."

주성복 변호사가 고개를 틀어 후쿠모토를 향했다.

후쿠모토가 엄지손가락으로 뒤를 가리킨다.

"얘기 좀 나누죠."

주성복 변호사가 초췌한 표정으로 고개를 끄덕이며 가방을 챙겨 후쿠모토의 옆에 섰다.

법정을 벗어나 기자들과 멀어지자마자 후쿠모토가 작지만 강하게 호통친다.

"대답 하나 제대로 못하고!"

"판사가 허를 찌르고 들어올 줄은 몰랐습니다. 단독이라 애송이라고만 생각해서……."

"하! 한국에서 에스 로펌이 대단하다고 들었는데, 별거 없네요?"

그때 유진광이 갑자기 나타나 두 사람 사이로 비집고 들어왔다.

"별거 없긴요? 야구는 9회 말 투아웃부터. 재판은 선고 내려질 때까지 모르는 겁니다."

유진광이 후쿠모토를 향해 씩 미소를 그린 후, 주성복 변호사에게 시선을 돌렸다.

"지금부터는 제가 하죠."

아무리 유선철 대표의 아들이라 해도 회사의 서열은 주성복 변호사가 더 높다. 지금처럼 끼어드는 것은 상당히 버릇 없는 행동이다.

하지만 이곳은 프로의 세계. 결과를 보여 주지 못하면 고개를 들기 힘들다.

주성복 변호사는 심란한 얼굴로 한발 물러설 수밖에 없었다.

후쿠모토의 시선이 얼굴에 닿자 유진광이 활짝 웃으며 입을 연다.

"인사드린 적 있죠? 유진광이라고 합니다."

"아, 네. 그런데 이미 다 끝난 상황 같은데, 뭘 보여 줄 수 있다는 겁니까? 이대로라면 2심부터는 다른 로펌을 찾을 수밖에 없어요."

"얼마까지 쓸 수 있습니까?"

뜬금없는 말에 후쿠모토가 눈을 깜빡인다.

"얼마라니?"

유진광이 엄지와 검지를 비비며 미소를 그렸다.

"한국엔 돈이면 귀신도 부릴 수 있다는 말이 있죠."

⚖️

"법원 건너편 커피숍입니다. 혼자 앉아 있네요. 다른 손님은 없습니다."

-알았어. 조 변호사는 빠져도 좋아.

"감사합니다."

조세헌 변호사는 한숨을 내쉬며 전화를 끊었다.

그의 시선이 커피숍의 창가로 향한다. 그곳에 이한영이 앉아 있는 게 보인다.

"이렇게까지 해야 하나?"

조세헌 변호사는 고개를 절레절레 흔들며 자리를 떠났다.

그리고 잠시 후, 유진광과 후쿠모토가 커피숍의 건너편에 섰다.

신호가 바뀌자 두 사람은 곧장 횡단보도를 건너 커피숍으로 향한다.

목적지는 당연히 이한영이다.

커피를 마시던 이한영은 누군가 온 기척에 고개를 들었다. 유진광과 후쿠모토가 보인다.

유진광이 능글맞은 웃음으로 입술을 움직였다.

"처음 뵙죠? 유세희 오빠 되는 사람입니다."

"그런데요?"

"세희에 대해 할 말이 있어서요. 일단 앉겠습니다."

자리에 앉은 유진광이 핸드폰을 꺼내 테이블에 놓으며 눈짓한다.

서로 녹음과 같은 보안에 신경 쓰자는 행동이다.

이한영과 후쿠모토도 핸드폰을 올려놓았다.

"무슨 일로 오신 거죠?"

"세희 오빠로서 온 거예요. 그렇게 경계하실 필요 없습니다."

"죄송하지만 만나기 부담스러운 상황이네요. 짧게 말씀해 주셨으면 하는데요."

유진광이 몸을 끌어당겨 이한영을 향해 가까이 붙어 앉았다. 그리고 낮게 속삭인다.

"우리 집에서는 이한영 씨와 세희가 결혼까지 할 거라고 생각하고 있습니다."

"저도 좋은 감정으로 만나고 있습니다."

"그런데 결혼은 현실이에요. 돈이 오가는 비즈니스. 수준이 맞지 않으면 힘들 겁니다. 집은 가지고 있죠?"

"아뇨."

"그럼 모아 둔 돈은?"

"에스 로펌이 기대하는 만큼은 어렵겠죠?"

유진광이 안타깝다는 눈으로 입술을 쓸어 만진다.

"세희와 만나기 위해선 아주 많은 돈이 필요할 겁니다. 당장 예식장만 해도 실내는 좁아서 못 하는 터라 야외에서 해야 할 테니까요. 게다가 세희 취미가 가방을 모으는 건데……."

"그래서요?"

"10억."

난데없는 말에 이한영의 눈이 찌푸려졌고 유진광은 말을 잇는다.

"이 재판에서 우리 측의 손을 들어 주는 대가로 10억을 드리죠. 이 정도면 결혼 준비 과정에서 체면을 차릴 수는 있을 겁니다."

"하하."

이한영이 어이없는 웃음을 터뜨렸다.

10억이라니.

전생에서 10억의 뇌물을 받았다는 혐의로 지랄맞은 수모를 당했다. 그래서 이한영이 제일 싫어하는 숫자가 10억이다.

하지만 유진광은 이한영의 웃음을 다른 쪽으로 해석했나 보다.

"돈의 출처에 관한 걱정은 하지 않아도 됩니다. 한밤중에 아무도 보지 않을 때 집으로 배달될 거니까요."

"10억이 배달된다고요?"

"사과 좋아하시나요? 아니면 배? 같이 넣어 드리죠."

그때 지금껏 가만히 있던 후쿠모토가 입을 열었다.

"우리 회사에서 쓰는 겁니다. 이한영 판사님에겐 단순한 재판일지 몰라도 우리에겐 중요한 일이니까요."

"중요하다고요?"

"피해자들이 승소하게 되면 어떤 상황이 벌어질 것 같습니까? 기다렸다는 듯 다른 사람들이 일어설 겁니다. 우리는 그 숫자를 22만 명으로 추정하고 있습니다. 1인당 1억의 소송. 22만 명이면 22조. 우리 연간 영업이익률의 두 배입니다."

"그래서요?"

"우리는 5만 명의 직원이 일하는 회사입니다. 게다가 한국의 기업과도 많은 연관성이 있어요. 우리가 흔들리면 한국의 기업도 흔들립니다."

"안 흔들립니다."

유진광의 표정이 썩어 들어간다.

"이한영 씨, 지금 10억이 모자라서 그래요?"

이한영이 당연하다는 듯 고개를 끄덕인다.

"내가 가진 역사에 대한 인식, 재판에 대한 신념. 10억으로 바꿀 수는 없죠."

"이한영 씨, 10억이면……."

유진광의 목소리는 이어지지 못한다. 후쿠모토의 목소리가 찌르듯 들어왔기 때문이다.

"20억."

깜짝 놀란 유진광의 고개가 후쿠모토를 향해 틀어졌다.

20억이라니. 분명 자신과 이야기했을 땐 10억이 전부라고 그랬다.

그런데 더 웃긴 건, 이한영이 살래살래 고개를 젓고 있다는 거다.

이한영의 입가에 미소가 걸려 있다.

"22조가 걸린 게임이라면서요? 그런데 고작 20억?"

"30억."

"더."

“40억.”

“크게 놉시다.”

“50억.”

유진광의 입은 턱이 빠질 듯 벌어지고 있었다.

사실 그는 이 재판의 방관자나 마찬가지다. 그가 피해자를 찾아가 합의를 권하기는 했지만 어디까지나 담당자는 주성복 변호사이기 때문이다.

그가 후쿠모토를 끌고 이한영을 찾아온 것은 최근 주가를 올리고 있는 유세희를 찍어 누르고 싶은 가벼운 마음이 전부였다.

그래서 온 건데, 판사들의 뻔한 월급에 10억이면 무릎 꿇고 꼬리를 살랑일 거라고 예상했는데, 돌아가는 꼴이 이상하다.

가볍게 꼈던 판이 상상 이상으로 커지고 있었다.

급기야…….

“100억.”

말도 안 되는 금액이 후쿠모토의 입에서 터져 나왔다.

그러자 유진광의 얼굴에선 핏기가 삭 가셨다.

그동안 판사를 앞에 두고 청탁을 해 봤지만 이 정도의 금액이 나오는 것은 처음 봤다.

대법관이나 고등법원의 판사도 이 정도는 받지 못한다.

그런데 단독판사에게 100억이라니.

더 미치겠는 것은, 단독판사가 100억이라는 소리를 듣고

판사
이한영

도 고상하게 커피나 마시고 있다는 것이었다!

유진광이 후쿠모토의 팔을 급하게 잡아챘다. 그리고 이한영을 슥 본 후, 일본어로 빠르게 입을 연다.

"후쿠모토 씨? 제국 제강에서 이런 금액을 내놓을 수는 없잖아요!"

후쿠모토는 대답이 없다. 이한영만 노려보고 있을 뿐이다.

"후쿠모토 씨!"

다시 불러도 대답이 없자 유진광의 눈동자는 이한영에게 옮겨 갔다.

"이봐요, 이한영 씨!"

생각 없이 들어온 판이지만 지랄맞게 변한 이상 어떻게든 중재를 해야 했다.

하지만 이한영은 유진광의 말을 무시한 채 천천히 입을 열었다.

"간 보지 말고 맥스로 베팅 하세요. 2심이든 대법원이든 내가 내린 판결이 기준입니다. 내 논리를 깨지 못하면 어딜 가든 똑같은 판결이 나올 겁니다. 그만큼 내 판결은 중요하죠. 22조의 게임, 나한테 얼마를 주겠습니까?"

"200억."

200억.

세후 4천만 원의 연봉을 받는 사람이 숨만 쉬며 500년을 모아야 하는 돈.

유진광은 얼굴을 쓸어내렸다.

그때 후쿠모토가 느릿하게 입을 연다.

"우리가 쏠 수 있는 최대의 금액입니다. 물론 세탁 잘해서 드릴 수 있습니다. 이 정도면 되겠습니까?"

유진광의 눈동자가 이한영에게 향했다.

이건 절대 거부할 수 없다.

신념이 있건 없건, 역사적 사명감이 있든 말든 눈앞에 보이는 200억을 차는 놈이 있다면 그건 병신이다.

유진광이 떨리는 목소리를 애써 감추며 입을 열었다.

"받아서 씹어 삼키세요. 탈 안 납니다. 어차피 판사들은 자기 판결에 책임지지 않잖아요? 눈 딱 감고 원고 패소를 외치세요. 그럼 이한영 씨 주머니에 200억이 들어가는 겁니다."

유진광은 입을 닫고 이한영의 입술에 주목했다. 후쿠모토도 마찬가지였다.

하지만 이한영은 대답 없이 천천히 고개를 주억거릴 뿐이었다.

그리고 잠시 후 그들이 기다리던 이한영의 입술이 느릿하게 열렸다.

"기각."

유진광의 눈이 뒤집혔다.

"이봐! 당신 월급으로 평생 모아도……!"

"야."

이한영의 낮은 목소리에 유진광이 움찔한다.

"야?"

"그래, 야."

이한영이 커피 잔을 꾹 쥐며 말을 잇는다.

"창피하지 않아?"

"창피? 지금 그게 무슨 말입니까!"

"나 같으면 창피해서 뒈지겠다."

유진광은 눈동자를 굴렸다. 이한영이 왜 이러는지 생각하기 위해서다.

그리고 입을 연다.

"지, 지금 언론 때문에 그러는 거예요? 어차피 언론은 잠잠해집니다. 상관하지 마세요. 기사에 댓글 남기는 거지 같은 새끼들은 어차피 평생 그러고 살 거예요. 국민이 이한영 씨의 이름을 기억할 것 같아요? 그놈들이 머리가 좋았다면 개 취급당하면서 소처럼 살겠어요? 이한영이라는 이름, 모두 잊어 먹을 겁니다. 그놈의 냄비 근성, 어디 안 갑니다. 하지만 돈은 남아요!"

이한영은 대답이 없다. 유진광이 계속 말한다.

"이한영 씨, 판사의 눈과 변호사의 눈이 다른 건 알죠? 이렇게 들으면 기분 나쁠지 모르겠는데, 내 동생 만나는 남자라 뒷조사 좀 했습니다. 좋지 못한 대학을 나왔더라고요?"

"그래서?"

"그 대학으론 올라가는 데 한계가 있습니다. 그럼 나중에 법복 벗고 변호사 생활할 거잖아요? 미리 배우세요. 변호사는 자신을 선택해 준 고객을 위해 일할 뿐입니다."

"그래서?"

"이한영 씨, 돈이라는 놈은 말이죠, 창피한 걸 따지지 않아요. 이기는 사람에게 올 뿐이죠. 앞에 놓인 200억, 그 역시 마찬가지. 승자의 손을 잡아야 얻을 수 있습니다. 여기서 승자란 재판의 승패를 말하는 게 아니에요. 인생의 승자! 곧 죽을 노인네들 안타깝게 생각 말고 우리와 손잡아요. 그럼 계속해서 승자로 살 수 있어요! 좋은 차 타고! 넓은 집 살고!"

유진광은 말을 멈추고 이한영의 표정을 살폈다.

'개새끼가 표정의 변화가 없어!'

유진광은 아랫입술을 꽉 물었다.

꽉 다문 입에서 성질을 참는 목소리가 새어 나온다.

"이한영 씨! 세희는요, 민족, 지역, 인종, 피부색, 언어, 나이, 이념은 상관하지 않아요. 하지만 거지는 차별하죠. 세희하고 잘 만나고 싶다면……!"

설득한다고 하는 소린데, 유세희를 거론하며 협박하고 있다.

이한영이 픽 웃으며 입을 열었다.

"아까 내 뒷조사를 했다고 했죠? 나도 조사를 좀 했네요. 유세희 씨와 당신 사이, 안 좋잖아요? 내가 세희 씨 만나는 데 그쪽 도움은 필요 없을 것 같은데?"

마치 모든 걸 알고 있다는 듯한 눈동자에 유진광은 다시 말문이 턱 막혔다.

"그, 그게 지금 무슨 상관입니까? 그리고 형제끼리 사이가 안 좋을 수도 있지!"

"내가 아까 창피하지 않냐고 물었죠? 그 말은 주변 시선 때문에 창피한 게 아니라……."

이한영이 손가락으로 유진광의 가슴을 가리켰다.

순간, 유진광은 그 손가락이 자신의 가슴을 후벼 파는 것처럼 느껴졌다.

유진광이 고개를 숙여 자신의 가슴을 바라보는 것을 지켜보며 이한영이 또렷이 말을 잇는다.

"마음이 창피하지 않냐는 뜻입니다. 그리고 200억? 그 돈, 내가 벌어도 됩니다."

"이한영 씨!"

악다문 입에서 나오는 소리를 들으며 이한영의 손가락이 그의 뒤를 가리켰다.

"그만. 시간 된 것 같네요. 제가 지금 기자님과 약속이 된 자리라서요. 기자님 오셨는데, 계속 똑같은 이야기를 반복할까요?"

유진광의 시선이 이한영의 손가락을 따라 뒤로 이동했다.

그곳엔 송나연 기자가 서 있었다.

"안녕하세요."

송나연 기자가 맑게 웃으며 손을 흔들자 유진광이 입을 꽉 다물며 자리에서 일어섰다.

후쿠모토도 기분 나쁜 기색을 거침없이 풍기며 따라 섰다.

유진광이 가방을 손에 쥐며 이한영을 노려봤다.

"나중에 봅시다."

"그러든지요."

유진광과 후쿠모토가 떠나자 그 자리에 송나연 기자가 앉았다.

"방금 저 사람, 에스 로펌 유진광 팀장 아니에요? 그 옆에 있던 사람은 제국 제강 후쿠모토?"

"네."

"뭐예요? 왜 이한영 판사님하고……."

이한영은 조용히 미소 지으며 창밖으로 시선을 돌렸다.

떠나는 유진광의 뒷모습이 보인다.

유진광은 이한영의 전생에 후계 싸움에서 승리를 거머쥐고 에스 로펌 대표의 자리에 앉았다.

그러나 이번 이한영의 생에서 유진광은…….

'감옥이 어울리지.'

이한영의 눈빛에는 이글이글 불덩이가 타오르고 있었다.

아버지 유선철이 아니라면, 옆에 있는 조세헌 변호사가 아니라면, 유세희나 유하나보다 쉬운 상대가 유진광이다.

'너부터 치워 주마.'

"그래서?"

"후쿠모토는 화가 나서 먼저 가 버렸습니다."

"넌?"

"죄송합니다."

에스 로펌 대표이사실.

유진광은 유선철 대표의 책상 앞에 서 있었다.

유진광은 들려올 호통을 기다리며 허리를 숙인 채 눈을 질끈 감았다.

그런데 기다려도 호통이 들려오지 않는다.

고개를 살짝 들어 보니, 유선철 대표는 웃고 있었다.

"이한영이가 200억 정도는 벌 수 있다는 말을 했다고?"

"네. 철모르는……."

유선철 대표가 손을 저었다.

"네 자산이 어느 정도지? 200억은 넘지?"

"빌딩 세 개만 해도 그 돈은 넘을 겁니다."

"그런데 그런 돈이 넙죽 들어오면 어떻게 할 건가?"

"받겠죠."

"그래, 그게 보통의 사람이야. 그런데 이한영이는……."

기인이다. 넓은 그릇은 상상도 하기 힘들다.

이한영을 생각하던 유선철 대표는 문득 유진광이 이한영

을 어떻게 봤는지가 궁금해졌다.

"이한영이 인상이 어땠어?"

대답을 못 하고 있다.

"솔직히 말해 봐. 느낀 대로, 가감 없이."

"제가 기업 인수, 합병 전문으로 세상의 괴물이라는 사람은 대부분 만나 본 것 같습니다."

"그런데?"

"이한영이도 괴물입니다. 그런데 재계의 괴물들과는 느낌이 조금 다릅니다."

"어떻게?"

"지옥의 벽을 타고 올라온 악마 같았습니다."

그 말과 동시에 유선철 대표가 책상에 놓인 전화기를 들어 올렸다.

"세희더러 올라오라고 해."

⚖️

"혼이 날 줄 알았는데, 오히려 칭찬을 받았다고요?"

─네. 제국 제강의 청탁을 거절했다면서요? 그 일로 아버지가 기분이 좋은 모양이에요.

이한영은 유세희와의 전화를 끊으며 고개를 갸웃거렸다.

제국 제강과 일이 틀어지며 길길이 날뛸 줄 알았는데 오히려 좋아했다니…….

'이건 예상 못 했네.'

이번 일로 에스 로펌에 내분이 일어나야 한다.

유세희가 왜 이한영을 설득하지 못했냐, 유진광은 왜 나서서 일을 망치냐 등등 싸우고 물어뜯어야 한다.

그게 이한영의 계획이었다.

그런데 유선철의 기분이 좋다니.

이한영은 잠시 유선철 대표의 성격을 떠올려 봤다.

냉정하고 자신감 넘치는 사람.

위험한 돌다리는 절대 건너지 않지만 그 이면엔 모두 자신이 해결할 수 있다는 자신감도 가지고 있다.

'제국 제강과 얽힌 일은 어떻게든 해결할 수 있다고 생각한 모양이네.'

이한영이 픽 웃으며 시선을 앞으로 이동했다. 송나연 기자가 보였다.

"기사 하나 써 주세요. 제목은 '제국 제강, 이번 재판에서 지면 22조를 물어야 할지도 모른다' 같은 식이면 좋겠네요."

송나연 기자의 눈이 동그랗게 커졌다.

"22조?"

"네. 역사의 아픔은 제대로 끊어야죠. 강제징용된 분들 모두 보상받으셨으면 좋겠습니다."

에스 로펌이 조용하다면, 흔들어 주면 된다.

유선철 대표가 제국 제강 본사 회장과 전화를 하며 에스 로펌의 대표이사실엔 일본어가 울려 퍼지고 있었다.

"걱정할 필요 없습니다. 1심은 결과를 예상했어요. 아무래도 첫 재판이니 사람들의 관심이 많이 쏟아질 수밖에 없잖아요. 판사도 단독이라 어리죠. 젊은 사람들이 멀리 못 보잖아요? 하지만 시간이 지나 2심에 가게 되면 사람들의 관심에서 멀어지고, 나이가 지긋한 양반들이 법대에 앉아 있을 겁니다. 당연히 쉽게 작업할 수 있을 테고, 판결이 기사로 나온다 해도 아무도 찾아보지 않을 거예요."

—이번 일만 잘해 주신다면 앞으로 한국에서 필요한 법률 자문은 모두 에스 로펌에 맡기겠습니다.

유선철 대표는 전화를 끊었다. 그리고 곧장 핸드폰을 들었다.

"아, 박 사장. 나요. 다름이 아니라 사람들 눈을 좀 가렸으면 하는데. MC 정근? 그게 누구야? 어쨌든 그놈이 마약을 했다고?"

—네, 꽤 인기 있는 가수라 사건이 터지면 포털 사이트 검색어에 그놈만 나올 겁니다.

유선철 대표의 얼굴은 평화롭다. 어떤 걱정도 없어 보인다.

지금부터 사람들의 눈과 귀를 막으면 얼마 지나지 않아 모두 잊어 먹을 거다.

빽빽거리는 인간들만 없다면, 이 나라의 법을 좌지우지할

판사
이한영

수 있다는 자신이 있기 때문이다.

⚖️

다음 날.

유선철 대표는 서울 중앙 지방법원으로 차를 타고 가고 있었다. 그의 옆으로 유진광이 앉아 있다.

유선철 대표가 입을 연다.

"포털 사이트 확인해 봐."

"네."

유진광은 재빨리 핸드폰을 만지작거렸다. 그러더니 얼굴이 딱딱하게 굳는다.

"아, 아버지."

"왜?"

"실검 1위가 대한 독립 만세입니다."

분명 연예인의 문제가 실검에 올라야 한다. 그런데 쓸데없이 대한 독립 만세라니.

유선철 대표의 독사 같은 눈에 순간적으로 살기가 담겼다.

유진광이 핸드폰을 건네며 불길한 목소리로 입을 연다.

"드림일보에서……."

유선철 대표가 잡아채듯 핸드폰을 뺏어 들었다.

제국 제강, 그들이 물어야 할 것은 22조다

본 기자는 제국 제강이 에스 로펌을 선임하면서까지 배상을 피하려는 이유를 고민해 봤다.

이번 재판에 걸린 소송액이 1인당 1억인 데 비해 에스 로펌에 의뢰를 맡긴 비용이 더 크기 때문이다. ……(중략)…… 단순히 역사적 문제를 외면하기 때문일까, 아니면 다른 이유가 있기 때문일까? ……(중략)…… 강제징용 피해자가 22만 명. 이번 판결이 도화선이 될 수 있다.

"어떤 새끼가!"

유선철 대표의 치아 갈리는 소리가 요란하게 들려왔다.

핸드폰을 든 손이 파르르 떨려 온다.

꺼야 할 불에 누군가가 휘발유를 뿌렸다.

아니, 포탄에 불을 붙인 것이나 다름없다. 가만히 두면 '쾅!' 하고 터질 거다.

그럼 앞으로 얻을 수 있는 막대한 돈이 사라진다.

유선철 대표가 끓어오르는 화를 참으며 입을 열었다.

"당장 기사 내리라고 해."

"네?"

"어서!"

불같은 목소리에 유진광은 서둘러 핸드폰을 손에 쥐었고, 유선철 대표는 벌겋게 충혈된 눈으로 창밖을 향했다.

판사 이한영

법원에 가까워지며 시위대가 보인다.

아직 추위가 가시지 않은 날인데 일렬로 죽 늘어선 사람들은 얼굴이 퍼렇게 언 채로 오들오들 떨며 팻말을 들고 구호를 외친다.

"제국 제강은 부끄러운 역사를 반성하고 법적 배상을 하라!"

"에스 로펌은 창피한 줄 알아라!"

"멍청한 놈들이."

유선철 대표의 눈살이 찌푸려질 때, 유진광이 입을 열었다.

"기사는 바로 내리겠다고 합니다."

"다른 신문사도 연락해. 괜히 분위기 맞춘다고 춤추다간 다리가 부러질 거라고."

"아, 네."

유진광은 다시 핸드폰을 들었고, 유선철 대표는 한숨을 내쉬었다.

"쉽게 꺼질 불이 아니야. 다른 방법을 생각해 봐야겠어."

그의 눈과 귀에 사람들의 구호는 보이지도, 들리지도 않는다.

오로지 이 불씨를 꺼뜨려 제국 제강과 정상적인 관계를 이어 가는 것에만 초점이 맞춰져 있었다.

그리고 차량이 법원으로 들어갔다.

유선철 대표가 차에서 내리자 기다리고 있던 유세희가 앞에 선다.

"오셨어요?"

유선철 대표가 고민 가득한 눈빛을 숨기며 차분히 답한다.

"추운데 왜 나와 있어?"

"그래도 나와 있어야죠."

"이한영이는 별말 없었어?"

"네. 그때 말씀드린 대로 이번에는 백이석 법원장의 지시를 따라야 할 것 같아요."

유선철 대표는 천천히 고개를 끄덕인다. 그리고 앞서 걷기 시작했다.

그의 뒤를 유진광이 따르며 힐끗 유세희를 본다.

하지만 유진광과 유세희, 두 사람은 어떤 대화도 하지 않는다. 그들은 서로를 투명 인간 취급하고 있다.

⚖️

이한영의 뚜벅거리는 발소리만 울려 퍼졌다. 다른 소리는 아무것도 들리지 않는다.

옷깃이 사부작거리는 소리 역시 마찬가지다.

방청석에 앉은 모두는 숨소리마저 죽인 채 이한영만 바라보고 있다.

이한영은 그들의 눈길을 한 몸에 받으며 법대에 섰다.

그가 방청석을 향해 천천히 허리를 굽힌 후 자리에 앉는다.

"판결을 선고합니다."

지금껏 고요했던 방청석은 더욱 가라앉으며 모두가 뜨거운 눈빛으로 이한영의 판결을 기다린다.

그리고 이한영의 입이 열렸다.

"……피고 제국 제강은 원고 홍병학 등에게 각 1억 원의 손해배상금을 지급하고 소송비용은 피고가 부담한다!"

지금껏 참고 있던 탄식이 쏟아져 내렸다.

한쪽에서는 당연한 판결이었다는 듯 고개를 끄덕이는 사람도 있고, 주먹을 꽉 쥐는 사람도 보인다.

그들과 달리 이한영은 대수롭지 않다는 표정이다.

그저 해야 할 일을 했다는 얼굴로 평소처럼 자리에서 일어섰다.

하지만 그가 움직임과 동시에 모든 사람들의 시선이 이한영에게 쏟아졌다.

마치 그가 걷는 걸음걸음을 기억하려는 것 같다.

그때 이한영이 다시 몸을 돌려 노인들을 향했다.

단 한 동작일 뿐이었지만 법정은 다시 숨을 죽였다.

이한영의 낮은 목소리가 느릿하게 흘렀다.

"법정을 떠나기 전, 한 말씀만 드리겠습니다. 제가 내린 판결이 어르신들의 지난 삶을 보상할 수 없다는 것, 알고 있습니다. 어르신들의 아픔이 가벼운 돈으로 치유될 수 없다는 것도 알고 있습니다. 그러니 그저, 앞으로 건강하셨으면 좋겠습니다."

이한영은 노인들을 향해 천천히 허리를 굽혔다가 폈다. 그리고 적막한 법정을 빠져나간다.

동시에 평생을 피해자로 살아온 노인들의 눈에서 뜨거운 눈물 줄기가 주르륵 흘러내리기 시작한다.

"감사합니다. 감사합니다……."

그들의 울음소리만 법정을 채운다.

지금껏 떠들던 기자들의 목소리도 그곳엔 없었다.

한편, 방청석의 가장 끝자리, 강신진 수석 부장이 천천히 일어섰다.

"숙제를 잘해 냈군."

김진한 부장이 고개를 끄덕였다.

"이제 욕하는 사람도 없을 것 같습니다."

"욕?"

"지난번 어린이집 폭행 사건 때, 이한영이 집요하게 심리전을 펼쳐서 자백을 받아 냈거든요. 그런데 판사들 사이에선 피고 혼자 자폭한 거라는 평가가 있었습니다."

"그래?"

"그런데 이번 사건은 이한영이 양측의 변호사를 쥐고 흔들었으니 자폭이네 뭐네 하는 말은 나오지 않겠죠."

강신진 수석 부장이 만족한 미소로 천천히 고개를 끄덕였다.

"잘 키우도록 해. 앞으로 우리가 할 일에 큰 도움이 될 거야."

"알겠습니다."

"가지."

강신진 수석 부장은 법정을 떠나기 위해 몸을 돌렸다.

하지만 곧 멈칫했다.

그의 시선이 천천히 뒤로 움직인다.

눈길이 닿은 곳에는 굳은 표정으로 앉아 있는 유선철 대표와 유진광이 보였다.

그때 유선철 대표의 고개가 백이석 법원장이 있는 곳으로 돌아갔다.

강신진 수석 부장이 조용히 미소를 지었다.

"호랑이와 독사, 싸우면 누가 이길까?"

무슨 말인지 이해하지 못한 김진한 부장이 눈을 깜빡였다.

"네? 누가 이긴다뇨?"

"산중의 왕인 호랑이는 독사를 신경 쓰지 않지만 독사는 몸을 숨기고 다가와 발목을 물겠지."

"네?"

강신진 수석 부장이 빙긋이 웃는다.

"아니야, 아니야. 그만 가지."

강신진 수석 부장은 이내 몸을 돌리더니 성큼성큼 법정을 벗어났다.

유선철 대표는 관자놀이를 꾹꾹 누르고 있었다.

"저게 이한영이가 쓴 판결문이라고?"

유진광이 유선철 대표를 향해 고개를 틀었다.

"방금 이한영이가 선고했으니까, 당연히 이한영이……."

유선철 대표가 절레절레 고개를 젓는다.

"경력 10년도 안 된 단독판사가 쓸 수 있는 판결문이 아니잖아! 들었으면서도 몰라!"

판결문을 보면 사람을 알 수 있다.

손가락에 지문이 있듯 판결문에도 판사의 모습이 고스란히 담기기 때문이다.

그런데 이한영의 판결문은 절대 풋내기가 쓴 내용이 아니다. 법정에서 닳고 닳은 사람이, 작심하고 쓴 내용이었다.

유선철 대표는 2심을 생각하며, 어떤 부분을 물고 늘어져 판결을 뒤엎을 수 있는지 고민했었다.

하지만 트집 잡을 만한 모든 부분이 철벽처럼 막혀 있었다.

유선철 대표가 이한영의 그릇을 높이 사고 있기는 하지만 아무리 능력이 좋다 해도 경험이 바탕이 되지 않으면 채울 수 없는 게 있기 마련이다.

"이건 이한영이가 쓴 게 아니야. 이런 걸 적을 놈은 하나야."

"그럼 누가?"

유진광이 조심스레 묻자 유선철 대표가 의심하고 있던 이름 하나를 똑똑 끊어 답했다.

"백, 이, 석."

유선철 대표의 고개가 천천히 돌아간다.

독사의 눈이 향한 곳엔 백이석 법원장이 앉아 있었다.

그는 죽일 듯이 노려보며 낮은 목소리로 입을 연다.

"저놈이야."

유진광의 시선 역시 백이석 법원장에게 향했다. 사법부의 백호가 큰 모습으로 앉아 있었다.

시선을 느꼈는지 백호 백이석의 눈동자가 움직인다. 그리고 유선철 대표와 마주친다.

마주 본 두 사람은 서로를 향해 이글거리는 눈빛을 보내면서도 입으로는 웃었다.

그때 그들의 상념을 깬 것은 지금껏 조용히 있던 후쿠모토다.

"대표님, 이제 어떻게 할 겁니까?"

"회의 후에 연락드리죠."

"본사에서도 이 재판만 보고 있어요!"

유선철 대표가 번뜩이는 눈동자로 후쿠모토를 쏘아봤다.

그 눈빛이 강렬했는지 후쿠모토는 순간 움찔거리며 아무 말도 못 한다.

"본사에는 내가 잘 이야기했어요. 알겠습니까?"

"아, 네, 네."

유선철 대표가 천천히 일어선다. 후쿠모토는 고개를 끄덕일 뿐이다.

이리저리 눈치를 살피던 유진광이 순간 주먹을 꽉 쥐었다.

어쩌면 지금이 큰 기회가 될지 모른다는 생각이 들었기 때문이다.

후계 싸움에서 그와 둘째 유하나는 비등했는데, 유세희가 그 뒤를 바짝 쫓아오기 시작했다. 만약 여기서 큰 건을 하나 올리면 멀리 도망갈 수 있다.

여기까지 생각이 미친 유진광이 유선철 대표의 옆으로 바짝 붙어 섰다.

"아버지, 제가 이한영이와 다시 만나 보겠습니다. 자기 논리의 허점은 쓴 놈이 제일 잘 알고 있겠죠. 물어보고…….."

"그만."

묵직한 목소리에, 유진광은 이해할 수 없다는 눈빛을 보냈다.

"아버지, 2심은 반드시 이겨야죠."

"지난번에도 설득하지 못한 네가 이번엔 설득할 수 있다고? 네가 할 수 있는 일이 아냐."

"그때는 시간도 없었고, 재판 중이었잖아요. 이한영도 예민한 상태였고요. 하지만 지금은 다 끝났고, 2심은 그놈과 상관도…….."

"쓸데없이 나서지 마. 그리고 그 판결문, 이한영의 솜씨가 아니야."

"그래도 자기가 직접 선고를 내렸는…….."

유선철 대표는 유진광의 말을 더 듣지 않고 방청석을 떠나

버렸다.

그 뒤로 얄미운 유세희가 쪼르르 따라붙는다.

"아버지, 제가 이한영 씨에게……."

유세희의 재수 없는 목소리를 들으며 유진광은 삐뚤어진 눈으로 그녀의 뒷모습을 노려봤다.

"아, 진짜. 미치겠네."

유진광은 오기로라도 이한영을 만나야겠다는 생각을 가지며 핸드폰을 손에 들었다.

"이한영이 전화번호 좀 알아봐."

그는 전화를 이어 가며 법정을 떠났다.

그리고 그들이 모두 사라진 자리에 딱 한 사람만 남아 있었다. 바로 송나연 기자다.

"네, 판사님. 유진광이 또 판사님을 찾아갈 모양인데요?"

ㅡ왜요?

"판결문 논리가 어쩌고저쩌고하던데……."

⚖️

"재판 끝났으니까 상관없잖아요? 만나는 게 부담되는 건 아니죠?"

이한영은 유진광과 한정식집에 마주 앉아 있었다.

"절 보자고 한 이유는요?"

"앞으로 한 식구 될 것 같은데, 밥이나 먹자고 하는 거지, 뭐가 있겠습니까?"

동시에 미닫이문이 열리고 색색의 음식이 상에 쫙 깔린다.

유진광이 젓가락을 들며 입을 연다.

"내가 코스 요리를 안 좋아해서 한 번에 다 갖다 달라고 했습니다. 나쁘지 않죠?"

이한영이 손목을 들어 시간을 확인했다.

"제가 또 약속이 있어서요, 음식을 다 먹긴 힘들 것 같은데. 하실 말씀 있으면 빨리하시죠."

유진광은 힐끗 이한영을 바라본다.

만나자마자 밀어붙일 생각을 했지만 막상 앞에 서자 입을 열기가 힘들었다. 마치 자신의 속을 훤히 들여다보는 듯한 눈빛 때문이다.

하지만 애써 미소를 그리며 입을 열었다.

"좋습니다. 본론을 바로 말씀드리죠. 판결문, 어떻게 쓴 겁니까?"

"많이 고민해서 쓴 겁니다."

"누가 써 준 건 아니고?"

"자기 판결문 쓰기에도 바쁜 판사들이 남의 판결문에 신경 쓸 시간이 있을까요?"

"직접 썼다는 겁니까?"

"네."

"판결문의 허점, 알려 줄 수 있습니까?"

"그걸 찾아야 하는 건 변호사들 아닌가요?"

유진광이 입꼬리를 말아 올리며 테이블에 검은색 신용카드를 놓았다.

"세희하고 식사나 하세요. 걔가 허영심도 많고 계산적인 애라 비싼 걸 사야 할 겁니다. 판사 월급으로는 걔 감당하기 힘들잖아요?"

이한영의 눈동자가 신용카드로 향하자 유진광이 말을 잇는다.

"솔직히 말하면 아까 판결문 듣고 고민을 했어요. 2심에 가려면 트집 잡을 곳을 찾아야 하는데, 여간 안 보여야지."

"칭찬, 감사하네요."

이한영의 말이 긍정으로 들렸는지 유진광은 더 신나서 이야기했다.

"아까 말했듯이 같은 식구가 될 사람이잖아요. 허점 하나 알려 준다고 뭐 있습니까? 어차피 해결해야 할 것은 이제 2심 판산데?"

이한영이 테이블에 놓인 카드를 손가락으로 톡톡 치며 유진광의 얼굴을 바라봤다.

"제가 에스 로펌과 처음 마주쳤던 날, 그때 변호사도 카드를 줬었죠."

"그건 푼돈이고."

"카드를 주는 거 식상한데, 다른 건 없습니까?"

"뭐 필요한 거 있어요? 여자?"

자기 여동생과 만나는 남자에게 여자가 필요하냐고 묻고 있다니, 정말 한심한 쓰레기다.

유진광은 이한영의 생각을 모르고 실실거린다.

"청담동에 아가씨들이 예쁜 곳이 있는데, 어때요? 갈래? 그런 애들 싫으면 연예인 불러 줄까? 그 왜, 있잖아요? 요즘 잘나가는 애들. 내가 전화만 하면……."

"약속 시간 됐네요."

"뭐요?"

동시에 드르르륵, 미닫이문이 거칠게 열렸다.

유진광이 깜짝 놀라 문을 바라보자 도깨비 얼굴을 한 채 독이 잔뜩 오른 독사의 눈을 치뜬 유선철 대표가 보인다.

독사가 방으로 들어온다.

"여자? 지금, 여자를 불러 준다고?"

유진광은 자신도 모르게 앉은 채로 뒤로 물러선다.

"아, 아버지……."

⚖

"창피한 모습을 보였어."

"괜찮습니다."

유선철 대표는 크게 한숨을 내뱉었다.

아들이라고 하나 있는 놈이 동생의 남자를 앞에 두고 여자를 불러 주니 어쩌니 추한 모습을 보였으니 부끄러울 수밖에 없다.

유선철 대표가 천천히 고개를 돌려 옆으로 향했다.

유진광이 고개를 숙인 채 앉아 있다. 뺨을 세게 맞았는지 손바닥 자국이 선명하다.

한심한 눈으로 혀를 끌끌 차던 유선철 대표가 다시 이한영에게 눈을 돌렸다.

"판결문, 자네가 쓴 건가?"

"네, 제가 썼습니다."

당연한 듯 대답했지만 유선철 대표는 고개를 휘휘 젓는다.

"자네의 지난 판결문을 모두 찾아봤어. 갑자기 변했더군. 배석으로 있을 때와 단독으로 올랐을 때가 달라. 문제는 비슷할지 몰라도 분위기를 숨길 수는 없지."

당연한 이야기다. 수십 년을 이 바닥에서 뒹굴다가 과거로 돌아왔는데 그 전과 같은 게 더 이상한 것이다.

하지만 '아, 제가 죽었다 깨어나서요.' 할 수는 없는 노릇.

이한영은 입을 닫고 있었다.

유선철 대표는 이한영의 침묵을 긍정으로 해석했는지 천천히 고개를 끄덕인다.

"오늘 보자고 한 것은 판결문 때문이 아니야. 그건 지금부터 우리 회사 직원들이 해결해야 할 문제지.”

“아, 네.”

이제 본론이 나올 시간이다.

이한영이 눈동자를 들어 유선철 대표의 표정을 살필 때 툭, 말이 던져졌다.

“법복, 계속 입고 있을 건가? 회사에서 일을 배울 생각은 없나?”

이한영의 눈썹이 꿈틀거렸다.

이건 예상하지 못했던 말이다.

유진광 역시 몰랐나 보다. 지금껏 죄인처럼 있던 그가 서둘러 고개를 들었다.

“아버지! 이한영 판사를 회사로 부르다뇨!”

지금까지의 주눅 들어 있던 표정이 아니다. 영역을 지키려는 짐승과 같은 눈빛이다.

유진광 역시 이한영의 능력을 높이 사고 있었다.

그래서 그가 에스 로펌에 들어오면 어떤 일이 벌어질지 어렵지 않게 예상할 수 있었다.

유세희의 서열이 갑자기 높아진다.

어쩌면 유진광의 머리 위에 설지도 모른다. 그리고 아버지의 자리에 그녀가 앉을 수도 있다.

그것만은 무슨 수를 쓰든 막아야 한다!

그가 계속해서 목소리를 높인다.

"이한영 판사는 지금……!"

하지만 목소리는 이어지지 못했다.

"나가."

"네?"

"나가!"

버럭 지르는 호통에, 유진광은 어금니를 씹으며 자리에서 일어섰다.

터벅터벅, 힘없이 미닫이문을 향해 걸어가던 그가 뚝 멈춰 섰다.

그러더니 고개를 틀어 강한 눈빛으로 이한영을 쏘아본다.

하지만 그뿐이다.

유선철 대표 앞이라 뭐라 입을 열지는 못하고 눈빛만 남긴 채 그 자리를 떠났다.

문이 닫히고 유진광이 사라지자 유선철 대표가 담배를 꺼내 들더니 한숨처럼 연기를 내뿜었다.

"아들이라고 하나 있는 게 저 모양이야."

'당신이 죽으면 저 모양인 아들이 후계를 잇습니다.'

"딸이라고 있는 것들은 매일 싸움질이야. 욕심만 많아."

'당신이 죽은 이후, 유하나는 의문의 사고로 죽어요. 아마 유진광이 죽였겠죠. 유세희는 평생을 욕심에 사로잡혀 미치 광이처럼 살게 됩니다.'

유선철 대표가 고개를 절레절레 저었다.

"난 자식을 위해 살아왔어."

'자식들은 당신의 죽음을 기다리고 있습니다.'

"자네가 들어와서 녀석들의 중심이 되어 줬으면 해."

'거짓말.'

"들어온다 해서 바로 중책을 맡기지는 못하네. 우리 회사는 부장판사급들도 팀장이 되기 어려운 규모니까. 하지만 곧 실력을 보여 줄 거라 믿어."

유선철 대표가 테이블에 툭툭 재를 떨며 무거운 목소리로 말을 이었다.

"회사로 들어오게."

독사의 시선이 이한영의 표정을 훑고 있다.

하지만 이한영의 표정에서 읽을 수 있는 것은 없었다.

이한영은 전생을 통해 유선철 대표를 겪어 봐서 그가 어떤 식으로 사람을 파악하고 꾀어내는지 잘 알고 있었다.

'나를 페이스메이커로 삼아 유진광을 키우고 싶겠지. 영원히 법 위에 설 수 있는 가문을 만들고 싶을 거야. 하지만 그 전에 에스 로펌은 간판만 남게 될 거야. 그 간판은 유세희에게 주지.'

유선철 대표가 테이블에 담배를 꾹 눌러 끄며 입을 연다.

"자네 생각은 어떤가?"

그는 말없이 이한영을 바라본다. 대답을 종용하고 있는 거다.

이한영은 거침없이 답했다.

"죄송합니다. 전 법관 생활이 좋습니다."

들어가겠다고 말하며 환심을 살 수도 있다.

하지만 지금은 에스 로펌에 관심이 없다는 듯 비쳐야 한다.

역사를 기억해 보면, 욕심 있는 사위가 살아남은 경우는 거의 없다.

지금 환심을 살 수 있는 말은 하나.

"이런 말씀을 드리면 어떨지 모르겠습니다."

"뭐든 말해 봐."

"전 형제가 없이 자랐습니다. 그래서 세희 씨에게 형제가 많다는 이야기를 들었을 때, 반가웠습니다. 허락해 주신다면 주제에 어긋나지 않게 형제지간이 잘 어울릴 수 있도록 노력해 보겠습니다."

처가 재산에 관심은 없다. 하지만 우애 깊은 형제는 욕심이 난다.

이한영은 최대한 진심을 담아 말했다.

그러자 유선철 대표는 희미하게 웃었다.

"법관으로 있겠다는 건가?"

"네."

"나도 즉각적인 대답을 들을 거라고 기대하지는 않았어. 천천히 생각해 보게."

두 사람은 긴 복도를 지나 한정식집의 건물을 벗어났다.

건물에서 나오자 잔디밭이 보인다.

주차장으로 향하는 잔디밭을 걸으며 유선철 대표가 하늘을 본다.

"예전에는 서울에도 별이 많이 보였어."

"저도 어릴 때 별을 봤던 기억이 있습니다."

"그래? 서울에서?"

"아버지가 리어카를 끌고 폐지를 주우셨습니다."

유선철 대표는 이미 이한영에 대한 많은 것을 조사했다.

그의 어머니가 고물상을 하는 것부터, 아버지가 어떤 사람이었고 어떻게 사망했는지.

전부 어렵지 않게 알 수 있는 일이었다.

하지만 모른 척 놀란 눈을 보이며 이한영의 말을 귀담아듣는다.

"아버지는 새벽에 폐지가 많다며 일찍 움직이셨습니다. 전 리어카의 뒤에 타고 곧잘 쫓아다녔죠. 천천히 움직이는 리어카에 누워 하늘을 보면 별이 참 많았습니다."

이한영은 말을 하며 손에 들고 있던 핸드폰을 툭 땅에 떨어뜨렸다.

하지만 밤이었고 잔디밭이기에, 누구도 알지 못했다.

유선철 대표는 이한영의 말을 들으며 허허 웃는다.

"가난하게 살았다는 것은 큰 자산이야. 우리 애들은 궁핍함을 몰라."

두 사람은 정문을 지나 주차장에 다가섰다.

이곳은 안과 달리 자갈로 채워져 있다. 걸을 때마다 자그락거리는 소리가 들려온다.

주차장에 도착한 이한영은 주변을 죽 훑었다.

유진광은 먼저 갔는지 차가 보이지 않는다. 남아 있는 차량은 유선철 대표와 이한영의 자동차뿐이었다.

유선철 대표가 차량 앞에 서자 그림자처럼 붙어 있는 비서가 뒷문을 열었다.

"먼저 가지."

"조심히 들어가십시오."

이한영이 허리를 굽히자 유선철 대표가 이한영의 어깨를 툭툭 친다.

"그럼 잘 생각해 봐."

그때 뒤에서 어떤 여성의 목소리가 들려왔다.

"잠깐만요! 이거 놓고 가셨어요!"

머리에 위생모를 쓴 종업원이 이한영의 핸드폰을 보이며 쪼르르 달려오고 있었다.

컵이 놓인 쟁반을 한 손에 들고 있는 게 위태위태하다.

유선철 대표가 슥 이한영을 본다.

"핸드폰 놓고 왔나?"

이한영이 주머니를 만지작거리며 고개를 끄덕였다.

"그런 것 같습니다."

"빈틈이 없을 것 같은데, 허술한 면이 있구먼."

"죄송합니다."

"아냐, 아냐. 사람이 빈틈도 있고 그래야 제맛인 거지."

그때도 종업원은 달려오고 있었다. 천천히 와도 되는데 꽤 급한 걸음이다.

결국 발이 엉켰는지, 철퍼덕 넘어졌다.

쟁반에 놓였던 컵이 허공으로 솟아오르더니 열려 있던 차량의 뒷문으로 들어갔다. 이어서 쟁반이 자갈에 나뒹굴며 쇠가 굴러다니는 요란한 소리가 들려왔다.

적막해졌다. 바람 부는 소리만 들릴 뿐이다.

뒷좌석의 시트에선 뚝뚝 물이 떨어지고 있다.

적막을 깬 것은 종업원의 울 것 같은 목소리였다.

"죄송해요! 죄송합니다!"

종업원은 넘어져 다친 것은 상관하지 않았다. 죽을죄를 지은 표정으로 차량을 향해 엉금엉금 기어간다.

그리고 떨리는 손으로 주머니에서 행주를 꺼내더니 차량의 시트를 닦기 시작한다.

"죄송합니다. 죄송합니다."

그녀의 목소리에 유선철 대표가 미간을 찌푸렸다.

동시에 비서가 종업원의 앞을 막아섰다.

"됐습니다. 책임을 묻지 않겠으니까 가세요."

"죄송합니다. 정말 죄송합니다."

"가세요!"

단호한 목소리에 종업원은 허옇게 질린 얼굴로 뒷좌석에 떨어진 컵을 손에 들더니 연신 허리를 굽실대며 주춤주춤 뒤로 물러섰다.

이한영이 눈동자만 움직여 종업원을 향한다.

"제 핸드폰."

"아, 여기요. 죄송합니다."

종업원은 이한영에게 공손히 핸드폰을 건네며 고개를 들어 이한영을 바라본다.

눈이 마주친 두 사람.

종업원은 송나연 기자였다.

⚖️

"이한영의 판결문이 변한 시기. 백이석 법원장과 가까이 지낼 때부터야. 백이석 법원장이 이한영을 방패로 쓰려는 건가?"

어두운 차 안에서 독사의 눈이 날카롭게 빛났다.

독사의 혓바닥이 날름거리는 것처럼 유선철 대표의 손가락이 툭툭, 암 레스트를 두들기고 있었다.

조수석에 앉아 있던 비서가 고개를 틀어 뒤를 향했다.

그녀는 오랜 시간 유선철 대표의 옆에 있으며 그가 원하는 게 무엇인지 가장 잘 파악하는 사람이다.

"시키실 일이라도 있습니까?"

"사람으로 얽힌 일을 풀려면 어떻게 해야 하나?"

"사람으로 풀어야겠지요."

"준비하도록 해."

"알겠습니다."

몇 마디 대화도 없었다. 딱 그뿐이다.

하지만 비서는 모든 것을 이해한 것 같았다.

그녀가 다시 몸을 돌려 앞을 바라보자 유선철 대표의 눈빛은 창밖으로 향한다.

"호랭이 사냥이라……. 쉽지는 않겠어."

"아오, 다리 아파. 아까 넘어지면서 까졌나 봐요."

"괜찮아요?"

"약 바르면 되겠죠. 그런데 제 연기 어땠어요?"

핸들을 잡은 이한영의 옆으로 송나연 기자가 귀에 이어폰을 꽂으며 묻는다.

이한영이 엄지손가락을 들어 보였다.

"최고."

"제가 냉전 시대에 태어났다면 킬러 같은 걸 했어도 잘했을 것 같지 않아요? 누구도 알아볼 수 없게 변장해서 찾아가는 미모의 여자 킬러. 히히."

그녀는 장난스럽게 웃다가 이한영의 시선을 느끼고 손을 젓는다.

"농담, 농담. 나 안 예쁜 건 나도 알아요."

"예뻐요."

"잉? 판사님, 안경부터 맞추셔야겠네."

"예쁘다니까 그러네."

전생에서 봤던 그녀는 지금 입은 두툼한 패딩이 아니라 가벼운 코트를 입고 있었다. 뿔테 안경 대신에 렌즈를 착용했다. 머리도 아무렇게나 질끈 묶은 머리가 아니라 일명 아나운서 머리라 불리는 커트 머리였다.

차갑고 이지적이며 도시적인 여자.

보통 사람들이 커리어 우먼을 떠올리면 딱 느껴지는 그런 얼굴이었다.

아무래도 지금의 모습은 이한영의 개입 때문인 것처럼 느껴졌다.

이한영은 잠시 옛 기억을 떠올리며 조만간 신데렐라에 나오는 마법사가 되어야겠다고 생각했다.

"기자님? 잘 가는 미용실 있어요?"

"잠깐만요!"

그녀가 이한영에게 조용히 해 달라고 손짓했다. 그리고 귀에 꽂힌 이어폰에 집중한다.

잠시 후, 그녀가 이한영을 향했다.

"이게 무슨 소리예요? 백이석 법원장님이 이한영 판사님과 가까이 지낼 때부터 어쩌고 하는데요. 사람으로 얽힌 일은 사람으로 풀어야 한대요."

"백이석 법원장님?"

"네."

한정식집의 주차장에서 송나연 기자가 넘어졌을 때, 그녀는 시트를 닦는 척 작은 도청기를 의자 아래에 부착해 뒀었다.

따로 차량에서 나누는 대화를 들으려 했던 것은 아니다. 다른 쪽으로 사용하기 위해 붙여 둔 건데, 대어가 낚인 것이다.

송나연 기자가 더듬더듬 입을 연다.

"호랭이 사냥이래요."

이한영의 눈빛이 싸늘해졌다.

⚖️

집으로 돌아온 이한영은 핸드폰 모양의 기계를 손으로 만지작거리고 있었다. 송나연 기자가 들던 도청 장치다.

'호랑이 사냥이라……'

그의 눈동자에 조금씩 긴장이 서리기 시작했다.

'유선철……'

정재계는 물론이고 사법부, 검찰, 경찰 등 법에 연관된 기관이라면 어디든 끈이 닿아 있다. 그가 마음만 먹으면 못 할 일은 거의 없다.

'사람으로 얽힌 일은 사람으로 풀어야 한다고? 어떤 방법을 쓰려고 하지?'

바람 소리가 들려오며 창문이 흔들릴 때, 이한영은 천천히 눈을 감았다.

머릿속에선 유선철 대표가 했던 악행의 방법들이 파노라마처럼 스치고 있었다.

'그중에서도 가장 쉽고 안전한 방법.'

백이석 법원장은 말 그대로 호랑이다. 정면에서 마주 싸우려면 유선철 대표도 모든 것을 걸어야 한다.

'몰래 접근해 상대를 파멸시킬 방법.'

고위 공직자의 숨통을 단숨에 끊어 놓을 수 있는 것은 단 하나다.

'뇌물!'

청렴함을 강조하는 분위기 속에서 뇌물에 걸리면 살아남기 힘들다.

생각을 멈춘 이한영은 천천히 눈을 떴다.

'어떤 방법으로?'

백이석 법원장은 금덩어리가 앞에 놓여 있어도 돌덩어리로 취급할 사람이다.

그가 재물을 탐했다면 진작 법복을 벗고 변호사를 개업해 상상도 할 수 없는 돈을 끌어모았을 것이다.

'뇌물을 받을 수밖에 없는 상황을 만들어?'

고개를 저었다.

'쉽고 안전한 방법이 아니야. 복잡해져.'

유선철 대표는 가장 안전한 길을 택하는 사람이다. 단순한 것이 진리라고 믿는다.

괜히 상황을 만들다가 꼬리 잡힐 일은 하지 않는다.

이한영의 손가락이 책상을 톡톡 두들기기 시작했다.

'그럼 어떤?'

생각은 깊은 새벽까지 이어졌다.

⚖️

다음 날, 이한영은 박철우 검사와 함께 법원에서 멀지 않은 식당에 앉아 있었다.

칸막이가 있어 다른 사람의 눈엔 보이지 않는 프라이빗한 공간이다.

"이 여자는 왜요? 미인이던데?"

박철우 검사가 이한영에게 얇은 서류 봉투를 건네며 능글맞게 웃는다.

"아, 확인해 보고 싶은 게 있었거든요."

이한영은 대수롭지 않게 말하며 서류 봉투를 열어 내용물을 펼쳤다.

오른쪽 위에 사진이 보인다.

유선철 대표를 그림자처럼 쫓아다니는 단발머리 비서실장
이다.

'한소영?'

이제야 이름이 기억난다.

유선철 대표의 최측근으로 있으며 모든 비밀을 머릿속에
집어넣고 있는 여자.

항간에는 한소영이 입을 열면 에스 로펌이 무너진다는 이
야기도 전해졌었다.

막강한 실권을 손에 쥐고 있던 그녀는 유선철 대표의 사망
이후, 야망을 드러내고 유진광, 유하나, 유세희와 경영권 다
툼을 벌였다.

결과는 교통사고로 인한 사망.

그녀의 죽음이 유진광의 계획이었다는 것은 모르는 사람
빼고는 다 알고 있던 일이었다.

당시 이한영은 유선철 대표의 눈에 차지 않는 사위였기에
옆에 잘 가지도 못했었고, 해외 연수를 준비하는 중이어서
그녀에 대한 기억이 흐릿했다.

'한소영, 한소영……'

이한영은 몇 번 그녀의 이름을 중얼거렸다. 그리고 천천히
손바닥을 펼쳤다.

'이 여자도 내 손바닥에 올린다.'

이한영의 눈동자에 불덩이가 들어간 것처럼 번쩍거렸다.

그때 박철우 검사가 젓가락으로 나물을 집으며 입을 연다.

"이번 판결, 나도 잘 봤습니다."

이한영이 서류 봉투를 챙겨 뒤에 놓으며 박철우 검사를 향했다.

무슨 말인지 모르겠다는 눈빛에, 박철우 검사가 어깨를 으쓱하며 말을 잇는다.

"그거요. 강제징용 피해자들 판결."

"아……."

"판사님 꽤 유명해지지 않았어요? 길거리 다니면 누가 막 사인해 달라고 안 해요?"

이한영이 고개를 저었다.

"알아보는 사람은 있는데요, 사인해 달라는 경우는 없네요. 뒤에서 손가락질하면서 수군거리기만 해요."

"크크크, 삿대질받아요?"

"네."

"그건 기분 나쁘겠네, 흐흐."

박철우 검사는 뭐가 재밌는지 킬킬 웃는다. 그러더니 입을 연다.

"이런 거 보면 검사보다 판사가 괜찮다는 생각도 들어요. 우리는 민사로 나쁜 놈을 때려잡을 순 없으니까요."

"그럼 경력직으로 오세요."

"에이, 난 뼛속까지 검산데, 흐흐."

이한영이 피식 웃었다.

"네, 검사님은 검사가 제일 잘 어울립니다."

"판사님도 판사가 제일 잘 어울려요. 그러니까 우리 죽을 때까지 이 짓만 합시다. 나중에 변호사 한다고 하면 배신하는 거예요."

순간, '죽을 때까지'라는 말이 이한영의 귀에 거슬리게 들려왔다.

"……죽을 때까지요?"

"네."

한소영의 서류를 보며 전생을 떠올려서인지 아니면 박철우 검사의 호기로운 목소리를 들어서인지, 이한영의 눈동자는 다시 전생을 보고 있었다.

그러고 보니…….

'박철우 검사도 교통사고로 사망했었잖아!'

이한영의 전생에서 박철우 검사는 남에게 고개 숙이지 못하는 뻣뻣한 성격이었다.

명령을 따라야 하는 검사 세계에서 고지식한 성격은 진급과 거리가 멀었고, 부부장검사로 있다가 의문의 교통사고로 사망했었다.

잠시 옛 기억을 더듬던 이한영이 물었다.

"박철우 검사님, 지금 부부장이죠?"

박철우 검사가 자랑스럽게 웃는다.

"그럼요. 단독판사와는 계급이 다르죠, 흐흐."

이한영의 몸에 죽 소름이 돋아 올랐다.

⚖

박철우 검사와 헤어진 후, 이한영은 서초동에 있는 마트를 향해 가고 있었다.

물건을 사려는 것은 아니다. 유선철 대표의 비서실장 한소영을 만나러 가는 거다.

박철우 검사가 가지고 온 서류엔 그녀의 신용카드 사용 내역도 적혀 있었다.

그녀는 항상 같은 요일, 같은 시간, 같은 마트에서 장을 본다.

이한영은 마트를 향해 걸어가며 생각에 빠졌다.

'박철우 검사……'

사람은 태어나면 죽는다.

산부인과에는 아기 울음소리가 울리고, 장례식장은 통곡으로 채워진다.

이것은 불변의 원칙이다.

하나 그렇다 해도 주변을 살펴보면 명을 다해 삶을 마치는 게 아니라 불의의 사고로 숨을 거두는 사람이 너무 많다.

전생에서는 모르고 지나갈 일이었고, 친한 사람들이 아니었기에 크게 신경 쓰지 않았다.

하지만 이번은 다르다.

이한영은 주먹을 꽉 쥔 채 마트에 도착했다.

많은 사람들 속에서 한소영을 찾는 것은 어렵지 않은 일이었다.

그녀는 아름다웠고, 늘씬한 키와 몸매는 어디서든 도드라져 보였다.

주류 코너에서 서성이는 그녀를 향해 이한영은 성큼성큼 다가갔다.

"안녕하세요."

카트를 밀던 그녀는 갑작스러운 이한영의 등장에 눈을 크게 떴다.

반면에 이한영은 여유롭게 말을 잇는다.

"여기 마트 다니시나 봐요?"

"아, 네."

그녀가 의심스러운 눈으로 이한영을 훑을 때, 이한영은 카트에 담긴 물건을 빠르게 눈에 담았다.

'껍질이 제거된 채소, 즉석조리 식품.'

확실히 혼자 사는 사람답다.

한소영이 이한영을 보며 묻는다.

"이한영 판사님 댁은 이쪽이 아니지 않나요?"

"집은 송파죠."

"그런데 어쩐 일로……?"

"한소영 씨를 만나러 왔습니다."

그녀의 눈에 다시 의문이 담긴다.

"저를요?"

"2층에 커피숍 있던데요. 장 보는 거 마치면 시간 좀 내줄 수 있을까요?"

잠시 후, 두 사람은 커피숍에 마주 앉았다.

마트의 커피숍이라 오가는 사람이 많이 보인다.

한소영이 커피를 손에 들며 이한영을 바라본다. 생긋 웃는 얼굴이다.

"판사님이라 불러야 하나요?"

"이한영 씨라고 하죠."

사람들이 많은 마트다. 판사라고 불리는 것은 부담스러운 일이다.

한소영이 고개를 끄덕였다.

"이한영 씨를 보면 이상한 점이 많다는 것 아세요?"

"이상한 점요?"

"다른 사람."

알 수 없는 말에 이한영이 고개를 갸웃거렸다.

"다른 사람?"

한소영이 커피숍 주변을 천천히 둘러본다.

"이곳에 있는 사람들은 보통 사람. 하지만 이한영 씨는 다른 사람이죠."

"무슨 말씀인지 모르겠는데요."

"제가 유선철 대표님의 비서실장으로 있으면서 권력과 재력을 가진 분들을 많이 만나 봤어요. 그분들의 공통점은 철저히 나뉘고 싶어 한다는 거였죠. 비행기를 타도 퍼스트 클래스에 오르고 백화점을 방문해도 영업 전 VIP 시간을 이용하죠. 일반 사람들과 섞이고 싶어 하지 않아요. 같은 공간에서 숨 쉬는 것 자체를 싫어하는 분들이니까요. 그리고 그분들은 이 주변에 있는 사람들을 인간이라고 생각하지 않죠."

이한영이 피식 웃으며 고개를 저었다.

"제가 그분들과 똑같다고요?"

"그게 아니라, 느낌이 그래요. 마치 그 세계에 있었던 분 같아요. 사람의 목숨을 말 한마디로 좌지우지할 수 있는 세계. 그런 세상에 있어 보지 않고서는 아무리 당당하고 잘나가는 사람도 유선철 대표님의 눈을 쳐다볼 수 없으니까요."

잘 봤다.

비록 힘없는 사위였지만 그 집안에 있었고, 간접적으로 체험한 게 많았다.

더럽고 치사하고 한심한 인간 군상의 모습.

'그 안에 너도 있었어. 다른 사람을 이야기하면서 너를 빼놓으려고 하지 마. 더러운 싸움에 끼어들었던 것은 너도 마찬가지야.'

잡담은 여기까지였다.

한소영이 커피를 내려놓으며 줄기를 묻는다.

"그래서, 절 보자고 한 이유는요?"

"어떤 검사님이 저를 보며 '궁예'라고 합니다."

"궁예?"

"관심법이라고 하나요? 사람의 속을 들여다볼 수 있는 능력이 있거든요."

한소영의 입가에는 여전히 미소가 맺혀 있다. 그녀가 웃음을 담아 묻는다.

"드라마를 좋아하시는 검사님인가 보네요. 그래서, 제 속을 보고 오셨나요?"

"네."

"제가 어떤 생각을 하는데요?"

태연히 묻는 그녀를 보며 이한영이 천천히 입술을 움직였다.

"죽어라, 유진광."

순간, 한소영의 얼굴에서 웃음기가 싹 빠져나갔다.

맞은편에 앉은 이한영은 여전히 빙긋이 웃고 있었지만 그녀는 억지로 웃기도 힘들었다.

"그, 그게 무슨 말이죠?"

"에스 로펌의 표면적인 후계자는 유진광과 유하나죠. 하지만 대표님의 머릿속은 이미 유진광으로 후계를 정해 뒀습니다. 맞나요?"

"그래서요?"

"난 유진광이 아니라 유세희 씨가 그 자리에 올랐으면 하거든요."

한소영이 커피를 마셔 마른 입안을 축인다. 하지만 얼굴이 붉어진 것은 숨길 수 없었다.

"이한영 씨, 전 유진광 팀장이 죽기를 바라지 않아요. 후계 자리에 누가 올라가든 상관없고요. 그리고 제가 지금 그 말을 대표님께 전하면 어쩌려고 그러죠?"

"하세요."

당당한 목소리에 한소영의 눈빛이 찌푸려진다.

"뭐라고요?"

"그럼 나도 이야기할 겁니다. 한소영 씨가 에스 로펌의 비리를 보따리로 준비하고 있다는 것! 에스 로펌 백쉰 명의 E.P(Equity Partners : 지분 파트너)를 만나 유선철 대표 사후에 회사를 꿀꺽할 계획이 있다는 것!"

한소영은 몸이 굳어지는 것을 느꼈다.

아무도 모르게 준비하던 일인데 앞에 있는 판사가 어떻게 알았는지 도저히 알 수 없었다.

그녀가 아랫입술을 꾹 무는데, 이한영의 목소리가 귀를 찌르고 들어왔다.

"우리, 유진광이 사냥합시다."

그녀의 꾹 깨문 입술에서 당혹스러운 목소리가 새어 나온다.

"이, 이한영 씨!"

"난 유세희를 위에 올리고 싶고, 한소영 씨는 자신이 올라가고 싶잖아요? 여기까지는 다른 목적. 하지만 그 전에 유진광을 치워야 한다는 목적은 같지 않나요? 같이합시다."

한소영은 아무 말도 못 했다.

그녀는 이한영의 거친 손길이 자신의 검은 뱃속을 모두 까뒤집는 느낌을 받고 있었다.

그녀의 눈동자가 이한영을 향했다.

유선철 대표보다 더한 악마가 눈앞에 보인다.

그때 이한영이 그녀의 앞으로 몸을 바짝 끌어당겼다.

"블룸버그가 발표한 자료에 따르면 지난해 에스 로펌의 법률 자문 거래 총액 18조. 돈이 전부가 아니죠. 에스 로펌엔 대한민국 최고 인재들이 모여 만든 데이터가 있어요. 에스 로펌을 손에 쥔다는 것은 돈은 물론이고 대한민국의 법 위에 군림할 수 있다는 뜻입니다."

"이, 이한영 씨?"

"가만히 두면 유진광이 테이블에 놓인 판돈을 모두 먹을 겁니다. 지켜보기만 하고 있을 겁니까? 난 베팅을 했는데, 한소영 씨는?"

Chapter 3

한소영은 대답 대신 큰 숨을 내뱉었다.

말로는 선택의 기회를 준 것처럼 보이지만 절대 아니다. 이것은 강요다.

눈빛을 보면 알 수 있다.

선택을 거부하면 그녀의 모든 계획을 폭로할 각오가 보인다.

그녀는 생각을 최대한 차분히 만들며 빠져나갈 길을 찾아봤다.

하지만 어디에도 구멍은 보이지 않는다.

'그리고 저 웃음!'

마음에 들지 않았다.

정말 자신이 궁예가 된 듯, 사람을 관통하는 눈빛과 미소!

어떻게 해야 할지 갈피를 잡지 못하고 있을 때, 그녀의 귓속을 이한영의 칼날 같은 음성이 찌르고 들어왔다.

"시간은 충분히 준 것 같은데, 어떻게 하시겠습니까?"

답이 보이지 않는다. 그녀는 끄덕일 수밖에 없다.

"좋아요."

그녀의 대답에 이한영의 미소는 짙어졌지만 한소영은 스트로를 잘근 씹어 물었다.

'이건 내 스타일이 아니잖아!'

질질 끌려다니며 말 잘 듣는 개가 되는 것은 그녀의 방식이 아니다. 이한영이 찌르면 그녀도 찔러야 한다.

그녀가 애써 웃으며 입을 연다.

"방법은 있나요? 유진광 팀장이 허술해 보여도 사법시험을 통과한 사람이에요. 어릴 때부터 힘을 사용하는 방법도 배워 왔고요. 쉽지 않을 텐데요."

"아……."

이한영이 아무것도 아니라는 듯 낮게 웃자 당황한 그녀가 빠르게 물었다.

"방법이 있나요?"

이한영은 대수롭지 않다는 듯 고개를 끄덕인다.

"네, 있어요."

"……어떤?"

의문을 가득 담아 물었지만 이한영은 손을 휘휘 저었다.

"공장에 가 본 적 있나요?"

뜬금없는 말에 한소영의 눈살이 찌푸려졌다.

"공장이라뇨?"

"대학에 다닐 때, 자동차 부품 생산 공장에 아르바이트를 나간 적이 있어요. 거기서 한 분을 만났는데요. 그분은 자신이 만드는 부품이 정확히 어디에, 어떻게, 어떤 원리로 쓰이는진 모르고 있더라고요."

"지금 무슨 말씀을 하시는 거죠?"

"딱, 거기까지. 한소영 씨가 해 주시면 될 일입니다."

한소영은 기가 차다는 듯 웃었다.

"그러니까, 뭔지도 모르고 해라?"

"해야 할 일은 전화로 알려 드리죠. 한소영 씨는 큰 도움이 될 겁니다."

자세한 내용을 말해 주지 않겠다는 강한 표현이다.

무시하는 듯한 느낌에 한소영의 눈에 분기가 올랐다.

하지만 분노는 잠깐이다. 순간, 그녀의 머릿속에 섬뜩한 생각 하나가 스쳐 갔다.

'이한영이 에스 로펌에 들어오면?'

그녀의 등줄기에 소름이 쭉 돋는다.

'절대 안 돼!'

그녀가 느낀 이한영은 악마다.

악마가 에스 로펌에 들어오면 모든 것을 잘근잘근 씹어 먹을 수도 있다.

그렇게 되면 한소영은 닭 쫓던 개가 되어 입맛이나 다시고 있을지도 모른다.

'또 비서로 남으라고? 안 돼! 막아야 해! 계속 판사나 하고 지내야 해!'

그녀가 마른 입술을 혀로 핥으며 이한영을 향했다.

"이한영 씨? 백이석 법원장님께 총애를 받는다고 들었어요."

이한영의 눈동자에 번쩍 섬광이 돌았다.

기다리고 있던 말이다.

그는 한소영을 압박해 스스로 더러운 음모를 토해 내길 기다리고 있었다.

하지만 계획대로 됐다고 기뻐하는 기색을 보여선 안 된다. 최대한 심드렁하게 말해야 한다.

"예뻐해 주시기는 하죠."

"저도 정보 하나를 드리죠. 유선철 대표님이 백이석 법원장님을 노리고 있어요."

알고 있는 내용이다.

하지만 이한영은 모른 척 시치미를 떼며 묻는다.

"백이석 법원장님을요? 어떤 방법으로요?"

"뇌물."

예상하던 방법.

하지만 이번에도 모른 척 되묻는다.

"백이석 법원장님이 뇌물을 받으실 분은 아닌데요."

"그렇죠. 백이석 법원장님은 절대 받을 분이 아니죠. 하지만, 아내분은요?"

이한영은 뒤통수를 맞은 듯한 느낌을 받았다.

'바보같이! 가장 간단한 방법을 못 찾고 있었어!'

한소영의 목소리가 들려온다.

"청렴하게 산 분일수록 가족을 설득하는 것은 어렵지 않아요. 백이석 법원장님이 청렴하기 위해 참고 기다리며 어렵게 산 것은 가족들이니까요."

이한영의 손가락이 버릇처럼 테이블을 두드리기 시작했다.

"뇌물을 주는 방식엔 두 가지가 있죠. 어떤 겁니까?"

뇌물을 건네는 방법 중 하나는 3만 원, 5만 원 등 뇌물이라고 볼 수 없는 적은 금액을 차차 늘려 가는 거다.

뇌물을 받은 사람은 끓는 냄비 속의 개구리처럼 상황을 모른 채 지옥에 빠져들어 간다.

그리고 어느 순간, 시간과 돈만큼 커진 친분에 명예를 버리고 만다.

두 번째는…….

"거부할 수 없는 돈으로 단번에 머리를 찍어 낼 거예요."

유선철 대표는 백이석 법원장을 고꾸라뜨리고 이한영을 에스 로펌에 끌고 올 생각을 하고 있었다.

하지만 지금 그의 계획은 가장 믿는 측근인 한소영의 입에서 흘러나오고 있었다.

⚖️

　에스 로펌은 어수선했다.
　한 달에 한 번 있는 정기 보안 점검 때문이다.
　보안 팀은 각종 탐지기를 들고 건물 전체를 샅샅이 훑고
있었다.
　보안 요원들의 표정은 평온하다.
　그동안 수시로 해 왔던 점검이지만 특이한 일이 발생한 적
은 단 한 번도 없었기 때문이다.
　지하 주차장에서 관용차를 검색하던 한 보안 요원이 유선
철 대표의 차량 문을 열었다.
　그리고 평소처럼 탐지기를 집어넣는 순간, '삐삐삐삐!' 하
고 시끄러운 알람이 울렸다.
　보안 요원의 얼굴이 사색이 된 것은 순간이다.
　그가 떨리는 손을 뻗어 소리가 나는 곳을 향해 움직였다.
　덜컥! 뭔가가 잡힌다.
　꺼내 보니 도청기다.
　보안 요원이 악을 질렀다.
　"여, 여기! 도청기가 있습니다!"
　다른 차를 검색하던 보안 요원들의 고개가 일제히 그곳을

판사
이한영

향한다.

그들의 표정 역시 딱딱하게 굳어진다.

"그거 대표님 전용차잖아!"

"씨발, 어떤 새끼가!"

그 시각, 유진광은 사무실에 서서 창밖을 보고 있었다.

"백이석 법원장을 칠 것 같다고?"

"네. 분위기를 보면 그럴 것 같습니다."

조세헌 변호사의 말에 유진광의 눈썹이 꿈틀거렸다.

"이한영 그 새끼가 도대체 뭔데?"

"유선철 대표님은 이한영을 크게 보는 것 같습니다. 만약 이한영이 법복을 벗고 회사로 들어오면…….."

말을 다 듣지 않았지만 유진광의 입술은 바짝 타들어 갔다.

상상만 해도 끔찍한 일이 벌어질 게 뻔하기 때문이다.

그가 몸을 돌려 책상에 있는 물을 벌컥벌컥 마셨다.

탁! 세차게 컵을 내려 둔 유진광이 조세헌 변호사를 강하게 쏘아본다.

"이한영이 엄마가 고물상을 한다고 했지? 가난한 새끼들 잡는 건 조 변호사 특기잖아? 방법이 없겠어?"

조세헌 변호사가 입술을 쓸어 만졌다.

"고물상을 차리면서 빚이 있다고 들었습니다."

"빚? 얼마?"

"4천만 원 정도요."

"4천? 씨발, 별것도 아니구먼."

조세헌 변호사가 고개를 가로로 흔들었다.

"팀장님에겐 하룻밤 술값이지만 가난한 사람들에겐 평생 벌어야 할 돈일 수도 있습니다."

"대가리가 나쁘니까 그렇게 사는 거지. 어쨌든 빚이 있는데, 뭐? 방법이나 말해 봐!"

"이러면 어떨까요?"

뭔가 생각이 있는 듯한 발언에 유진광의 눈이 번쩍인다.

"어떤 거? 뭐라도 말해 봐."

"백이석 법원장을 치고 이한영이 여기에 올 때까지, 빨라도 6개월은 걸릴 겁니다."

"그런데?"

"그동안 우리는 고물상에 대출을 더 주는 거죠. 4천이 아니라 1억, 2억, 3억! 판사의 고만고만한 지갑으론 빚을 감당할 수 없게요."

"그리고?"

"그다음은 팀장님이 잘하시는 딜! 이한영에게 빚을 갚아주는 조건으로 유세희 아가씨와 관계를 끝내게 하든가……."

"가능해?"

조세헌 변호사가 고개를 끄덕였다.

"정상적인 사람도 채권 추심 팀에 걸리면 정신이 망가지게 되죠. 피가 마르고 하루하루가 고통이니까요."

유진광이 사무실을 서성이기 시작했다. 급한 걸음이 초조해 보인다.

그렇게 걷던 그가 다시 휙 고개를 돌려 조세헌 변호사를 향했다.

"돈을 안 빌리겠다고 하면 다 헛수고잖아?"

조세헌 변호사가 조용히 웃는다.

"이런 일에 전문인 사람이 있잖아요?"

"누구?"

"오판석요."

오판석, 명동 사채왕이라 불리는 사람이다.

돈이 필요 없는 사람도 빌리게끔 계획해 인생을 박살 내는 것엔 선수다.

유진광이 다시 방 안을 서성이기 시작했다. 얼굴엔 고민이 가득하다.

"오판석은 위험하지 않아?"

"위험하죠. 이한영이가 새우잡이 어선에 탈 수도 있겠죠."

서성이던 유진광의 걸음이 뚝 멎었다.

그의 입가에 재수 없는 미소가 걸린다.

"연락해 봐."

핸드폰을 꺼내던 조세헌 변호사가 멈칫거린다. 그러더니 조심스레 입을 연다.

"팀장님, 아이디어는 드리겠지만 이번 일에 깊게 관여하고 싶지는 않습니다."

"마음대로 해."

유진광은 빨리 전화나 걸라고 다그쳤다.

조세헌 변호사는 핸드폰을 들어 번호를 찾더니 유진광에게 건넸다.

통화 연결음이 이어지고 상대의 목소리가 들려오자 유진광이 밝게 웃으며 입을 열었다.

"아, 나 에스 로펌 유진광 팀장이에요."

―배우신 양반이 어쩐 일로? 돈이 필요해서 전화한 것 같진 않은데, 흐흐흐.

느글거리는 목소리가 들렸다.

"다름이 아니라, 부탁할 게 있……."

그때 쾅, 사무실의 문이 열렸다. 그리고 검은 양복을 입은 보안 요원들이 쏟아지듯 들어왔다.

이곳은 에스 로펌에선 누구도 건들 수 없는 곳. 유진광의 방이다.

유진광이 들고 있던 핸드폰의 통화 종료 버튼을 누르며 보안 요원들을 무섭게 노려봤다. 그리고 분노의 불덩이를 토해 낸다.

"뭐 하는 거야!"

보안 요원 한 명이 앞으로 나서더니 유진광을 향해 허리를 굽혔다.

"죄송합니다. 대표님의 차량에서 도청 장치가 발견되었습니다."

"그런데? 그게 나랑 무슨 상관이야!"

서슬 퍼런 목소리지만 보안 요원은 담담했다.

"다른 사무실은 모두 점검했습니다. 남은 것은 유진광 팀장님과 유하나 팀장님 그리고 유세희 팀장님의 방뿐입니다."

"하! 그래서 예의 없이 이러고 들어오는 거야? 여기가 어디라고!"

유진광이 어이없다는 듯 고개를 저었다.

"죄송합니다. 잠시 확인만 하겠습니다."

앞에 선 보안 요원이 눈짓하자 뒤에 있던 검은 양복들이 움직이기 시작했다.

유진광은 여전히 고개를 젓고 있다.

"아무것도 없다고! 내가 아버지를 왜 도청해! 아무것도 없으니까 쓸데없는 짓 그만하고 꺼지라……!"

삐삐삐삐삐삐삐!

책상에서 소리가 난다.

유진광의 표정이 삽시간에 시커멓게 변해 갈 때, 보안 요원이 거칠게 서랍을 열어젖혔다.

"이, 있습니다."

유진광이 주춤주춤 뒤로 물러섰다.

"아니야! 난 아니라고! 그게 왜 여기에 있어! 조, 조세헌 변호사! 뭐라고 말 좀 해 봐!"

유진광의 눈에 핏줄이 죽죽 그어지고 있었다.

⚖️

"난리가 났겠네요?"

─아직 혼나고 있는 모양이에요.

이한영은 법복을 펄럭이며 빠르게 걷고 있었다.

지금 통화하는 상대는 유세희다.

그녀는 이한영의 말을 듣고 유진광의 방에 도청기를 넣어 뒀었다.

─그런데 이 정도로 유진광이 무너질까요?

"아뇨. 안 무너집니다."

유선철은 아들인 유진광이 대를 이어야 한다고 생각하는 사람이다.

잠시 눈 밖에 날지는 몰라도 결과적으로는 유진광이 대표 자리에 오를 것이 분명하다.

─아…… 그냥 죽어 버리면 안 되나?

분명 유진광은 유세희의 오빠다. 하지만 그녀는 진심을 담아 그렇게 말하고 있었다.

이한영은 유세희와의 전화를 끊었다.

그러자 곧바로 핸드폰이 다시 울린다. 이번엔 한소영이다.

ㅡ설마 지금 일, 이한영 씨가 계획한 건가요?

"지금 일이라뇨?"

한숨 소리가 들린다.

ㅡ알겠어요. 더 묻지 않죠. 이한영 씨가 말했던 날이 온 것 같네요. 유진광이 벼랑 끝에 섰어요.

이한영의 입가에 미소가 그어졌다.

"그럼 퇴로를 만들어 줘야죠. 도망갈 수 있도록."

도망친 곳에 천국은 없다. 지옥이 있을 뿐이다.

⚖

"유진광 팀장이 대표님 차를 도청했다며?"

"와, 씨발. 대표 자리에 오르고 싶다고 아버지를 도청하냐? 무섭다, 무서워."

"그래서 어떻게 된대? 직위 해제? 강등?"

휴게실에 모여 수군거리던 변호사들은 한순간에 꿀 먹은 벙어리가 되었다. 유진광의 최측근 조세헌 변호사가 들어왔기 때문이다.

조세헌 변호사는 어색한 침묵을 뚫고 자판기로 걸어가 음료를 뽑아낸다. 그리고 싸늘한 시선으로 사람들을 훑었다.

그 시선이 닿을 때마다 변호사들은 고개를 숙이고 눈을 마주치지 않으려 애썼다.

"왜? 하던 말 계속해."

당연하지만 아무도 말이 없다.

조세헌 변호사의 눈에 냉랭한 기운이 담긴다.

"하라는 일들은 안 하고 모여서 잡담질이야! 유진광 팀장 걱정하지 말고 너희들 의뢰인이나 걱정해! 시간 남으면 네 인생이나 걱정하고!"

"죄송합니다."

"꺼져."

변호사들이 기다렸다는 듯 우르르 빠져나가자 떠들썩했던 휴게실엔 적막이 찾아왔다.

낮게 한숨을 내뱉은 조세헌 변호사가 다리를 외로 꼬아 앉았다.

"유진광⋯⋯."

보안 요원이 도청 장치를 찾아냈을 때, 유진광이 피를 토하듯 외치던 목소리가 들려온다.

─조, 조세헌 변호사! 뭐라고 말 좀 해 봐!

조세헌 변호사는 고개를 저었다.

'거기서 왜 날 찾은 거지?'

유진광의 목소리가 서서히 사라진다.

하지만 끝이 아니다.

이번엔 한때는 라이벌이었지만 지금은 감옥에 있는 이동욱 변호사의 목소리가 들려온다.

-유씨 집안, 조심해.

조세헌 변호사의 입에서 다시 한숨이 흘렀다.

'설마……'

⚖️

대표이사실의 거대한 문이 열리고 허옇게 질린 얼굴의 유진광이 비틀비틀 나오고 있었다.

"내가 아니라니까, 도대체 왜 그게 내 책상에……."

혼잣소리를 중얼거리던 그가 인기척을 느끼고 고개를 들었다.

한소영이 앞에 서 있다.

"유진광 팀장님."

유진광이 손을 젓는다.

"나중에, 나중에 얘기하죠."

그에게 다른 사람과 대화를 나눌 정신은 없었다.

하지만 한소영은 그를 막아선다.

"대표님께서 뭐라고 하셨습니까?"

"씨발, 지금 그걸 들어야겠어요!"

살기 넘치는 눈빛으로 쏘아봤지만 한소영은 피하지 않는다.

"전 비서실장입니다."

"알았다고! 그러니까 꺼져요. 나중에 어떻게 처맞았고 무슨 개소리를 들었는지 세세하게 말해 줄게!"

"죄송합니다. 알아야 합니다. 대표님께 묻는 것보단 유진광 팀장님께 듣는 게 편할 테니까요."

그녀의 집요함에 유진광은 피가 날 정도로 머리를 북북 긁었다. 그리고 짜증 섞인 말로 입을 연다.

"출근하지 말래. 됐죠?"

"네."

한소영이 유진광을 향해 허리를 굽혔다.

"내가 대표가 됐다면 제일 먼저 당신을 잘라 버렸을 거야."

"잘리고 싶진 않은데요."

스쳐 가던 유진광이 눈을 부릅뜨고 노려본다.

"말장난하는 것도 아니고!"

"……방법이 하나 있습니다."

유진광의 발걸음이 멎는다.

"뭐?"

"대표님의 마음을 돌릴 방법이 하나 있습니다."

"뭐, 뭔데?"

"이한영 판사를 에스 로펌에 데리고 오는 겁니다."

유진광의 눈썹이 위로 솟구쳤다.

"내가 그 새끼를 왜 데리고 와!"

한소영이 유진광의 마음을 알아본 듯 빙긋이 미소를 그리며 속삭인다.

"가만히 계시면 유하나 팀장이 올라올 텐데요. 그것보다는 이한영 판사가 오더라도 지금의 자리를 유지하는 게 좋지 않을까요?"

지금껏 멍해 있던 유진광의 눈동자에 점차 생기가 돌았다.

그가 천천히 고개를 주억거리며 중얼거렸다.

"완전히 배제되는 것보다는 이한영을 끌고 와서 내 능력을 인정받고 자리를 지켜라?"

"네, 덤으로 이한영 판사가 팀장님의 편이 된다면 더 좋겠죠."

유진광은 이제 웃기까지 하고 있다.

"한 실장, 내 편에 서겠다는 말인가요?"

"잘리고 싶지 않을 뿐입니다."

유진광이 손을 저었다.

"아까 말했던 것 취소할게. 내가 대표 자리에 가도 당신은 계속 이 자리에 있을 겁니다."

"감사합니다. 그럼 방법까지 알려 드릴까요? 원래는 제가 해야 할 일이지만……."

유진광은 가만히 있어도 대표 자리에 앉게 될 사람이다.

하지만 그는 유선철 대표의 마음을 모른다.

먼 미래를 보지 않고 당장 앞만 바라보며 벼랑 끝에 섰다고 생각할 뿐이다.

히죽거리며 웃는 유진광을 바라보는 한소영의 귓가에 이한영의 목소리가 들리는 것 같았다.

─벼랑 끝에 선 사람에게 동아줄을 건네면, 그게 썩었는지 멀쩡한지 알려고 하지 않아요. 일단 잡고 보죠.

그리고 유진광은 썩은 동아줄을 덥석 잡았다.

⚖️

"싫어?"

"네."

"하, 씨발. 조세헌 변호사, 지금 나 무시하는 거야?"

유진광은 백이석 법원장의 아내에게 뇌물을 건넬 생각을 하고 있었다.

성공만 한다면 눈엣가시 같던 백이석 법원장을 끌어내릴 수 있다. 그리고 유선철 대표에게 완벽한 신임을 얻게 된다.

그런데 조세헌 변호사가 거부하고 있다.

"백이석 법원장이 법복을 벗는다고 이한영이가 우리 회사에 올까요?"

"오게 해야지. 백이석이라는 방패막이만 사라지면 우리가 못 할 게 뭐야? 뭐든 할 수 있어. 그럼 지가 어떻게 버텨?"

"이한영이에겐 어떤 방법을 쓸 겁니까?"

"조세헌 변호사가 말한 대출을 계획해 봐야지."

조세헌 변호사가 고개를 저었다.

"아이디어만 드렸을 뿐, 하지 않겠다고 말씀드렸는데요."

"그러니까 왜?"

"느낌이 안 좋습니다."

백이석 법원장을 상대하는 것은 위험한 일이다. 괜히 끼어들었다가 낭패를 볼 수 있다.

게다가 그의 머릿속에선 '유씨 집안, 조심해.'라는 말이 계속해서 울리고 있었다.

'나 혼자 독박을 쓸 수도 있어.'

유진광이 이해가 되지 않는다는 눈빛으로 고개를 저었다.

"느낌을 믿을 거면 무당이나 찾아가지?"

"죄송합니다. 전 빠지고 싶습니다."

조세헌 변호사가 자리에서 일어나 고개를 숙인 후 사무실을 벗어났다.

혼자 남은 유진광은 머리를 북북 긁는다.

그리고 짜증으로 가득한 눈빛으로 조세헌 변호사가 떠난 문을 노려봤다.

"저 새끼도 안되겠어. 개가 주인 말을 안 들으면 데리고 있을 필요가 없잖아?"

⚖️

"이, 이게 뭐예요?"

중년의 여성은 눈앞에 놓인 허연 봉투를 보며 마른침을 삼켰다.

장을 보던 그녀는 남편의 일로 이야기할 것이 있다는 낯선 남자의 말에 커피숍까지 쫓아왔다.

그런데 난데없이 봉투를 꺼내 테이블에 올리자 난감했나 보다.

"아, 제 소개를 못 했네요."

남자는 빙긋이 미소를 그리며 품 속으로 손을 가져갔다.

그리고 지갑을 꺼내 명함을 찾아 테이블에 놓는다.

에스 로펌 유진광이라는 이름이 선명히 보인다.

"에스 로펌에서 제 남편에게 왜요? 제 남편은 변호사를 할 마음이 없는데요."

그녀는 백이석 법원장의 아내였다.

유진광이 호탕하게 웃는다.

"아, 별거 아닙니다. 변호사를 하라고 드리는 것도 아니고 대가가 있는 것도 아닙니다."

"그럼 왜?"

"에스 로펌은 국내 최대 법률 회사로서 매년 훌륭한 법조인을 뽑아 물심양면으로 지원하고 있습니다. 이번에 백이석 법원장님이 뽑힌 것뿐이죠."

그녀는 고개를 저었다.

"죄송합니다. 좋은 뜻이 있다고 해도 무턱대고 받을 수는 없어요. 남편과 상의 후에……."

"법원장님은 무조건 반대하시겠죠. 그런데요……."

유진광이 테이블에 놓인 봉투를 손에 들더니 내용물을 꺼내 탁 놓았다.

"들어 보셨죠, 백지수표? 원하는 금액을 적으시면 됩니다."

"아뇨. 죄송합니다."

그녀는 완강하다.

하지만 유진광의 입가에서 미소는 걷히지 않는다. 뇌물을 앞에 둔 사람의 반응은 모두 똑같기 때문이다.

처음엔 거절. 하지만 그 뒤엔 두 손으로 공손히 받는다.

'언제까지 버티나 보자.'

유진광은 품에서 펜을 꺼냈다. 그리고 백지수표의 가장 뒷자리에 동그라미를 그리기 시작했다.

한 개, 두 개, 세 개, 네 개…… 그렇게 여덟 개.

유진광은 '탁!' 소리가 날 정도로 강하게 펜을 내려놓은 후 동그라미가 적힌 수표를 그녀에게 밀었다.

"가장 앞에 원하는 숫자를 적어 보세요. 어떤 숫자가 들어가든 모두 사모님 돈입니다. 동그라미가 모자란가요? 하나 더 적을까요?"

유진광은 거침없이 동그라미 하나를 더 그렸다.

이제 10억 단위다.

갈피를 못 잡는 여인의 눈동자를 보며 유진광이 독사의 음성을 내뱉었다.

"직업 만족도에서 법관이 1위라고 하지만 생활비 때문에 법복을 벗는 분들이 많아요. 그런 의미에서 백이석 법원장님은 참 존경스럽습니다."

"저, 저기요?"

그녀가 만류했지만 유진광은 상관하지 않고 말을 이어 간다.

"법원장 월급이 일반 판사들과 크게 차이 나지 않는다는 것, 저희도 잘 알고 있습니다. 그런데 백이석 법원장님은 월급의 일정 부분을 자신이 교도소로 보낸 사람에게 쓰기도 한다면서요?"

"이봐요."

"참 멋진 분입니다. 그런데 우리가 보기엔 멋지지만, 가족분들은요? 멋지다고 생각하세요? 백조가 우아하게 헤엄치기 위해 수면 아래 다리는 헐떡여야 합니다. 백이석 법원장님이 멋지기 위해선 가족들이 허덕여야 하겠죠."

새끼 독사의 음성에도 그녀는 완강하다.

자신의 앞에 놓인 수표를 유진광을 향해 밀며 강한 어조로
말한다.

　"죄송합니다. 받을 수 없……."

　유진광의 입꼬리가 비뚜름해졌다.

　"막내아드님이 결혼할 여자가 있다면서요!"

　아들이라는 말에 여인의 입이 막히자 유진광이 더 강하게
말한다.

　"결혼할 때 아파트 한 채는 줘야 하지 않아요? 거지같이
월세나 전세로 시작하게 하려고 합니까? 그렇게 살아서 뭐
가 남는데요? 우리 아빠 백이석 법원장이라는 게 자랑스러
울까요? 아드님 손에 남는 건 없어요."

　유진광이 수표를 들더니 천천히 펄럭인다.

　"남는 건 아파트예요. 내 아들 떳떳하게 좋은 아파트 갖고
결혼하게 해 주세요. 장인 장모 만났을 때, '나, 씨발, 10억짜리
아파트 있다!'라고 말할 수 있게 해 주세요. 얼마나 좋아요?"

　유진광이 펄럭이던 수표를 조심히 내려놓으며 속삭인다.

　"그게 싫으세요? 그럼 현실을 말해 드릴까요? 아드님은 월
세 내느라 허덕일 겁니다. 은행 이자 갚느라 평생을 살 겁니
다! 얼마 안 남은 월급으로 치킨이나 뜯어 먹으면서 예쁜 마누
라, 자식과 오순도순 살 겁니다! 미치도록 행복하겠네요!"

　여인의 입술이 말라 가자 유진광이 그녀를 향해 바짝 다가
섰다. 그리고 낮은 목소리로 위협하듯 입을 열었다.

"사모님의 손주는 무슨 죕니까? 거지 같은 집에서 태어난 게 죄네요."

"저기요…….."

"앞으로 태어날 손주가 평생 노력이나 하면서, 병신같이 살면 좋겠어요? 며느리가 콩나물값 몇 푼 아끼려고 유통기한 다 된 물건 사서 '몇백 원 아꼈네. 알뜰살뜰 부자 되겠네! 적금이나 넣어야겠다!' 하면서 살게 하겠습니까?"

여인은 대답하지 못한다.

유진광이 그녀의 눈을 강하게 쏘아보며 천천히 말한다.

"사모님의 아들은 고작 몇백만 원을 벌기 위해 밤낮없이 일하게 될 겁니다. 어쩌면 과로로 병원 신세를 질지도 모르겠네요. 그렇게 해도 이 돈 못 만져 봅니다. 평생 모아도 이 돈 못 모아요! 그렇게 살게 하고 싶으면 그러세요. 모두 사모님의 결정에 달렸습니다."

유진광이 다시 몸을 뒤로 빼며 의자에 느긋하게 등을 기댄다.

그리고 그녀를 향해 수표를 죽 민 후, 양팔을 벌리며 쐐기를 박듯 말했다.

"선택하세요."

여인의 떨리는 눈동자가 앞에 놓인 백지수표를 향했다.

그녀의 눈빛에 유진광은 쾌재를 불렀다.

분명 그녀의 눈동자엔 욕망이 담겨 있었다.

하지만…….

"유진광 씨라고요? 아버지가 누군진 모르겠지만 자랑스러 웠던 적이 없었나 보네요."

"네?"

"우리 아빠 백이석 법원장이라는 거, 우리 애는 참 자랑스 러워해요. 남는 거 있어요."

"이, 이봐요!"

"우리 손주는 노력하며 살게 할래요. 내 며느리가 몇백 원 을 아끼려 한다면 참 예쁠 것 같아요. 그리고 얼마 없는 월급 으로 치킨 먹는 거 맛있어요."

그때.

"치킨은 진리죠."

유진광의 뒤에서 묵직한 음성이 들려왔다.

유진광이 빠르게 뒤를 돌아보자 검은 양복을 입은 한 남자 가 보인다.

유진광이 눈을 크게 뜨고 상대를 바라보며 물었다.

"누, 누구세요?"

"서울 중앙 지검 박철우 검사입니다. 당신을 뇌물 공여죄 현행범으로 영장 없이 체포합니다."

⚖

겨울의 끝을 알리는 바람은 매서웠다. 두툼하게 옷을 입었지만 찬 바람은 뼈를 쑤시고 들어온다.

눈보라가 휘몰아칠 때, 이한영은 집 근처 족발집에 앉아 석정호를 만나고 있었다.

젓가락으로 족발을 집던 석정호가 슬금슬금 주변 눈치를 보더니 아주 작은 목소리로 속삭인다.

"야, 지금 주식 얼만지 알아?"

800원대였던 송현 전자 주식은 어느새 6,500원을 넘어서고 있었다.

당시 1억을 넣었으니 현 가치는…….

"8억?"

젓가락을 든 석정호의 손에 힘이 콱 들어간다.

"그래, 8억! 우리 부자야, 부자!"

석정호는 눈에 힘을 주며 낮지만 강한 목소리로 외쳤지만, 이한영은 시큰둥했다.

그의 표정을 살피며 석정호는 고개를 갸웃거렸다.

"안 놀라네?"

"생각보다 느려."

"야! 이게 느려? 이러다가 주당 1만 원 돌파하는 거 아니냐고 난리야!"

"누가?"

"인터넷에서……."

이한영이 석정호의 빈 잔을 채우며 물었다.

"이순호는 뭐래?"

이순호는 강남역에서 만난 투자 전문가다. 전생에서는 사기를 벌이다가 검찰에 잡히는 인생을 살았지만 이번엔 이한영의 손바닥에서 놀고 있다.

석정호가 턱을 쓸어 만졌다.

"분위기가 이렇게 좋은데, 계속 팔아야 한다네? 실체 없는 소문으로 오른 건 무조건 떨어진다나? 그놈 말이 청산유수라 듣고 있다 보면 나도 모르게 팔 것 같다니까."

"잠시만 더 가지고 있어."

"무조건 네 말을 따라야지, 흐흐."

석정호는 기분 좋게 웃으며 술잔을 꺾어 술을 마셨다.

그리고 이한영을 바라본다.

"그런데 어쩐 일이야?"

이제 본론을 꺼내야 할 시간이다.

"부탁 하나만 하려고."

"뭐든 말해."

이한영이 주머니에서 쪽지 하나를 꺼내 건넸다.

"이분 옆에서 가드 좀 해 줄 수 있겠어?"

석정호는 이한영이 건넨 쪽지를 큰 손으로 조심스레 펼쳤다.

백이석 법원장의 얼굴이 보인다.

"이 아저씬 누구야?"

"우리 법원장님."

"법원장?"

그때 이한영의 핸드폰이 진동을 울렸다.

호랑이도 제 말 하면 온다더니 백이석 법원장이다.

이한영은 잠깐 전화를 받겠다는 신호를 보낸 후 핸드폰을 귀에 댔다.

"네, 법원장님."

—소식은 들었지?

"네, 들었습니다."

낮에 박철우 검사에게서 유진광을 검거했다는 이야기를 들었다.

—영장 실질 심사가 들어갈 거야. 자네가 하겠나?

"네?"

—유진광을 담당할 영장 판사가 오늘 휴가를 냈어. 대직으로 자네가 들어갔으면 하는데.

"알겠습니다. 바로 들어가겠습니다."

이한영은 핸드폰을 내려놓았다.

석정호가 아쉬운 표정으로 이한영을 바라본다.

"너, 한 잔도 안 마셨는데 또 들어가야 해?"

"일이 바쁘네."

"에이, 나랏일 하는 사람 막을 수도 없고. 이순호나 불러야겠다."

석정호가 툴툴거릴 때, 이한영은 족발집의 문을 열고 밖으로 나섰다. 그리고 곧 눈보라 속으로 사라져 갔다.

⚖️

영장 실질 심사란 구속영장이 청구되면 판사가 피의자를 대면하고 심문해서 구속 사유를 판단하는 과정이다.

이한영이 심문실의 문을 열고 안으로 들어가자 머리가 헝클어진 채 앉아 있는 유진광이 보인다.

그의 모습은 수척해져 있었다.

"여기서 볼 줄은 몰랐네요."

이한영의 목소리에 유진광이 고개를 들어 다급히 말한다.

"전화 한 통만 씁시다."

"그러세요."

이한영은 핸드폰을 꺼내 책상에 놓았다.

유진광이 핸드폰을 손에 들어 바삐 번호를 누른다.

"아, 아버지."

─죽어!

뚝. 전화가 끊겼다.

유진광의 눈동자가 파르르 떨린다.

하지만 아직 도움을 요청할 곳이 남았는지 다시 핸드폰을 만지작거린다.

─네, 조세헌 변호사님 핸드폰입니다.

"누, 누구지?"

ー박지영 비서입니다.

"조세헌 변호사는?"

ー지금 자리에 안 계십니다. 대표님 지시로 부산에 가셨는데, 핸드폰을 놓고 가셨어요.

더 듣지 않아도 알 수 있다.

조세헌 변호사는 휘말리고 싶지 않아 일부러 놓고 간 거다.

유진광은 꾹 눈을 감았다. 이제 스스로 해결하는 수밖에 없다.

"이한영 판사, 날 구속할 건가요?"

"그럴 사유가 있다면요."

"뇌물 공여죄는 불구속이 관행인 걸로 알고 있는데."

"관행이야 바뀌기도 하죠."

유진광이 어금니를 씹으며 말했다.

"검찰은 구속에 집착하고 있어요! 에스 로펌의 장남을 잡았다는 걸 보여 주고 자기들이 로펌보다 위에 있다는 걸 알리기 위해서지! 이건 공정하지 못합니다."

"이유가 뭔든, 죄를 지은 것은 사실이잖아요?"

이한영이 맞은편에 앉으며 다리를 외로 꼬았다.

협조적이지 않은 말투에 유진광의 얼굴엔 짜증이 확 떠올랐다.

'네까짓 게 지금 나를 구속하겠다는 거야?'

하지만 유진광은 화를 꾹 참으며 말을 잇는다.

"툭 까놓고 말해 봅시다. 우리, 가족이 될 거잖아요?"

"그래서요?"

"뇌물 공여는 징역 5년이 최고라는 거 몰라요? 난 기껏해야 징역 1년에 집행유예 2년을 받을 겁니다. 날 구치소에 처박아 놓으면 나중에 내 얼굴 어떻게 보려고 그래요? 안 껄끄럽겠어요?"

이한영이 픽 웃었다.

"판사도 아니면서 형량을 계산하고 계시네요?"

"나도 변호사야. 형량 계산은 할 줄 알아요!"

"그래서요?"

'그래서요?'라고 말했지만 '어쩌라고?'라는 뜻이다.

유진광이 마른 입술을 핥으며 입을 열었다.

"어차피 나올 거, 피차 피곤하지 말자는 겁니다."

이한영이 들고 있던 수첩을 흔들어 툭툭 테이블을 두들겼다.

"뭔가 잘못 생각하시는 것 같은데요. 유진광 씨는 법원장님의 가족을 찾아가 뇌물을 건네려 했어요. 다른 사람도 아니고 법원장이에요."

이한영은 손가락으로 아래를 가리키며 계속 말했다.

"이 건물의 왕. 대한민국 사법부의 원로 중 한 사람. 서울중앙 지방법원 법원장 백이석. 그 사람을 건드리고도 집행유예가 가능하다고 보세요?"

유진광이 눈동자를 치켜떴다.

"백이석 법원장은 몇 년 안 남았어. 정년 퇴임하겠지. 이한영 판사는 영원히 판사일 것 같나요? 아니야, 날고뛰어도 대학 간판 때문에 좌절하고 말 겁니다. 출신 때문에 한계가 있다는 거 스스로도 잘 알잖아요? 높이 올라가 봤자 지방법원의 부장판사가 끝이에요!"

"그래서요?"

"하지만 에스 로펌의 간판은 영원하죠. 법원장이 은퇴해도 이한영 판사가 법복을 벗어도! 에스 로펌은 그 자리에 있을 겁니다. 그리고 우리 가족이 되면 대학 간판 따위는 아무 상관 없어요. 내가 그렇게 만들어 줄게! 그러니까, 이쪽으로 건너와요. 내가 밀어줄 테니까."

이한영이 들고 있던 수첩을 던지듯 놓으며 픽 웃었다.

"구속하지 말라는 말을 참 어렵게 하시네."

"우리, 함께합시다. 인생이 달라질 수 있어요! 법을 주무르고 돈 펑펑 쓰면서 아가씨도 주무르고! 내가 대표하고 이한영 판사가……."

그때 이한영의 핸드폰이 울렸다. 유선철 대표다.

지금껏 다급한 눈빛으로 이한영을 설득하던 유진광의 얼굴에 빙긋이 웃음꽃이 피었다. 그리고 태도가 변했다.

의자에 비스듬히 등을 기대고 앉으며 다리를 꼰다. 그리고 거들먹거린다.

유선철 대표가 나선다면 불구속은 확정이라는 걸 알기 때문이다.

"그렇지, 아버지가 날 버릴 수는 없지. 뭐 해? 어서 받아요."

유진광의 재수 없는 목소리를 들으며 이한영은 핸드폰을 귀에 댔다.

"이한영입니다."

—……미안한 부탁을 하려고 전화했네. 이건 에스 로펌 전체의 문제야. 법을 다루는 회사에서 자식 하나 빼 주지 못하면 누가 믿고 거래를 맡기겠나? 진광이는 내가 따끔하게 혼낼 테니…….

이한영의 시선이 천천히 유진광에게 향했다.

유진광은 재수 없는 미소를 지우지 않고 쭉 기지개를 켠다.

"집에 가서 초밥이나 시켜 먹어야겠네."

중앙 지방법원 앞은 기자들로 인산인해를 이루고 있었다.

눈이 쏟아져 내리고 있지만 기자들은 상관하지 않는다.

얼마 전, 강제징용 피해자 재판에서 전범 기업을 변호한 에스 로펌의 장남이 구속 심사를 받고 있으니 관심이 높을 수밖에 없다.

법원의 정문에 한 기자가 섰다.

카메라가 기자를 바라보며 큐 사인을 보내자 그녀가 다급한 목소리로 입을 연다.

"법원장의 가족을 찾아가 백지수표를 건넨 혐의로 체포된 에스 로펌 유진광 팀장이 영장 실질 심사를 받고 있습니다. 이한영 판사가 영장 심사를 담당하며, 구속 여부는 새벽쯤에나 발표될 전망입니다."

다른 방송사도 마찬가지다. 지지 않고 법원의 소식을 전한다.

"유진광 씨는 대한민국 최고 법률 회사 중 하나인 에스 로펌 유선철 대표의 장남인 것으로 알려졌습니다."

또 다른 방송사의 기자도 뺨이 붉게 언 채 입을 열고 있다.

"에스 로펌은 전 대법원장과 검찰총장, 각 장관과 국회의원 등이 고문으로 있는 거대 로펌입니다. 일각에서는 유진광 씨에 대한 영장 심사가 보여 주기 위한 명목일 뿐이며 제대로 된 조사가 이뤄지지 않을 거라고 보고 있……. 아, 생각보다 빨리 발표가 난 모양입니다."

결과가 적힌 쪽지를 전달받은 기자가 잠시 멍하니 내용을 들여다본다. 그러더니 더듬더듬 입을 열었다.

"유진광 씨에 대한 구속영장이 발부되었습니다."

쾅!

유선철 대표가 책상을 내리찍었다.

"도대체!"

시뻘건 눈으로 분노를 쏘아 내던 유선철 대표가 빠르게 고개를 돌렸다.

독사의 눈이 노려보는 곳엔 한소영 비서실장이 서 있다.

"자네가 하기로 했던 일 아닌가?"

한소영이 빠르게 고개를 숙였다.

"죄송합니다."

"그런데 왜!"

거친 목소리가 대표이사실을 울리자 한소영이 고개를 숙인 채 죄스러운 목소리로 준비했던 변명을 쏟아 낸다.

"유진광 팀장이 대표님께 징계를 받은 이후 공적을 쌓고 싶어 했습니다. 그래서……."

"그래서! 저런 초짜를 보낸 거야! 백이석이 누군지 몰라! 자네는 호랑이 아가리로 진광이를 떠민 거나 마찬가지야!"

"죄송합니다."

유선철 대표는 꾹 입을 다문 채 고개를 저었다.

분을 참고 냉정하게 생각해 보면 한소영 실장은 어쩔 수 없는 상황이었을지도 모른다.

에스 로펌은 가족 중심의 회사였고, 피가 섞이지 않은 사람들은 그 권력에 매달릴 수밖에 없기 때문이다.

유선철 대표가 크게 숨을 내쉰 후 입을 열었다.

"팀장급 이상은 모두 회의실로 모이라고 해."

"네."

"내일 아침 9시, 고문단 회의 준비하도록 하고. 점심은 백이석 법원장과 약속 잡아."

"알겠습니다."

"식사 후 커피는 검찰총장과 마실 수 있도록 해 놔. 저녁
은 대법원장과 하지."

"알겠습니다. 준비하겠습니다."

⚖

"저녁 안 드셨어요?"

"네. 먹으려고 했는데 갑자기 일이 터져서요."

"유진광 때문이죠?"

"네."

이한영의 차는 영화관의 지하 주차장에 세워져 있었다.

조수석에 앉은 유세희가 걱정스러운 표정으로 이한영을
바라본다.

"아빠한테 혼나면 어쩌려고 그랬어요? 아버지는 분명 구
속을 반대했을 텐데."

이한영이 햄버거를 한입 베어 물며 빙긋이 미소를 지었다.

"전화까지 하셨어요."

"그런데 왜……."

"지난번에 세희 씨가 유진광이 없었으면 좋겠다고 했잖아요?"

"아……."

"전 대표님의 명령보다 세희 씨의 마음이 더 중요합니다."

유세희가 가볍게 웃자 이한영은 말을 잇는다.

"그래도 대표님께 미움받는 건 싫으니, 그건 세희 씨가 알아서 해 주세요. 제가 로미오와 줄리엣 같은 사랑을 꿈꾸지는 않아서요."

유세희가 천천히 고개를 끄덕였다.

"걱정하실 필요는 없어요. 지금 당장은 화를 내시겠지만 아버진 욕심 있고 능력 있는 사람을 좋아하니까요. 다만 한영 씨가 우리 회사의 중추로 오는 건 힘들겠죠. 패밀리를 건드렸으니 고문단이나 변호사들이 좋지 않게 생각할 테니까요."

이한영이 고개를 휘휘 저었다.

"전 에스 로펌에는 관심 없습니다. 하지만 세희 씨에겐 관심이 있네요."

분명 로맨틱하게 하는 말은 아니다. 24시간 패스트푸드점에서 산 햄버거를 씹으며 대충 집어 던지는 말이다.

하지만 그 말에 유세희의 가슴은 두근거렸다.

그때 이한영이 유세희의 손목을 덥석 잡았다.

거친 손길에 유세희가 눈을 흠칫 뜬다.

'뭐, 뭐야?'

힐끗 이한영을 바라보자 그의 얼굴이 천천히 다가오고 있다.

동시에 그녀의 심장은 쿵쾅쿵쾅, 심할 정도로 요동치기 시작한다.

조용한 지하 주차장. 오가는 사람은 보이지 않는다. 지금의 분위기가 뭔지는 바보라도 알 수 있다.

'어쩌지?'

받아들여야 하나, 아니면 요조숙녀 흉내를 내야 하나?

어떤 행동이 이한영을 더 옭아맬 수 있을까?

그녀의 머릿속에서 복잡한 계산이 이뤄지고 있었다.

그녀가 이한영에게 관심이 없는 것은 아니다. 하지만 어디까지나 목적은 에스 로펌이고, 이한영은 도구여야 한다.

그녀는 이 순간에도 어떻게 이한영을 이용해서 대표의 자리에 앉을 수 있을지 고민하고 있었다.

'그동안 능력은 충분히 봤어. 이 남자가 있으면 내가 대표가 될 수도 있어. 그럼 어떻게 해야 하지?'

그때 그녀의 머릿속에 아버지 유선철의 목소리가 들리는 것 같았다.

─세상을 담을 수 있는 그릇이라 해도 그걸 닦고 관리하는 것은 여자야. 그 그릇에 어떤 음식을 올릴지 결정하는 것은 너야. 절대 주도권을 빼앗기지 말도록 해.

생각을 이어 가는 중 이한영의 얼굴은 숨결이 느껴질 정도로 가까워졌다. 조금만 더 다가오면 뜨거운 입술이 닿을 거다.

이제 결정의 시간이다.

'아직은 아니야. 더 애가 타야 해. 강렬히 나를 원해야 해.

무릎을 꿇고 애원하게 만들어야 해. 가볍고 쉽게 보여선 안 돼. 볼 수는 있지만 만질 수 없는 꽃처럼 보여야 해.'

마음의 결정은 끝났다.

"이한영 씨?"

그런데 그녀가 거절의 목소리를 내려 할 때, 스르륵 이한 영의 얼굴이 그녀를 스쳐 기울어진다.

그리고 '딸깍' 소리가 나며 가슴을 옥죄던 안전벨트가 풀렸다.

유세희의 입에 허탈한 웃음이 걸렸다.

'뭐야? 고작 안전벨트를 풀려는 거였어? 바보같이, 손은 왜 잡은 거야?'

괜히 긴장하고 있었나 보다. 복잡했던 고민이 허무하게 느껴질 정도였다.

그녀가 생각을 숨긴 채 입을 열었다.

"영화 시간 됐죠? 올라갈까요?"

"아뇨."

"네? 영화 시간……."

순간, 그녀의 의자가 확 뒤로 기울어졌다. 그리고 그녀의 위로 야수가 덮쳐 온다.

생각할 시간도 거부할 시간도 없다.

거칠고 투박한 입맞춤.

제멋대로인 남자!

'안전벨트를 푼 이유가 이거였어?'

놀라서 동그랗게 떴던 유세희의 눈이 감긴다.

무방비가 되어 그대로 이한영을 느낄 수밖에 없었다.

하지만 그때 이한영의 손가락이 그녀의 얼굴을 간지럽게 건드렸다.

예상치 못한 느낌에 눈을 뜨자 이한영이 빙긋이 미소를 그리며 입을 연다.

"오늘은 여기까지만 하죠."

"네?"

"영화 봐야죠."

이한영은 미소를 남긴 채 몸을 일으켜 차에서 내렸다.

그리고 조수석으로 이동해 차 문을 열고 다정하게 그녀의 손을 잡는다.

그녀는 이한영의 손에 끌려 차에서 내릴 수밖에 없었다.

멍한 그녀의 눈동자를 보며 이한영이 다시 따스한 미소를 지었다.

'자명고를 찢는 낙랑공주가 되어라.'

전생에서 이한영을 괴롭혔던 악녀 유세희는 현생에서 철저히 농락당하고 있었다.

⚖️

─10억! 드디어 찍었어!

며칠이 지난 아침, 단독판사의 회의를 마치고 사무실로 돌아가던 길에 석정호로부터 반가운 소식이 들려왔다.

　송현 전자에 투자한 돈이 쑥쑥 오르더니 어느새 10억을 찍었다는 거다.

　하지만 이한영의 목소리는 시큰둥하다.

　"이제 팔아."

　-팔아?

　"응."

　지금껏 절대 팔지 말라고 하던 사람이 갑자기 돌변하자 당황했는지 석정호가 빠르게 입을 연다.

　-이거 지금 난리야! 계속 오를 거라고 다들 전망하고 있어!

　"누가?"

　-인터넷에서…….

　"팔아."

　-에휴…….

　한숨 소리가 들려온다.

　-알았어. 지금 팔게.

　전생을 기억하면 앞으로 조금은 더 오르는 것으로 알고 있다.

　하지만 어느 순간 폭락의 때가 온다.

　주식 투자의 전문가도 아니고 그 순간이 언제였는지 정확히 기억하지 못했기에 안전한 순간에 회수하는 게 옳은 판단이었다.

이한영이 전화를 끊자 옆으로 김윤혁이 섰다.

그가 부드러운 미소를 그리며 입을 연다.

"뭐 샀어?"

"아, 친구가."

"그래? 어떤 거?"

"나도 잘 몰라."

그 전에도 이한영을 살피던 김윤혁이었지만 최근엔 그 움직임이 노골적이다. 마치 어떤 색깔의 속옷을 입었는지까지 궁금해하는 눈치다.

그 이유는 알 수 있었다.

지금 이한영이 모두에게 받는 인정의 눈빛.

그것을, 원래는 김윤혁이 받았어야 했다.

이한영의 전생에서 김윤혁이 강제징용 같은 재판으로 이름을 알렸던 것은 아니다. 하지만 일단 잘생긴 외모로 점수를 먹고 들어갔으며, 깔끔한 일 처리 방식과 모두에게 호감받는 행동은 인정을 받는 데 큰 플러스 점수가 됐었다.

하지만 이한영이 다시 인생을 살며 김윤혁의 삶도 크게 요동치고 있었다.

법원이라는 공간에서 수십 년을 나뒹굴며 잔뼈가 굵은 이한영에게 갓 몇 년 판사 생활을 한 김윤혁이 비비기는 어려웠다.

그래서 김윤혁이 선택한 것은 철저하게 가면을 쓰고 이한영을 들여다보려 하는 것이다.

하지만 그것도 어려웠다.

김윤혁은 앞서 걸어가는 이한영을 차가운 시선으로 바라봤다.

'저 새끼는……'

그는 누구보다 가식이라는 가면을 잘 쓸 수 있다고 자부해 왔다. 그래서 알 수 있다.

이한영은 철저하게 거리를 두고 있었다.

앞에서는 친한 척 모든 것을 받아 주는 것 같지만, 대화를 하고 나면 남은 것은 없었다.

지금의 대화도 그랬다.

이한영에게 친구가 뭘 샀는지 물어보자 '나도 잘 몰라.'라며 넘어가 버린다.

그때 김윤혁의 어깨에 누군가가 팔을 둘렀다.

고개를 돌려 보자 김진한 부장이다.

"시간 있지? 얘기 좀 하자."

"아, 네."

김윤혁은 김진한 부장을 쫓아 그의 사무실로 향했다.

책상에 앉은 김진한 부장이 심각한 표정으로 얼굴을 쓸어내린다.

심상치 않은 이야기를 예고하듯 표정부터가 어둡다.

잠시 후 그는 고민으로 가득한 목소리로 입을 연다.

"윤혁아…….."

"네, 부장님."

"청부 하나 받을 수 있겠냐?"

김윤혁의 눈이 번쩍 뜨였다.

"청부요?"

김진한 부장이 무거운 한숨을 내뱉으며 책상 위에 서류 하나를 던지듯 놓았다.

"읽어 봐."

김윤혁이 서류를 들어 읽기 시작했다.

유성 전자에서 일하던 희귀 질환 피해자의 산업재해 인정 재판이다.

언론에서 난리가 날 법하지만 유성 그룹의 힘이 워낙 막강하기에 세상은 알면서도 쉬쉬하고 있었다.

"이건…….."

김진한 부장이 고개를 끄덕였다.

"우리 수석 부장님이랑 유성 쇼핑 장태식 사장이랑 오랜 친구야. 알고 있지? 그런데 장태식 사장이 유성 전자 문제를 해결하고 회장님께 인정받기를 원하나 보네. 이 일이 잘되면 차기 회장으로 낙점받을 수 있는 모양이야."

장태식 사장, 이한영의 전생에선 유성 그룹의 회장이었던 사람이다. 이한영은 그에게 실형 판결을 내렸다는 이유로 감옥에 끌려갔다.

판사
이한영

김윤혁을 보며 김진한 부장이 말을 잇는다.

"손에 오물 좀 묻혀라."

김윤혁은 마른 입술을 핥으며 서류를 한 장 두 장 더 넘겨 봤다.

넘기면 넘길수록 기록물에 적힌 피해자들에 대한 내용이 가슴 찢는 원성이 되어 들리는 것 같았다.

김진한 부장이 계속 말했다.

"강신진 수석 부장님은 큰일을 계획하고 계셔. 그런데 큰일에는 많은 돈이 필요해. 시체도 많이 쌓이겠지. 하지만 너도 알잖아? 강신진 수석 부장님이 계획하시는 일이 성공하면 세상은 바뀔 거야. 이런 지저분한 세상이 아니라 모두가 법을 지키는 체계적인 세상이 될 거야. 아름다운 세상을 위해 소가 희생하는 것은 역사의 명령이야. 어쩔 수 없어."

"제가 시체가 되라는 말씀이십니까?"

김진한 부장이 고개를 휘휘 저었다.

"아니. 선봉에 서서 시체를 만들어야지. 지금은 나쁘게 보일지 몰라도 역사가 만들어지려면 궂은일 할 사람은 필요한 법이야. 언젠가 우리가 원하는 세상을 만들었을 때, 지금의 모든 고통은 보상으로 돌아올 거야. 그리고 그 세상은 우리가 만드는 거다, 윤혁아."

김윤혁은 다시 서류를 향했다.

기록물에 적힌 원성은 김윤혁의 귀를 찢을 듯 계속해서 울리고 있었다.

그 망설임의 눈동자를 김진한 부장이 봤다.

그가 조심스레 입을 연다.

"쉽지 않은 결정이라는 거 알아. 마음이 원치 않으면 그만 둬도 좋아. 이한영이에게 부탁하지."

이한영이라는 말에 김윤혁의 손에 힘이 꽉 들어갔다.

동시에 기록물에 적힌 피해자들의 목소리가 심할 정도로 구겨진다.

김윤혁의 시선이 피해자들을 떠나 김진한 부장에게 향했다. 망설이던 눈빛은 사라졌다.

"이 일, 강신진 수석 부장님도 알고 계십니까?"

"그럼. 그러니까 네가 맡는 거지. 직접 지명하셨어."

김진한 부장은 일부러 '이한영'을 거론한 거다. 그리고 예상대로 김윤혁의 눈에 어둠이 돈다.

김윤혁은 천천히 고개를 틀어 벽을 바라봤다.

하지만 그 벽을 지나고 지나면 사무실에 앉은 이한영이 있다.

김윤혁의 검은 눈동자가 이한영을 무섭게 쏘아본다.

'넌 사람들에게 인정을 받아라. 난 윗사람의 인정만 받으면 된다. 세상은 윗사람의 인정을 받는 사람이 위에 서더라. 그게 진리더라.'

김윤혁이 다시 김진한 부장에게 시선을 돌리자 김진한 부장이 강한 목소리로 물었다.

"하겠나?"

김윤혁이 고개를 끄덕였다.

"네, 하겠습니다."

"그럼 자네가 배당받을 수 있도록 손을 써 두지. 자네는 2심이나 대법원 갔을 때 트집 잡히지 않도록 준비해. 피해자들을 완벽하게 뭉개 버릴 판결문이 나와야 할 거야."

"네."

김진한 부장이 빙긋이 미소를 그리더니 서랍에서 통장 하나를 꺼내 책상에 놓았다.

"유성 쇼핑 장태식 사장님이 주시는 용돈이야. 명동 사채왕이라는 사람을 통해 세탁되었으니까 문제없이 쓸 수 있을 거야."

"감사합니다."

김윤혁이 고개를 숙이자 김진한 부장이 책상에서 일어나 그의 어깨를 토닥였다.

"지금의 피해자들, 영원히 잊지 말도록 해. 언젠가 우리가 세상을 만들었을 때, 이분들의 희생을 우리는 기억하고 애도해야 하니까. 이름 없이 사그라진 순국선열."

⚖️

"아버지가 백이석 법원장님을 만나고 싶어 하세요. 회사에서 며칠 동안 연락했는데, 계속 거절하는 모양이네요."

조용한 레스토랑, 이한영은 유세희와 마주 앉아 있었다.

유선철 대표는 모든 인맥을 동원해 백이석 법원장과 식사 자리를 만들려 했다. 하지만 백이석 법원장은 철벽을 치는 중이었다.

식사를 이어 가며 유세희가 힐끗 이한영을 바라봤다.

눈동자가 마주치자 이한영이 빙긋 웃는다.

"제 얼굴에 뭐가 묻은 건 아니죠?"

"아네요."

그녀는 다시 칼질을 시작했다.

'처음엔 손만 잡자 했고. 그다음엔 키스까지만이었어. 그럼 오늘은?'

유세희의 심장이 괜히 들뜨고 있다.

하지만 그녀는 곧바로 고개를 젓는다.

'내가 휘둘러야 해. 끌려다닐 수는 없어. 처음 소개를 받을 때부터 비즈니스적인 관계로 이어 가자고 생각했잖아? 내가 꼬셔야 해. 병신같이 마음 들뜨고 하지 마.'

그녀가 복잡한 생각을 이어 가는데, 이한영이 툭 입을 연다.

"유성 전자 산업재해 사건, 에스 로펌이 맡았죠?"

"아, 네. 담당이 이한영 판사님이 아닌 것으로 아는데요."

"네, 전 아니죠. 그런데 에스 로펌에서 그 사건을 맡은 대표 변호사가 유하나죠?"

"네."

유세희가 고개를 끄덕이자 이한영이 손을 깍지 끼어 테이블에 올린다.

"이번엔 유하나를 잡을까요?"

"네?"

뜬금없는 말에 유세희는 눈을 크게 뜨고 앞을 바라본다.

하지만 이한영은 태연하다. 마치 유하나 따위는 별것 아니라는 식으로 이야기하고 있다.

"유하나가 잡힐까요? 유진광은 불법을 저질렀지만……."

이한영이 손을 저었다.

"그건 제가 고민하겠습니다."

유하나를 잡고 에스 로펌의 기둥뿌리를 모두 뽑아 버린다. 덤으로 김윤혁 역시 벼랑 끝으로 몰아세운다.

이것이 이한영의 계획이었다.

이한영이 유세희를 향해 다시 싱긋 웃으며 장난스레 물었다.

"유진광을 잡고 키스를 받았잖아요? 그럼 유하나를 잡으면?"

유세희의 귀가 순간 달아올랐다.

"그, 그런 농담 안 좋아해요."

그녀는 또 끌려다니고 있다.

어쩔 줄 모르는 그녀의 모습을 이한영의 눈동자가 모두 담아내고 있었다.

그리고 유세희가 다시 고개를 들었을 때, 이한영이 입을 열었다.

"유하나를 잡는 데에는 세희 씨의 도움이 필요합니다."

유세희는 눈을 깜빡였다.

달콤한 밀어를 속삭이더니 순식간에 비지니스로 넘어가는 종잡을 수 없는 화법에 정신을 차리기가 어려웠다.

잠시 한숨을 내뱉으며 정신을 가다듬은 그녀가 입을 열었다.

"도움요? 유진광의 방에 도청기를 넣은 것과 같은 거라면 어렵지 않아요."

이한영이 단호하게 고개를 저었다.

"아뇨."

"그럼?"

"유하나의 팀에서 일어나는 모든 대화 기록을 가지고 와 주세요."

"대화?"

법정 다툼에서 상대의 전략을 안다는 것은 전쟁에서 높은 고지를 사수하는 것과 마찬가지다.

이한영의 타오르는 눈빛에 유세희는 고개를 끄덕일 수밖에 없었다.

그리고 잠시 후 이한영이 떠난 레스토랑.

잠시 더 있겠다고 말한 유세희는 혼자 남아 있었다.

창밖을 멍하니 보던 그녀가 앞에 놓인 와인을 들어 잔에 기울인다.

쪼르르 붉은빛이 채워지며 찰랑거린다. 흔들리는 물결이 마치 그녀의 마음 같다.

와인을 보며 그녀가 작게 중얼거렸다.

"이한영?"

붉은 입술이 대각선으로 휘어졌다.

"나쁘지 않네."

다음 날.

유세희는 자신의 책상 앞에 섰다.

팀장이라는 명패가 보인다.

변호사 자격증이 없는 그녀가 짧은 시간 팀장이라는 직책을 받게 된 것은 아버지가 유선철 대표라는 것과 이한영의 머리가 있었기 때문이다.

그녀가 자신의 명패를 슥 손으로 훑었다.

에스 로펌이라는 거대 회사에서 일반 사람들은 팀장이 되길 강렬히 원한다.

하지만 그녀는 이 명패에 만족할 생각이 전혀 없다.

그녀가 원하는 것은 단 하나, 대표이사실이다.

그 자리에 앉기 위해선 가진 모든 것을 이용할 생각이다.

빙긋 미소를 그린 그녀가 책상에 앉자 문이 열린다.

들어온 비서가 유세희의 앞으로 다가와 허리를 굽힌다.

"팀장님, 운전기사 있잖아요?"

유세희는 얼마 전 자신의 운전기사를 교체할 것을 지시했었다.

"아직 안 잘랐어?"

"팀장님께 폭언을 들었다고…….."

"하, 나이도 먹을 만큼 먹은 인간이 욕 조금 먹었다고 고소라도 한대? 자기가 운전 못한 것은 기억도 못 하지?"

"아, 네. 갑질이라고 주장하네요."

유세희가 짜증이 난다는 듯 고개를 저었다.

"도대체 누가 갑질을 한다는 거야? 운전기사와 내가 싸우면 누가 병신 돼? 나지?"

"네."

"적당히 돈 줘서 마무리해."

"네."

비서가 고개를 숙였다.

유세희가 말을 이었다.

"그리고 이번에 유성 전자 소송과 관련해서 유하나가 만든 팀 있지? 그 팀 명단을 분석해서 가지고 와."

"알겠습니다."

비서가 자리를 떠나려 하자 유세희가 그녀를 다시 불러 세웠다.

"잠깐."

비서가 몸을 돌리자 유세희가 다시 말한다.

"무섭게 생긴 애완견 중에 제일 비싼 게 뭐야?"

"……애완견요?"

"그래. 못생기고 무섭게 생긴 거, 찾아봐."

⚖️

겨울이 지나면 봄이 오는 게 세상의 이치다.

얼어붙었던 한강은 그 이치를 거스르지 않고 도도히 흐르기 시작했다.

역사의 물줄기 역시 마찬가지다.

이한영의 개입으로 유진광이 구속되는 등 변하는 것 같지만, 큰 물줄기는 전생과 다르지 않다.

대법관 여섯 명이 항명의 뜻으로 옷을 벗었지만 대법원장 전홍우는 권력의 중심을 잡기 위해 제멋대로 인사를 강행하고 있었다.

좌천되는 사람이 부지기수였고, 뜬금없이 올라간 사람이 한둘이 아니다.

인사가 만사라는 말이 있다. 인재를 적재적소에 배치하는 것이 순리대로 돌아가게 한다는 뜻이다.

하지만 그 인사가 잘못되었으니 전홍우 대법원장에 대한 판사들의 소리 없는 원성은 차곡차곡 쌓이는 중이다.

이한영의 시선은 흐르는 한강 물에 닿아 있었다.

전생을 기억하고 과거를 떠올리며 앞으로 일어날 일과 그 안에서 움직여야 할 행동이 복잡하게 얽히고설키는 중이다.

그때 바람이 불어왔다.

이한영은 강을 타고 불어오는 바람 소리가 마치 자신을 향하는 함성같이 느껴졌다.

한반도의 역사는 한강이 관장하고 있다.

고구려, 백제, 신라가 그랬고, 조선이 그랬다.

한강을 차지하기 위해 수많은 피가 뿌려졌다.

그렇게 수천 년을 쌓아 온 역사의 바람이 이한영의 등을 떠밀고 있다.

어서 더러운 세상을 끝내고 새로운 시대를 만들어 달라고!

하지만 그 바람 속에서 이한영은 고개를 저었다.

'아직은 아니야.'

세상일에는 때가 있고, 이한영의 힘은 미약하다.

아직은 물줄기의 수면 아래에서 숨을 참으며 고통스럽게 기다려야 한다.

그때 이한영의 핸드폰이 울렸다. 석정호다.

-돈 들어왔어.

석정호는 이한영의 말대로 주식을 팔았다. 수중에는 약 10억이라는 돈이 들어온 상태다.

이제 씨앗이 될 돈은 준비했다. 씨앗을 키워 나무로 만들고 공성전의 무기로 발전시키기 위해서는 쉬지 않고 움직여야 한다.

"그럼 그 돈으로 사무실부터 얻어."

－사무실?

"이순호라는 투자 전문가도 잡았는데, 집에서 일할 수는 없잖아."

－아, 흐흐. 나도 출근하겠네.

석정호는 출근할 곳이 있다는 것만으로 좋은가 보다.

그가 전화를 끊으려 할 때, 이한영이 빠르게 입을 열었다.

"잠깐만. 오늘 스케줄 없지?"

－백수가 스케줄이 어디 있겠어.

"그럼 조금 이따가 내가 말한 곳으로 와. 돈 들어온 카드 가지고 오는 것 잊지 말고."

이한영은 전화를 끊고 천천히 자리에서 일어섰다.

거센 바람은 여전히 등을 떠밀고 있다. 하지만 이한영은 움직이지 않는다.

바람이 권하는 대로 갈 수 없다.

모든 계획은 이한영의 손바닥에서 움직여야 한다.

그때 그의 옆으로 송나연 기자가 섰다.

"엄청 춥더니, 며칠 지났다고 낮에는 이제 훈훈하네요. 그런데 어쩐 일로 한강으로 부른 거예요?"

"오늘 밤에 젊은 언론인 파티가 있다고 들었는데요. 기자님도 참석하죠?"

송나연 기자가 민망하다는 듯 웃는다.

"파티라고 하기까지는 뭐하고요. 그냥 뷔페 빌려서 젊은 기자들이 모여 식사하는 자리예요. 그런데 왜요? 가지 말까요? 사실, 갈까 말까 고민하고 있었거든요."

"왜요? 같은 업종에서 일하는 사람과 만나면 좋잖아요?"

"그냥……."

그녀가 나대고 시끄러운 성격은 아니다. 게다가 화려한 모습으로 주변의 시선을 끌지도 못한다.

그런 모임에 참석해 봤자 어떤 정보도 얻지 못하고 구석에서 조용히 밥이나 먹고 올 거라는 걸 잘 알고 있다.

그래서 말끝을 줄인 건데…….

이한영이 성큼성큼 걸어간다.

"어? 어디 가세요?"

이한영이 도착한 곳은 안경집이었다.

"안경 맞추게요? 프로님, 눈 나빠요?"

"아뇨."

"그럼?"

이한영은 그녀의 말에 대답하지 않고 안경집 사장을 보며 입을 연다.

"서클 렌즈, 어떤 게 잘나가죠?"

당황한 송나연 기자가 이한영을 보며 묻는다.

"이한영 프로님?"

하지만 이한영은 여전히 그녀의 목소리를 외면하고 사장의 말에 집중했다.

사장이 입을 연다.

"브라운 버전이에요. 렌즈에 금 펄이 들어가 있어서 눈에 별을 박아 놓은 것 같다는 이야기가 많아요."

"주세요."

이한영이 렌즈를 받아 건네자 송나연 기자는 황당하다는 표정을 짓는다.

"저기, 프로님? 지금 뭐 하시는지 설명해 주셨으면 좋겠는데요."

이한영이 픽 웃었다.

"간지러운 말 해도 될까요?"

"뭐가 됐든 설명해 주세요."

"제가 신데렐라의 마법사 할머니가 되기로 했거든요."

"그게 뭐예요!"

"오늘 기자님은 모임에 참석하셔서 많은 사람들을 만나야 하니까요."

"네?"

이한영은 더 말하지 않고 다시 걷는다. 그 뒤를 송나연 기자가 쪼르르 쫓는다.

"많은 사람들을 만나야 한다니요?"

이한영은 역시 대답하지 않고 그대로 직진한다.

그렇게 또 다른 가게 앞에 섰다.

구시렁대며 잘 쫓아오던 송나연 기자가 가게 이름을 보더니 퍼뜩 멈춰 섰다.

"설마 이 가게 가려고요?"

"네."

"설마 여기서 옷 사라고요?"

"네."

송나연 기자가 고개를 빠르게 가로저었다.

"판사님, 나 돈 없어요."

"난 있어요."

"그래서 지금 사 준다고요?"

"네."

대수롭지 않게 말하는 이한영을 보며 송나연 기자의 눈썹이 확 치솟아 올랐다.

그리고 주변 사람들의 눈치를 보며 작은 목소리로 빠르게 말했다.

"아니, 그 돈 있으면 아껴야죠! 왜 내 옷을 사 주고 있어요? 난 옷이야 따뜻하면 된다고 생각하는 사람이에요! 여기 옷값이 얼마나 비싼지 알아요?"

"미리 주는 생일 선물이라 생각하고 조용히 받죠."

"내 생일 멀었어요! 그리고 호박에 줄 긋는다고 수박 되는 거 아니잖아요? 내가 이런 거 입는다고 예뻐지면 성형외과는 죄다 망하게요? 그러니까, 나 이런 거 필요 없어요. 정 사 주고 싶으면 나중에 국밥이나 사 줘요."

이한영이 이마를 긁적였다.

"예뻐지면 어떻게 할래요?"

"하이고, 말도 안 돼. 내가 안 예쁜 건 우리 아빠 빼고 세상 사람이 다 알거든요?"

그때 뒤에서 익숙한 목소리가 들렸다.

"기자님, 안 예쁜 건 인정."

이한영의 전화를 받고 어느새 도착한 석정호가 고개를 끄덕이고 있다.

송나연 기자의 얼굴이 획 돌아간다.

"뭐예요!"

"아, 성격은 좋아요."

이한영이 쭉 기지개를 켜듯 팔을 뻗었다.

"우리, 내기하죠. 예뻐지면 올 한 해 국밥은 모두 기자님이 사세요."

"헐, 그렇게 내 국밥을 사 주고 싶으신가?"

석정호가 황당해하는 송나연 기자를 힐끔 본다.

두툼한 패딩에 두꺼운 뿔테 안경. 하나로 질끈 묶은 머리.

아무리 봐도 아니다.

잠시 그녀를 훑던 석정호가 장난스럽게 킬킬대며 입을 연다.

"내가 볼 땐 한영이 네가 국밥을 살 것 같은데? 너 졌어. 내가 네 말이라면 뭐든 믿겠지만……."

송나연 기자가 다시 휙 노려본다.

"뭐예요!"

"아, 성격 좋은 건 인정."

송나연 기자와 입씨름을 하다간 하루가 모자랄 것 같았다. 이한영은 석정호에게 카드를 받은 후 그녀의 목소리를 뒤로하고 일단 가게로 들어갔다. 그리고 그녀에게 어울릴 만한 원피스와 검은색 패딩을 샀다.

옷이 예쁘고 안 예쁘고는 잘 모른다. 하지만 전생에서 유세희가 입고 다니던 것을 떠올려 보면 이 정도면 괜찮다는 감은 있었다.

어마어마한 가격인데 시원하게 일시불로 카드를 긁는 이한영을 보며 송나연 기자가 눈을 깜빡였다.

"판사 월급이 많지 않다고 들었는데……."

이한영은 대답하지 않고 이번엔 미용실로 향한다.

"머리는 아나운서 스타일 있잖아요? 약간 단발 스타일. 그리고 머리한 다음에 메이크업 부탁하고요. 옷 갈아입을 수 있게 탈의실을 준비해 주세요."

송나연 기자는 눈을 깜빡이고 있었다. 도대체 무슨 일이 벌어지고 있는지 그녀는 도저히 알 수 없었다.

이한영이 그녀의 옆에 쇼핑백을 두며 말을 이었다.

"그럼 우리는 저 앞에 커피숍에 있을 테니까, 끝나면 오세요."

⚖️

"사무실은 왜 얻으라는 거야?"

"아, 표면적으론 투자회사를 만들 거야."

"투자회사?"

이한영은 송나연 기자의 변신을 기다리며 석정호와 함께 커피숍에 앉아 있었다.

이한영이 말을 잇는다.

"일단 이순호한테 원윳값이 상승할 거라고 전해 줘. 시기는 아마 올여름쯤일 거야."

"아, 응."

석정호는 잊지 않겠다는 듯 핸드폰을 꺼내 이한영의 말을 적었다.

잠시 투자에 관한 이야기를 마치고 석정호가 묻는다.

"그런데 기자님한테 왜 옷을 사 주는 거야? 관심 있어?"

"아니."

"그런데 왜?"

첫 번째 이유는 전생의 송나연 기자를 다시 끄집어내기 위해서다.

전생에서 그녀는 날카롭고 멋진 커리어 우먼이었다.

역시 아버지가 모함당하는 것을 보며 성격이 변한 것 같지만 이한영의 개입으로 그녀는 성격이 변하지 않고 둥글둥글 순한 강아지로 남았다.

옷을 바꾸고 모습을 바꾼다고 성격까지 변할지는 모르겠지만, 분명한 것은 태도는 변한다는 거다.

트레이닝복을 입었을 때와 정장을 입었을 때 각각 사람의 행동이 다르기 때문이다.

그리고 두 번째로는 오늘 있을 젊은 언론인 모임에서 생길 어떤 일 때문이다.

이한영이 대답하지 않자 석정호가 빙긋이 웃으며 입을 연다.

"그런데 아까 기자님도 그랬잖아. 호박에 줄 긋는다고 수박 되냐며? 나도 그렇게 생각해. 내가 아무리 비싼 정장을 입는다고 누가 좋게 보겠어? 그냥 조폭처럼 보일 뿐이지. 기자님도 별반 다르지……."

그때 커피숍의 문이 열리고 한 여자가 들어왔다.

동시에 석정호의 눈이 튀어나온다.

"와, 씨발! 가슴!"

Chapter 4

　석정호만이 아니다. 커피숍에 있던 모든 사람들이 그녀를
향한다.

　그녀는 바로 송나연 기자였다.

　쫙 달라붙는 원피스 덕에 숨겨 왔던 몸매가 그대로 드러나
고 있지만 천박하지 않다. 안경을 벗어 던지며 나타난 지적
인 외모 덕에 도도하고 차가워 보인다.

　섣불리 다가설 수 없는 분위기마저 느껴지고 있다.

　모두가 술렁이는 가운데 이한영만이 침착했다.

　"오셨네."

　그녀를 꿰뚫듯이 보던 석정호가 눈을 깜빡인다.

　"누가 오셔?"

"기자님."

"설마! 저분이?"

"응, 송나연 기자님."

옷과 머리가 바뀌고 화장했다고, 석정호가 못 알아볼 사람이 되어서 왔다.

하지만 이한영에게는 익숙한 얼굴이다.

유세희가 입었던 옷을 참고하여 골라서 그런지 옷이 좀 야해 보이긴 해도 전생에서 만났던 그 송나연 기자가 다가오고 있었다.

석정호가 더듬더듬 입을 열었다.

"내가 인터넷에서 화장법이라는 걸 본 적 있는데, 실제로 보니까 이건 진짜 사기잖아! 와 씨, 화장 성형이라는 말이 진짜였어."

석정호가 머리를 쥐고 혼란에 빠져 있을 때, 송나연 기자는 여전히 이한영을 향해 다가오고 있었다.

바보가 아닌 이상 자신을 지켜보는 모두의 시선을 확연히 느낄 수밖에 없다.

말할 수 없는 부끄러움에, 송나연이 얼굴을 붉히며 고개를 푹 숙인다.

입구에서부터 테이블까지는 거리가 얼마 되지 않는다. 하지만 그녀에겐 천 길처럼 느껴졌나 보다.

겨우 도착한 그녀가 서둘러 자리에 앉는다.

이한영이 장난스레 웃으며 말했다.

"예뻐지면 1년 동안 국밥 산다고 했죠? 잘 먹겠습니다."

"감사합니다. 옷값이랑 갚을게요."

"생일 선물 대신이라니까요. 옷은 마음에 드세요?"

"사실, 옷도 부담스러워요. 이렇게 달라붙는 원피스는 처음 입어 봐서요."

"그건 좀 부담스럽네요."

그녀의 몸매는 눈 둘 곳이 없었다.

이한영이 그녀의 옆에 놓인 쇼핑백을 가리키며 말을 이었다.

"패딩도 사 드렸잖아요? 그거라도 걸치시지."

"아……."

송나연 기자는 이제야 기억났는지 서둘러 쇼핑백에서 패딩을 찾아 걸쳤다.

태도는 얌전해졌지만 꼼꼼한 성격까지는 멀었나 보다.

이한영이 손목을 들어 시간을 확인했다.

"모임에 갈 시간 됐죠?"

"아, 네."

이제 그녀를 예쁘게 만든 본론이 시작될 차례다.

"오늘 기자분들의 대화 주제는 크게 두 가지일 겁니다. 하나는 어떤 연예인의 스캔들이고, 다른 하나는 유성 전자 산업재해 사건일 거예요."

공장에서 작업을 하던 근로자가 희귀병에 걸린 사건이다.

피해자는 공장에서 나온 유해 물질 때문에 병에 걸렸다고 주장하지만 유성 전자에서는 연관성이 없다며 잡아떼는 중이다.

김윤혁이 담당하고 있다.

이한영이 계속 말했다.

"그리고 오늘 모임에 나온 기자 중에 박지현이라고 있을 거예요. 아세요?"

송나연 기자가 고개를 끄덕인다.

"알아요! 동북일보에서 기자 하는 애."

박지현이라는 기자, 헛바람만 잔뜩 들어 자신이 꽤 잘난 줄 아는 사람이다.

직업과 외모로 사람의 급을 나누고, 수준에 못 미치는 것 같으면 말 한마디 섞지 않는다.

송나연 기자가 평소 모습으로 접근했다면 비웃음만 잔뜩 당하고 물러섰을 거다.

송나연 기자가 물었다.

"그런데 박지현 기자는 왜요?"

"박지현 기자가 유성 전자 사건을 오랫동안 취재했다고 들었어요."

⚖

이한영은 송나연 기자를 목적지에 내려 준 후 다시 법원으로 향했다.

엘리베이터를 기다리고 있을 때, 옆으로 윤슬혜 판사가 섰다.

"아직 퇴근 안 했어?"

"네, 다음 재판에 제가 주심이라서요."

"임정식 수석 부장님이 독하지?"

"쫌?"

"내가 그 마음 알아."

"그래도 배우는 게 많아서 좋아요. 정말 꼼꼼하시잖아요."

"그건 꼬장꼬장하다고 하는 거야."

"꼬장꼬장하시기도 해요."

윤슬혜 판사가 장난스레 웃는다.

두 사람은 엘리베이터에서 내려서도 사무실로 향하는 복도에서 이런저런 대화를 나눴다.

"그럼 고생해."

"네, 판사님도 고생하세요."

이한영은 윤슬혜 판사를 보내고 사무실의 문을 열었다.

김윤혁은 퇴근했는지 텅 비어 있다.

책상에 앉은 이한영은 연필꽂이에서 볼펜 하나를 꺼내 들었다.

펜으로 보이지만 몰래카메라다. 중앙 분리부를 돌리자 USB가 나온다.

컴퓨터에 꾹 눌러 연결하자 곧 동영상이 플레이되며 책상에 앉은 김윤혁의 모습이 보였다.

느긋하게 등을 기대고 영상을 보던 이한영의 눈살이 살짝 찌푸려졌다.

'평소와 다르다.'

김윤혁의 성격은 차분하다. 그런데 주의 산만하게 주변을 두리번거리고 있다.

그러더니 책상 서랍을 열어 뭔가를 꺼낸다.

'통장과 카드?'

김윤혁은 통장을 펼치더니 고개를 좌로 흔든다. 그리고 한참 동안 만지작거리다가 다시 집어넣는다.

'뭐지?'

의미 없이 불안해 보이는 행동과 통장.

'설마…… 청부?'

김윤혁이 맡은 큰 재판은 유성 전자 사건이다.

전생에서도 이 재판은 김윤혁이 맡았었고, 결과는 당연히 유성 전자의 승리였다.

김윤혁이 청부 재판을 맡았다고 단언할 수는 없지만 모든 분위기가 그쪽으로 향하고 있다.

'유성 전자 사건을 해결해 주면서 돈까지 받았나?'

이한영이 손목을 들어 시간을 확인했다.

'밤 11시 20분.'

김윤혁이 다시 들어올 시간은 아니다.

이한영의 시선이 스르륵 김윤혁의 책상으로 향했다.

'통장의 명의가 김윤혁으로 되어 있을까?'

만약 청부가 맞는다면 통장의 명의는 다른 사람의 이름으로 되어 있을 것이다.

청부는 흔적을 지울 수 있는 현금과 물건 또는 대포 통장 등으로 이뤄진다.

이한영의 시선은 다시 모니터로 향했다.

화면 속의 김윤혁은 뭔가를 작성하고 있다.

쓰는 모양을 보면 판결문이 아니다. 다른 무엇인가다.

이한영의 눈동자에 서늘한 기운이 담겼다.

'혹시?'

김윤혁은 혼자 죽는 성격이 절대 아니다. 청부가 걸렸을 때를 대비해 뭔가를 준비하고 있을 게 분명하다.

한참 뭔가를 작성하던 김윤혁은 내용을 저장하고 USB를 빼서 서랍에 넣었다.

그 이후의 모습을 보기 위해 화면을 빠르게 돌려 봤지만 특별한 모습은 없었다.

그리고 김윤혁은 퇴근할 때까지 다신 서랍을 열지 않았다.

즉, 내용물은 아직 책상 안에 있다는 소리다.

이한영은 입술을 쓸어 만졌다.

'이놈이 저런 물건을 사무실에 놓고 다닐 성격은 아닌데…… 설마, 날 유도하는 건가?'

억측인 것은 알고 있다.

하지만 김윤혁이라면 자신과 마찬가지로 몰래카메라라도 설치할 수 있다고 생각해야 한다.

싸움에서는 내가 할 수 있는 일은 상대도 할 수 있다는 걸 항상 염두에 둬야 하기 때문이다.

이한영은 자신의 책상 밑과 벽을 손으로 더듬어 봤다.

볼펜형 몰래카메라로 김윤혁의 자리는 항상 찍고 있기에 그 부분에 뭔가를 설치했다면 바로 들통이 났을 것이다.

그렇다면 사각은 단 한 곳, 이한영의 책상뿐이다.

잠시 주변을 손으로 더듬으며 확인해 봤지만 특별한 것은 없다.

적어도 도청기나 카메라는 없다는 것.

그렇다면 이한영이 자유롭게 움직여도 상관없다는 뜻이다.

'그럼 확인해 봐야지.'

이한영은 자리에서 일어나 김윤혁의 책상으로 다가갔다.

손으로 툭 당기자 서랍이 힘없이 열리며 통장과 카드 그리고 USB가 보인다.

자신의 책상으로 통장과 USB를 가져와 막 확인하려 할 때, 핸드폰이 진동을 울렸다.

송나연 기자다.

"네, 기자님."

―지금 끝났어요. 박지현 기자하고도 인사했어요.

"네, 어땠나요?"

─말씀하셨던 것처럼 유성 전자에 관한 이야기가 많았어요. 젊은 기자들이라 다들 정의감에 불타서 그 기사를 쓰고 싶어 하는데, 위에서 막고 있대요. 다른 회사도 다 똑같은가 봐요. 어쨌든! 그래서 자연스럽게 박지현 기자에게 유성 전자 이야기를 할 수 있었거든요? 그런데 조금 이상한 말을 들었어요.

'이상한 말?'

이한영이 전화기에 귀를 바짝 가져다 댔다. 그녀가 말을 잇는다.

─유성 그룹이 근로 복지 공단하고 한국 대학교 박석형 교수한테도 손을 써 뒀다고 하던데요?

'근로 복지 공단? 박석형 교수?'

이한영의 눈이 찌푸려졌다.

전생에서 김윤혁이 내렸던 판결문을 다시 읽어 볼 수도 없고, 그 내용을 전부 기억할 수도 없다.

하지만 당시를 돌이켜 보면 김윤혁은 이 재판으로 어떤 손가락질도 받지 않았었다.

'복지 공단과 박석형 교수가 뒤에서 서포트를 했던 건가?'

가능성은 충분하다.

산업재해를 인정하는 기준에서 근로 복지 공단의 조사 근거는 중요한 기준이 된다.

그리고 한국 대학교 박석형 교수는 유해 물질의 권위자다.

피해자가 자신의 피해를 입증해야 하는 시스템.

피해자들의 논리가 근로 복지 공단과 박석형 교수를 뚫기는 어려울 것이다.

이한영이 천천히 고개를 끄덕였다.

"알겠습니다. 감사합니다."

―아, 그리고요!

이한영이 전화를 끊으려 하자 송나연 기자가 급하게 막아섰다.

"네, 말씀하세요."

―판사님, 동기 있잖아요? 잘생겼는데, 기분 나쁘게 생긴 분.

김윤혁을 말하는 거다.

"아, 네."

―지금 법원으로 들어가던데요? 저, 그 옆을 지나가다가 봤어요.

'그게 제일 중요한 거잖아!'

이한영이 인상을 구기며 빠르게 물었다.

"지금요? 아니면 아까?"

―지금 막요!

김윤혁의 성격상 오늘 이 물건을 놓치면 다신 얻을 수 없을지도 모른다.

시간이 촉박해도 최대한 빨리 확인해야 한다.

이한영은 송나연 기자와의 전화를 끊으며 재빨리 통장을 들어 펼쳤다.

통장의 명의는 역시 다른 사람 이름이다.

'대포 통장. 들어온 돈은?'

3천만 원.

'청부 금액이야.'

이한영은 핸드폰을 들어 통장의 계좌와 명의를 사진 찍으며 다른 손으론 USB를 들어 컴퓨터에 꽂았다.

모니터에 USB의 내용이 펼쳐진다.

김진한이라는 이름의 폴더가 보인다.

'김진한 부장? 뭐지? 김진한 부장이 브로커였나?'

복사하기를 누르려 할 때!

문밖에서 사무실에 가까워지는 발소리가 들려온다.

김윤혁이 분명하다!

'씨발!'

김윤혁은 편의점에서 산 도시락을 들고 복도를 걷고 있었다.

많이 피곤한지 머리가 헝클어졌고 눈도 충혈되어 있다. 하지만 그는 퇴근을 못 하고 있었다.

유성 전자 사건은 강신진 수석 부장에게 지시를 받은 첫 재판이다. 어쩌면 장태식 사장과 연이 닿을 수도 있다.

단 한 번의 일로 동아줄을 잡아 천국으로 향할 수도 있는 일.

김윤혁은 인생의 큰 기로에 서 있었다.

성공의 열쇠를 잡기 위해선 완벽한 판결문을 만들어 인정받아야만 한다.

피해자들의 슬픔이야, 미안할 뿐이다.

그는 어느새 사무실 앞에 도착했다.

하품하던 그가 손을 내밀어 문고리를 잡으려는 순간!

'빛?'

열린 문틈으로 빛이 나오고 있다.

'이한영?'

오늘따라 칼퇴근을 했던 녀석이 왜 다시 돌아왔는진 모르겠지만 이한영의 얼굴을 떠올린 순간 김윤혁의 미간은 찌푸려졌다.

어딜 봐도 마음에 들지 않기 때문이다.

'개새끼.'

잠시 속으로 이한영의 욕을 내뱉은 김윤혁이 언제 기분이 나빴냐는 듯 빙긋이 미소를 그린다. 표정 관리를 하는 거다.

그리고 확! 문고리를 잡았다.

그때.

"어? 김윤혁 판사님, 아직 퇴근 안 하셨어요?"

김윤혁이 들리는 목소리를 향해 고개를 틀었다. 윤슬혜 판사가 보인다.

"아, 윤 판사도 아직이야?"

"네, 일이 많아서요."

말을 하던 윤슬혜 판사의 시선이 김윤혁의 손으로 향한다.

"어? 도시락 사 오셨나 봐요?"

김윤혁이 멋쩍은 표정으로 봉지를 들어 보였다.

"저녁을 못 먹어서."

"아…… 저, 그런데 정말 죄송한데요. 제가 궁금한 게 있는데, 알려 주실 수 있을까요?"

"말해 봐."

김윤혁은 따스한 미소를 지어 보였다.

윤슬혜 판사가 입을 연다.

"소유권 이전등기 말소에 관한 건데요."

윤슬혜 판사가 들고 있는 핸드폰, 그곳엔 이한영의 전화를 받았다는 흔적이 보인다.

방금 윤슬혜 판사는 이한영에게 전화를 받았었다.

ㅡ김윤혁이 사무실 못 들어오게 10분만 잡아 줘.

잠시 후. 윤슬혜 판사가 "고맙습니다."라는 말과 함께 허리를 굽히고 사무실 앞을 떠났다.

그녀의 뒷모습을 흐뭇하게 보던 김윤혁이 다시 문고리를 잡는다.

문을 열자 책상에 앉아 기록물을 읽고 있는 이한영이 보인다.

김윤혁이 책상으로 걸어가며 입을 열었다.

"다시 들어온 거야?"

평온한 말투에 이한영이 고개를 끄덕였다.

"응. 집에서 하려고 했는데 집중이 잘 안 돼서 다시 왔어."

"밥 먹었지? 너 있는 줄 알았으면 하나 더 사 오는 건데."

김윤혁이 도시락을 꺼내 보이자 이한영이 고개를 저었다.

"아, 괜찮아. 먹어."

"미안."

김윤혁이 책상에 앉았고, 이한영은 그를 보며 빙긋이 미소를 그렸다.

'많이 먹어라. 꼬리 잡혔다.'

그리고 잠시 후, 이한영은 자리에서 일어섰다.

다 먹은 도시락을 휴지통에 버리던 김윤혁이 시선을 튼다.

"갈 거야?"

"어, 늦었잖아. 넌?"

"난 조금 더 하다가 가려고."

김윤혁이 있는 곳에선 USB의 내용을 볼 수 없다. 집에 가서 녀석의 흔적을 낱낱이 확인할 생각이다.

하지만 이한영은 생각과 달리 걱정스러운 표정으로 입을 열었다.

"그러다 몸 상해. 쉬엄쉬엄해."

김윤혁이 팔을 쭉 기지개를 켜며 고개를 끄덕인다.

"나도 그러고 싶다."

집에 돌아온 이한영은 노트북을 열어 USB를 꽂은 후 김진한 부장의 이름이 있는 폴더를 찾아 클릭했다.

강신진의 옆에서 악마가 될 김윤혁, 그의 꼬리가 잡혔다.

영화나 드라마에선 상대가 크기를 기다려 주지만 현실에선 가차 없이 찍어 죽여야 한다. 그래야 바퀴벌레가 새끼를 낳지 못한다.

화면에 문서 파일이 떠올랐다.

하지만 기대하던 내용이 아니다. 알 수 없는 단어가 나열되어 있다.

─김진한 부장, 11시 30분, 핸드폰.

이한영의 미간이 확 좁혀졌다.

'11시 30분과 핸드폰? 뭐지?'

이한영의 손가락이 톡톡, 책상을 두들기기 시작했다.

김윤혁의 성격상 이런 내용을 의미 없이 적어 두지는 않는다.

이한영은 눈을 감았다.

'내가 김윤혁이라면, 그래서 청부를 받았다면? 그리고 걸린다면!'

김진한 부장은 꼬리를 자르고 도망칠 거다.

증거라고는 대포 통장 하나뿐이다.

'김윤혁에게는 김진한 부장이 유일한 동아줄이야. 재판에 들어갔을 때 김진한 부장이 외면하지 못하고 돕게 하려면, 어떤 물귀신 작전을 써야 하지?'

진술이 오락가락하지 않고 정확해야 한다. 그리고 상황적 증거가 뒷받침되어야 한다.

'지금 있는 증거는 유일하게 대포 통장 하나. 그럼 여기에 적힌 내용은 혹시 모를 상황에 대비해 언제, 어떻게 돈을 받았는지에 대한 요점이겠네?'

책상을 두들기던 이한영의 손가락이 멎었다.

'11시 30분.'

얼마 전, 단독판사 회의가 있던 날.

김윤혁은 바로 사무실에 들어오지 않고 휴게실에 들렀다가 왔다고 했다. 그때 시간이 11시 30분쯤이다.

'그때 받았구나?'

이한영의 눈이 번쩍였다.

⚖️

"이게 뭐예요?"

"조사 좀 부탁드립니다."

다음 날, 이한영은 법원 근처의 커피숍에서 감사계 정건우 계장을 만나고 있었다.

정건우 계장은 백이석 법원장의 사람으로, 은밀한 뒷조사
엔 일가견이 있다. 이한영도 내사를 맡았던 당시 정건우 계
장의 도움을 받은 적이 있다.

"은행 계좌네요. 강영수? 누구예요?"

어젯밤 김윤혁의 서랍에서 확보한 통장 사본이다.

"저도 거기까지는 몰라요. 그런데 자금 세탁이 된 대포 통
장일 가능성이 커서요."

"대포 통장이라……."

심각한 표정으로 계좌를 살펴보던 정건우 계장이 흔쾌히
고개를 끄덕였다.

"좋아요. 다른 사람도 아니고 이한영 판사님의 부탁이니
한번 조사해 보죠."

"감사합니다."

"그런데 자신은 못 해요. 자금 세탁이라는 게 복잡하기도
하고, 노숙자가 대여섯 명 끼어 있으면 저로선 추적하기 힘들
어요. 아마 검찰이나 국정원이 나서도 쉽지는 않을 거예요."

해외를 돌며 복잡한 단계를 거쳐 세탁된 돈이 한국에 들어
올 땐 투자 형식으로 차명 계좌를 통하는데, 이때 노숙자의
계좌를 사용하기도 한다.

주거지가 불분명한 노숙자의 특성상 인출과 입금이 징검
다리식으로 몇 번 이뤄지면 최초의 출처를 알아내기가 사실

상 불가능하다.

정건우 계장이 종이를 고이 접어 품에 넣으며 입을 열었다.

"아, 그리고 늦었지만 축하드립니다."

"축하요?"

"어? 아직 모르시는구나. 늦은 게 아니라 내가 빨랐네, 흐흐."

정건우 계장이 묘하게 웃는다.

나는 모르는데 상대는 알고 있는 게 있다면 어쩐지 기분 나쁘다.

"뭔데요?"

"비밀입니다. 이런 건 내 입으로 말하면 안 돼서요."

정건우 계장은 뜬금없이 사람을 궁금하게 만들어 놓고 한 발 빼고 있다.

정건우 계장과 헤어진 후 법원으로 들어온 이한영은 경비팀 보안실에 들어와 있었다.

벽에 붙은 여러 대의 모니터가 법원 전체를 샅샅이 살피고 있는 게 보인다.

직원이 모니터를 보며 입을 열었다.

"그날 11시 30분요?"

"네. 김진한 부장님 사무실 앞을 볼 수 있을까요?"

"잠시만요……."

직원이 마우스를 움직이자 모니터에 김진한 부장실 앞의

복도가 나타난다. 문이 열리고 김윤혁이 나온다.

'역시, 휴게실에 간 게 아니라 김진한을 만났구나.'

여기까지는 생각대로다.

"스톱."

이한영이 잠시 직원의 행동을 멈추고 김윤혁을 살폈다.

아직 특이한 부분은 보이지 않는다.

"다시 움직여 주세요."

김윤혁은 사무실에서 나와 그대로 복도를 걸어간다. 그리고 엘리베이터 앞에 선다.

"엘리베이터 안을 볼 수 있을까요?"

"아, 네."

직원이 다시 마우스를 움직였다.

김윤혁이 엘리베이터에 오른다. 그리고 주머니에서 통장을 꺼낸다.

"스톱."

화면이 다시 멈췄다.

김윤혁의 눈동자는 똑똑히 CCTV를 보고 있다.

지금 자신이 통장을 꺼냈다는 것을 의도적으로 보이기 위함이다.

"저기 주머니에 있는 통장, 확대할 수 있을까요?"

"확대할 수는 있겠지만 화면 다 깨질걸요."

"부탁드립니다."

확대는 했지만 직원의 말대로 화면이 깨져 보인다.

이한영이 고개를 끄덕이며 주머니에서 USB를 꺼냈다.

"지금 제가 본 영상, 넣어 주세요."

이한영은 사무실로 가기 위해 복도를 걷고 있었다.

'이제 남은 퍼즐은 핸드폰?'

안에 어떤 내용이 있는지는 모른다.

중요한 것은 그 핸드폰을 손에 넣어 확인하는 것이다.

'어떻게?'

대부분의 사람들은 핸드폰을 손에 쥐고 산다. 그것은 김윤 혁도 마찬가지였다.

'술을 먹여?'

아쉽게도 어려운 일이다. 김윤혁은 술을 입에 대지 않는 사람이다.

복잡한 생각을 이어 가고 있을 때, 이한영의 귀에 능글맞 은 목소리가 들렸다.

"야, 크크크."

오바른 판사다. 그가 재수 없게 웃으며 붙어 섰다.

그러더니 능글능글 웃음을 지우지 않고 말을 잇는다.

"뉴스 봤냐?"

"어떤 거? 사법 파동?"

전흥우 대법원장에 대한 항명으로 대법관 여럿이 옷을 벗을 이후 판사들이 줄줄이 사표를 쓰고 있었다.

그 숫자가 지금까지 서른아홉.

앞으로 백 명이 넘을 거라는 추측까지 조심스레 나오고 있다.

가장 큰 논란이라 말한 건데, 아니었나 보다.

오바른 판사가 인상을 확 찌푸린다.

"그거 말고! 이거, 이거!"

그리고 이한영을 향해 핸드폰을 쑥 내밀었다.

    경찰 간부가 조직폭력배 두목과…….

경찰 간부가 조직폭력배 두목과 같은 동호회 활동을 하며 금품을 받았다는 기사다.

"이게 왜?"

"내 담당이거든."

왜 그런진 모르겠지만 오바른 판사의 표정이 뿌듯해 보인다.

잠시 그의 얼굴을 살피던 이한영이 대수롭지 않게 고개를 끄덕였다.

"진실을 잘 밝혀서 꼭 엄벌을 내려 줘라. 부탁한다."

이한영이 오바른 판사의 어깨를 툭툭 쳤다.

격려의 의미인데 기분이 나빴나 보다. 뜬금없이 화를 낸다.

"끝까지 우습게 보지?"

"내가 뭘?"

"나도 이 사건 잘해서 스타 판사 될 거야. 내가 치고 올라가면 네 자리는 없을걸. 연수원에서도 내가 공부 더 잘했잖아! 그러니까 혼자 잘났다고⋯⋯!"

결국 자신이 공부도 더 잘했고 잘났는데 이한영이 잘나가서 배가 아프다는 말이다.

절로 한숨이 흘렀다.

이놈이나 저놈이나, 한심하다.

"저기, 오바른 판사? 스타 되려고 판사 한 거야? 그러니까 우리가 공부만 해서 세상을 모른다고 욕먹는 거야. 스타가 되고 싶으면 연예인을 해. 그 얼굴로 연기하면 연기파 조연은 하겠네. 왜 판사를 하고 있어?"

"야!"

논리에서 막히자 오바른 판사의 눈에 불이 번쩍였다.

하지만 이한영은 상관하지 않는다.

"강신진 수석 부장님이 지금 그 말 들으면 정말 좋아하시겠다. 형사에서 인물 났다고 칭찬받지 않을까? 그러니까 그대로 전해 드릴게."

강신진 수석 부장의 이름이 나오자 분노는 빠르게 조절되나 보다. 치켜세워졌던 오바른 판사의 눈매가 언제 그랬냐는 듯 순한 양처럼 변한다.

"이, 이를 거야?"

"봐서."

다시 사무실로 향하는 이한영의 옆으로 오바른 판사가 쪼르르 따라붙었다.

"야, 농담도 몰라? 내가 말이 헛나왔네. 스타가 된다는 게 아니라, 그러니까 나도…….'"

열심히 자기변호를 하는 오바른 판사의 목소리를 들으며 이한영은 픽 웃었다.

말만 그렇게 했지 실제로 이야기할 생각은 전혀 없다.

오바른 판사는 행동이 재수 없기는 해도 법에 어긋나는 판결은 내리지 않는 사람이다.

그리고 그는 곧 죽는다.

이한영이 그의 어깨에 팔을 둘렀다.

"내가 오바른 판사 목숨 한번 살려 준 거야. 그러니까 잘해."

오바른 판사가 활짝 웃는다.

"안 이를 거지?"

"그건 봐서."

"아, 진짜!"

그때 사무실 문이 확 열렸다. 나온 사람은 김윤혁이다.

그가 이한영을 보고 핸드폰을 들어 올린다.

이한영의 시선은 자연스레 그 핸드폰으로 향한다.

'저 안엔 뭐가 있는 거야?'

김윤혁은 물론이고 김진한 부장까지 한 번에 쓸어버릴 수 있는 무엇!

정말 궁금했다.

마음 같아선 지금 당장 다리를 걸어 자빠뜨린 후 핸드폰을 빼앗아 버리고 싶다.

하지만 참아야 한다.

김윤혁이 사람 좋아 보이는 미소를 지으며 입을 연다.

"아, 전화하려고 했는데."

"전화?"

"지금 법원장님 지시로 단독판사 모두 대회의실로 모이래."

그때 오바른 판사의 핸드폰이 진동을 울렸다. 그가 전화를 받는다.

"아, 대회의실? 들었어. 지금 갈게. 응? 핸드폰 놓고 오라고?"

오바른 판사가 전화를 끊으며 이한영과 김윤혁을 향했다.

"핸드폰 놓고 오라는데? 법원장님 앞에 계시는데 핸드폰 만지작거리면 손모가지를 잘라 버린다고⋯⋯."

그들은 핸드폰을 내려놓기 위해 사무실로 들어갔다.

주머니에서 핸드폰을 꺼내 책상에 올린다.

하지만 이한영의 시선은 자신의 핸드폰이 아니라 김윤혁의 것에 집중되어 있었다.

'기회? 아니면?'

세 사람은 다시 복도로 나와 회의실을 향했다.

김윤혁의 핸드폰에 생각이 집중된 이한영은 자연스레 한

발 물러서서 걷는 중이다.

'일이 있다고 다시 사무실로 돌아가?'

하지만 그런다 해도 문제는 있다. 김윤혁의 핸드폰은 패턴으로 잠겨 있기 때문이다.

'보통 사람의 패턴은 N, Z, 일자, 대각선, 네모 등 단순화된 도형이 많아. 김윤혁도 그럴까?'

일단 생각을 했으면 움직인다.

하지만 무리였다.

이한영이 입을 열려 할 때…… 뒤에서 다가온 김진한 부장이 어깨에 팔을 둘렀다.

"법원장님이 모이라고 했지?"

"아, 네."

김윤혁과 오바른 판사가 몸을 돌려 김진한 부장에게 허리를 굽힌다.

김진한 부장이 슬쩍 웃으며 말을 잇는다.

"잘 들어. 원래 사법 파동 나고 이러면……."

이한영은 사무실에 다녀오겠다는 말을 일단 미뤘다.

의심 많은 김진한 부장과 얼굴에 철갑을 두른 김윤혁이 함께 있는 이상 행동은 자제해야 한다.

그리고 대회의실에 도착했다.

김진한 부장이 열심히 하라는 말과 함께 자리를 떠나자 김윤혁의 눈이 이한영에게 향했다.

"들어가자."

"그래야지."

지금 사무실에 갈 수는 없지만 기회는 있다. 백이석 법원장이 이야기하는 중에 잠시 시간을 내면 된다.

이한영은 강단에서 가장 멀리 떨어진 뒷자리에 의자를 빼고 앉았다.

밖으로 나가기 위한 문까지는, 두 발만 걸어가면 되는 자리다.

잠시 후 백이석 법원장이 들어와 강단에 서자 그의 옆으로 강신진 형사 수석 부장과 임정식 민사 수석 부장이 섰다.

백이석 법원장이 입을 연다.

"모두 이야기를 들었을 거야. 단독판사와는 상관없는 이야기처럼 들릴지 몰라도 대법관 여럿이 옷을 벗은 이후……."

백이석 법원장의 목소리가 이어지는 동안 김윤혁의 생각은 이한영에게 닿아 있었다.

'이한영……'

김윤혁의 인생에서 이렇게까지 열등감을 느낀 적은 처음이었다.

그는 공부로도, 인정받는 것으로도 언제나 중심에 있었다.

하지만 어느 순간부터 이한영에게 밀렸다. 처절할 정도로 노력하지만 그 거리는 좁혀지지 않는다.

'하지만, 이번 재판이 끝나면 내가 널 앞지르기 시작할 거야. 김진한 부장이나 강신진 수석 부장이나, 공을 무시할 사람들은 아니니까. 백이석 법원장님의 관심도 내가 받을 수 있겠지. 이젠 네가 내 뒤를 따라와라.'

백이석 법원장의 목소리는 계속 이어졌다.

"우리 법원에서도 사직서를 낸 판사들이 많아. 부장판사 네 명이 자리를 비웠어. 그래서, 이민기 판사."

"네!"

이유는 모르겠지만 백이석 법원장은 단독판사들의 이름을 부르고 있었다.

이한영은 이제 슬슬 밖으로 나가 사무실로 향할 준비를 했다. 그리고 마침내 엉덩이를 뗐을 때…….

"마지막으로 이한영 판사."

"네!"

이한영은 일단 대답했다.

백이석 법원장이 이한영을 바라보며 말을 잇는다.

"이상 네 명은 합의부 부장판사 대행으로 임무를 수행한다."

"……!"

단독판사였던 이한영이 부장판사의 임무를 수행하게 되었다.

비록 대행이지만 승진의 초고속 기차를 탄 것이나 마찬가지다.

이런 경우 대행이 끝나면 파견 판사 또는 요직에 올라 빠르게 앞서 나간다.

이한영은 얼떨떨한 표정으로 백이석 법원장을 바라봤다.

그리고 김윤혁은 누가 봐도 확연히 알 수 있을 정도로 안색이 창백하게 바래 가고 있었다.

동시에 대회의실이 술렁거리기 시작했다.

"뭐야? 이한영이 부장판사 대행이라고?"

"저놈 서열이 어떻게 되지? 서열 꼬이는 거잖아?"

"너무 편애하는 거 아냐?"

이한영을 호명하기 전에 말한 세 명은 서열상 위에 있고 곧 부장판사를 달 사람들이기에 대행 임무를 맡는 게 당연하다고 생각되었다.

하지만 이제 2년 차 단독 나부랭이가 기라성 같은 선배들을 뒤로하고 대행 임무를 맡게 되었으니 불만의 목소리가 터지는 것은 당연하다.

누군가는 판사들이 독립적이라 서열이라는 것에 무관심하다고 하지만 그 속을 들여다보면 검찰보다 무섭게 서열 세우기를 한다.

법원에 근무하는 사람들은 판사의 초임지만 알아도 연수원의 등수를 알 수 있고, 나란히 걸을 때의 위치나 사무실의 배정만 봐도 서열을 알 수 있다고 말할 정도다.

판사의 서열 세우기는 임용부터 시작된다.

성적순으로 지방과 수도권, 서울로 발령지를 가르고, 서울

내에서도 중앙과 동, 서 등으로 나뉜다.

문제는 이게 동기들만의 경쟁이 아니라는 거다.

어느 자리에 누가 먼저 앉느냐에 따라 선후배의 서열이 바뀔 수도 있다.

먼 훗날 대법관이 되었을 때도 마찬가지다.

대법관은 한 층에 세 명씩 사무실을 배정받는데, 가장 서열이 높은 사람이 가운데 사무실을 사용한다.

여기서 서열은 기수의 순서가 아니라 누가 먼저 대법관이 되었냐를 본다.

대법관이나 된 사람들도 서열을 중요시하고 어느 위치의 방을 사용하느냐에 예민하게 반응하는데, 이한영에게 뒤처졌다고 생각한 단독판사들의 불만은 당연한 거다.

속삭이고 있어서 명확하지는 않지만 웅성거림 속에 불만이 녹아 있다는 것은 백이석 법원장도 확실히 느끼고 있었다.

백이석 법원장의 시선이 옆으로 향했다. 그곳엔 강신진 수석 부장이 서 있었다.

지금껏 우두커니 서 있던 강신진 수석 부장이 성큼 앞으로 걸어 나왔다.

"이한영 판사의 부장판사 대행을 추천한 것은 나다."

그 한마디에 지금껏 시끄러웠던 웅성거림이 싹 사라졌다.

백이석 법원장과 임정식 수석 부장은 이한영과 함께 충남에서 올라온 사람들이다. 그들이 추천했다면 팔이 안으로 굽는다고 뒷말을 하겠지만, 강신진 수석 부장은 다르다.

그는 지금껏 서울에서만 생활해 온 사람이다.

강신진 수석 부장이 단독판사들을 죽 훑어보며 다시 입을 열었다.

"자네들의 섭섭함은 알고 있어. 하지만 시국을 한번 생각해 봐."

강신진 수석 부장이 말하는 동안 김윤혁은 고개를 숙이고 있었다. 갈라진 표정을 감추기 위해서다.

다른 단독판사들이 느닷없이 손바닥으로 뒤통수를 후려 맞은 것 같은 느낌을 받고 있다면 김윤혁은 해머로 처맞은 충격을 느끼고 있었다.

친척이 땅을 사도 배 아픈 세상이다. 그런데 함께 쭉 생활한, 게다가 한때는 별것 아닌 사람으로 취급했던 이한영이 갑자기 확 치고 올랐다.

미쳐 버리는 느낌이었다.

하지만 꾹 참고 기다렸다.

그리고 멀어졌던 거리를 다 따라잡았다고 생각했는데, 이한영은 또 도망가 버린 것이다.

그것도 강신진 수석 부장의 손에 의해…….

김윤혁이 형언할 수 없는 눈웃음을 지으며 고개를 들었다.

강신진 수석 부장이 목소리를 높이고 있다.

"우리 판사들도 변했다는 것을 보여 줘야 해! 그래서 이한영 판사를 추천했어!"

그 말을 들으며 김윤혁은 원한에 사무친 목소리를 작게 냈다.

"손에 구정물을 묻히는 건 나잖아. 이한영은 당신을 위해 손을 더럽히지 않았잖아? 왜 내가 아니라 이한영인데……?"

충격적인 발표가 끝나고 단독판사들은 대회의실을 떠났다.

강신진 수석 부장이 어찌어찌 수습은 했지만 판사들의 불만은 쉽게 사라질 것 같지 않았다.

모두가 떠나고 마지막으로 김윤혁이 힘겹게 일어날 때, 그의 옆으로 임정식 수석 부장이 섰다.

"김윤혁."

"아, 네."

임정식 수석 부장은 충남에 있으며 김윤혁을 지켜본 사람이다.

그리고 임정식 수석 부장 역시 오랜 시간 출세 가도에서 벗어나 동기들의 진급을 지켜보기만 했던 사람이다. 그래서 김윤혁의 심정을 누구보다 잘 안다고 생각했다.

"얘기 좀 하자."

⚖️

"일단 이 재판부터 대직으로 들어가도록 해."

이한영의 앞으로 두툼한 서류가 던져졌다. 던진 사람은 백이석 법원장이다.

이한영이 고개를 저었다.

"법원장님, 제가 부장 대행을 한다는 것은……."

백이석 법원장이 안경을 벗으며 이한영의 말을 단칼에 자른다.

"능력이 없어서 못하겠다는 건가? 아니면 내 지시를 거역하겠다는 건가?"

"법원장님……."

서열을 무시한 채 치고 올라가면 적이 많아진다.

지금도 충남에서 서울로 올라왔다고 아니꼽게 보는 사람이 많은데, 그 이상이 되면 피곤하다.

하지만 백이석 법원장의 목소리는 단호했다.

"능력이 있다면 해!"

이한영은 대답할 수 없었다.

백이석 법원장이 빙긋이 미소를 짓는다.

"대행을 마치면 국회나 해외로 파견을 가든가 아니면 행정처에서 5년 정도 시간을 보내게 될 거야. 그다음엔 서울 행정법원 부장판사가 되겠지."

"네?"

뜬금없는 말이 이어지고 있다.

"임기를 마치면 고등법원 부장판사가 될 거야. 다음엔 행정처장이 될 테고, 마지막으로 대법관, 대법원장의 자리에 앉아야지."

이한영의 눈빛에 의문이 들었다.

지금 백이석 법원장은 최고의 엘리트 코스를 거론하고 있다.

백이석 법원장이 계속 말을 잇는다.

"앞길은 닦아 놨지만 앞으로 어떻게 될지는 몰라. 아스팔트 길이라 해도 금이 가고 들풀이 자라는 것은 막을 수 없으니까. 그 길을 걷는 것은 자네 하기 나름이네."

"무슨 말씀을 하시는지 모르겠습니다."

"내가 얼마나 판사 생활을 할 수 있을 것 같은가? 얼마 전 내 동기인 박주호 대법관이 옷을 벗은 건 알지?"

전생과 같았다면 옷을 벗는 것은 백이석 법원장이었을 것이다. 하지만 이한영의 개입으로 백이석 법원장은 대법관이 되지 못했고, 당시 특허법원장이었던 박주호가 대법관에 올랐다.

그리고 그가 옷을 벗었다.

"대법관이 공석이야. 그 자리에 누가 갈 것 같나?"

당연히 백이석 법원장이다.

이제 그가 그 자리에 오르는 것은 막을 수 없다.

백이석 법원장이 다시 입을 연다.

"나도 박주호와 똑같은 길을 걷게 되겠지. 전흥우 대법원장과 싸우다가 옷을 벗게 될 거야. 그런데 그러기엔 아쉬워. 내가 사법부에 뿌려 놓은 씨앗이 없어."

그래서 찾은 씨앗이 이한영이다.

"내가 못 한 일을 대신 해 줬으면 좋겠어."

백이석 법원장은 자신이 못 한 일이 무엇인지 굳이 말하지 않았다.

하지만 그게 무엇인지는 듣지 않아도 알 수 있었다.

외부 세력에 흔들리지 않는 강한 사법부, 원칙에 따라 강직한 판결을 내릴 수 있는 판사다.

"사람들이 농담으로 이야기하는 걸 들었어. 백이석이 늙은 호랭이라면 이한영은 새끼 호랭이라고. 떠나기 전에 새끼 호랭이 등에 날개를 달아 주고 싶은데, 거절하겠나?"

이한영은 천천히 허리를 굽혔다.

백이석 법원장의 진심 어린 마음을 거부할 수 없었다.

"법을 어긴 사람에겐 자비 없는 호랑이가 되도록 노력하겠습니다."

백이석 법원장이 책상에서 일어나 이한영의 앞으로 다가왔다. 그리고 그의 등을 토닥였다.

"빠르게 올라가서 누구보다 먼저 정점을 밟도록 해. 내가 해 줄 수 있는 마지막 일이야."

⚖

법원장실에서 나와 복도를 걸을 때, 이한영의 핸드폰이 울렸다. 정건우 계장이다.

"네, 계장님."

─흐흐흐, 내가 아까 축하한다고 했던 말이 뭔지 알겠죠?

커피숍에서 정건우 계장을 만났을 때, 그는 뜬금없이 축하한다고 말했었다.

지금 보니 그게 부장판사 대행을 말하는 거였다.

─축하드립니다. 그 경력에 대행하는 것은 정말 파격적인 거예요.

"감사합니다."

─뭐, 그건 그렇고요. 아까 그 대포 통장 있잖아요?

"아, 네."

─명의 주인이 노숙자예요. 돈을 넣은 사람 역시 노숙자고요. 그런데 이 사람들 명의로 불법적인 일이 많았나 봐요. 검찰에서도 뒤를 쫓고 있네요. 곧 뿌리가 잡힐 것 같습니다.

듣던 중 반가운 소리다.

이 계좌가 추적된다면 김윤혁과 김진한 부장을 한 번에 찍어 버릴 수 있다.

이한영은 어느새 사무실 앞에 도착했다.

문을 열고 들어가니 김윤혁이 그늘이 가득 진 얼굴로 앉아 있다. 하지만 들어온 이한영을 보며 애써 웃는다.

"축하해."

"땡큐."

이한영이 대수롭지 않게 말하고 자리에 앉자 김윤혁이 다시 입을 연다.

"이사는 언제야?"

단독에서 합의부로 이동한 이상 이 사무실을 계속 사용할수는 없다. 이동해야 한다.

"글쎄, 임정식 수석 부장님 말씀으론 내일 바로 옮기라던데."

"같이 있을 줄 알았는데, 또 떨어지네. 아쉽다."

이한영이 치고 올라간다는 사실에 많이 충격받았나 보다. 아쉽다는 목소리에 진심이 느껴지지 않았다.

'가면에 금이 가고 있나?'

이한영은 힐끗 김윤혁에게 시선을 이동했다.

'갔네, 금.'

입가엔 미소가 있지만 눈은 아니다. 질투와 시기가 가득하다.

'흔들어 봐?'

이한영은 백이석 법원장에게 받은 서류를 꺼내 보였다.

자연스레 김윤혁의 시선이 서류로 움직인다. 예상대로 또 묻는다.

"사건을 받은 거야?"

"어. 이번에 사직서를 낸 부장님이 맡았던 사건인데, 급한가 봐."

"뭐야?"

"화학 공장 산업재해."

"……산업재해?"

김윤혁의 목소리가 떨떠름하다.

"응. 네가 맡은 유성 전자 산업재해랑 비슷하네? 재판은 내가 하루 더 빨라."

김윤혁의 눈동자에 당혹감이 차오른다.

만약 이한영이 피해자들의 손을 들어 주게 되면 그 뒤에 김윤혁은 난감해진다.

비슷한 내용의 비슷한 사건에서 다른 판결이 내려진다면 지금껏 조용했던 언론이 우르르 눈을 돌릴 것이다.

지금이야 유성 그룹에서 언론을 막고 있다고 하지만 기자라는 족속은 언제든 배신해서 불붙은 집에 기름을 끼얹는 게 취미인 사람들이다.

'내가 손가락질을 받을 수도 있잖아?'

평판에 상당히 신경을 쓰는 김윤혁이다. 지금 이한영의 말이 불편하게 다가올 수밖에 없다.

이한영이 힐끗 그의 표정을 살폈다.

'한 번 더 흔들어?'

사람은 흔들리면 어떻게든 자세를 잡기 위해 무리수를 던진다.

그리고 무리수는 언제나 패착이 되기 마련이다.

"궁금한 게 있는데……."

느릿한 목소리에 김윤혁의 흔들리는 동공이 이한영을 향

한다.

"어떤 거?"

"며칠 전에 임정식 수석 부장님 지시로 보안 점검 확인차 보안실에 갔거든."

"보……안실?"

김윤혁의 철갑에 쩍쩍 금이 가는 소리가 들린다.

조금만 더 던지면 완전히 깨부수고 숨겨진 민낯을 볼 수 있을 것 같다.

'확실히 내가 죽기 전에 봤던 김윤혁보다는 약하구나? 이 정도로 당황하고.'

약한 악당은 짓밟는 게 제맛이다.

"엘리베이터에서 CCTV를 보면서 통장을 꺼내 보던데, 그거 뭐야? 적금 타?"

이한영이 이렇게 이야기한다고 해서 김윤혁이 이 말을 김진한 부장에게 전달하지는 못한다.

그가 했던 행동이 김진한 부장을 옭아매려는 방법이었기 때문이다.

당황한 모습을 보이지 않으려고 정말 억지로 웃는 김윤혁을 향해, 이한영이 쐐기를 박아 넣었다.

"혹시나 해서 그러는데 안 좋은 돈이면 다시 돌려줘."

쩍! 김윤혁이 쓴 철갑이 갈라지는 소리가 들리는 것 같다.

당황했는지 말까지 더듬는다.

판사
이한영

"아, 아니야, 아무것도 아니야."

표정은 아무것도 아닌 게 아니다.

하지만 더 관찰할 수는 없었다. 김윤혁이 비틀거리며 자리에서 일어섰다.

"자, 잠깐 나갔다 올게."

⚖️

"이한영 판사가 화학 공장 산업재해를 판결한다고 합니다!"

"그래서?"

"제 판결보다도 빨리 진행될 거예요! 만약, 이한영이 피해자들의 손을 들어 주게 된다면⋯⋯!"

김윤혁의 말을 듣던 김진한 부장이 고개를 저었다.

"윤혁아, 우린 독립성을 인정받기 때문에 판결에 책임을 지지 않아. 잘못된 판결도 재판의 일부야. 왜 이한영과 비교하려고 해?"

"언론에서 저를 지목할 겁니다."

김진한 부장이 한숨을 푹 내쉰다.

"잠깐이야, 잠깐. 그 새끼들이 짖어 봤자 일주일이야. 또 다른 사건이 터지면 넌 묻혀. 신경 쓰지 마."

그렇게 말했지만 김윤혁의 표정은 바뀌지 않았다.

김진한 부장이 자리에서 일어나 김윤혁의 앞에 섰다.

"그리고 네가 이한영의 논리를 깰 수 있는 판결을 내리면 되는 거잖아? 못할 것 같아? 시작도 하기 전에 이한영보다 못하다고 스스로 꼬리 내리는 거야?"

"만약에……."

"만약에 뭐?"

"……청부였다는 게 들키면 어떻게 되는 겁니까?"

김윤혁은 이한영이 냄새를 맡았다는 말이 목구멍까지 치밀어 올랐지만 참았다.

그 이야기를 꺼냈다간 자신이 어떤 행동을 했었는지까지 까발려야 하기 때문이다.

"너만 조심하면 들키지 않아!"

김진한 부장이 말을 씹어 뱉으며 김윤혁을 노려본다.

하지만 김윤혁도 지지 않는다.

"전 혼자 죽지 않을 겁니다."

"뭐라고?"

두 사람 사이에 팽팽한 밧줄이 당겨지는 것 같다.

불같은 시선이 맞붙을 때, 김진한 부장이 설레설레 고개를 저었다.

"윤혁아, 너 너무 민감한 것 같다? 혹시 이한영이 부장판사 대행을 맡아서 그런 거야? 너무 마음 쓰지 마. 강신진 수석 부장님이 너를 왜 충남으로 보냈겠어? 연수원 2등이면 처음부터 이곳에 올 수 있었는데. 수석 부장님은 힘들게 기어 올라 온 것이 실력이라 믿는 분이야. 이번에 네가 맡은 일도 강신진 수석 부장님이 믿으니까 친히 주신 거야. 알잖아?"

김진한 부장이 김윤혁의 어깨를 툭툭 치며 말을 잇는다.

"원래 느린 거북이가 토끼를 이기는 법이야."

그때 덜컥 문이 열렸다. 들어온 이는 강신진 수석 부장이다.

김윤혁과 김진한 부장이 빠르게 허리를 굽히자 강신진 수석 부장이 빙긋이 웃는다.

"손님이 있었네?"

김진한 부장이 고개를 끄덕인다.

"네."

강신진 수석 부장의 시선이 스르륵 김윤혁에게 향했다.

"지난번에 인사한 적 있지? 이름이, 김윤호라고 했나?"

강신진 수석 부장은 김윤혁의 이름을 잘 모르고 있었다.

김윤혁의 일그러진 얼굴이 확, 김진한 부장을 향한다.

김진한 부장은 티가 날 정도로 당황하고 있다.

"수, 수석 부장님."

강신진 수석 부장의 시선이 김진한 부장에게 향할 때, 김윤혁이 분노를 꾹 참는 목소리로 입을 열었다.

"김윤호가 아니라 김윤혁입니다."

하지만 강신진 수석 부장은 대수롭지 않게 여긴다.

"미안하군. 나이가 들어 그런지 깜빡깜빡하고 있어. 앞으로는 잊지 않도록 하지."

그게 끝이었다.

그는 이내 김진한 부장에게 시선을 향했다.

김윤혁은 한없이 무시당한다는 느낌을 받았다.

하지만 상대는 수석 부장이다. 단독판사 따위가 계속 붙잡을 수는 없다.

김윤혁이 고개를 숙이고 있는데, 강신진 수석 부장이 김진한 부장에게 입을 열었다.

"일전에 미뤘던 약속 다시 잡아."

"미뤄 뒀던 거요?"

"그거."

검찰총장과의 약속을 말하는 거다.

"알겠습니다."

김진한 부장의 대답에 강신진 수석 부장은 방을 떠나기 위해 몸을 돌렸다.

하지만 곧 고개를 틀어 다시 김진한 부장을 향한다.

"김진한 부장, 이한영 판사하고 조만간 술 한잔하지. 그 약속도 잡아 둬."

김윤혁의 입이 콱 다물렸다.

'이한영과 술을 마신다고? 더러운 일을 맡은 난 뭐야……!'

강신진 수석 부장이 떠나고 방에는 적막이 찾아왔다.

그 적막을 깬 것은 미안한 눈빛으로 김윤혁을 바라보던 김진한 부장의 목소리다.

판사
이한영

"윤혁아, 원래 수석 부장님이 판사들의 이름을 깜빡깜빡
하셔……."

김윤혁이 메마른 입술을 어렵게 연다.

"큰일을 하는 과정엔 시체가 쌓인다면서요? 저도 이름 없
는 시체가 되는 건가요?"

무거운 한숨을 내뱉은 김진한 부장이 힘주어 입을 연다.

"이번 재판으로 네 실력을 보여 줘. 완벽한 법리로 이한영
을 피해자의 감성 팔이에 넘어간 판사로 만들어. 그럼 궁지
에 몰리는 것은 이한영이 될 거야. 강신진 수석 부장님도 네
이름을 잊지 않게 될 거고."

"알겠습니다. 그만 가 보겠습니다."

김윤혁은 힘없는 얼굴로 고개 숙여 인사했다. 그리고 김진
한 부장의 방을 벗어났다.

복도로 나온 김윤혁의 앞에 뜬금없이 오바른 판사가 보인다.

오바른 판사가 김윤혁과 닫힌 문을 번갈아 보더니 묻는다.

"김진한 부부장님 사무실에서 나오네?"

김윤혁의 굳어졌던 표정은 언제 그랬냐는 듯 평소처럼 돌
아와 있었다.

"어, 말씀드릴 게 있어서."

"뭐? 어떤 거?"

"그냥, 별거 아냐."

김윤혁이 오바른 판사의 옆을 스쳐 간다.

동시에 그의 얼굴은 다시 딱딱하게 굳어져 간다.

'김진한 부장, 난 혼자는 안 죽어.'

그의 머릿속은 방금 김진한 부장의 방에서 있었던 일을 떠올리고 있다.

강신진 수석 부장이 들어오고 자신에게 했던 말.

'김윤호라고? 씨발, 내 이름은 김윤혁이야!'

짜증 났던 순간은 오랫동안 잊히지 않을 것 같았다.

그때 김윤혁의 머릿속에 문득 뭔가가 떠올랐다.

두 사람이 했던 대화.

"일전에 미뤘던 약속 다시 잡아."

"미뤄 뒀던 거요?"

"그거."

'그거? 그게 뭐지?'

주어를 생략한 대화는, 김윤혁이 들으면 안 되는 내용이기 때문이다.

'도대체 누굴 만나려고?'

김윤혁의 시선이 천천히 틀어진다.

불같은 눈빛이 김진한 부장의 방을 쏘아보고 있다.

'필요한 사람은 쓰임이 끝나면 언제든 버릴 수 있어. 하지만 비밀을 공유하고 있는 사람은 버릴 수 없어.'

김윤혁의 주먹이 꽉 쥐었다.

그는 이번 재판이 진행되는 동안 두 가지 목표를 세웠다.

하나는 이한영보다 앞서는 것이고, 다른 하나는 강신진 수석 부장과 김진한 부장의 비밀을 손에 쥐는 것이다.

⚖️

다음 날.

이한영은 짐을 챙기고 있었다. 새로운 사무실로 이동해야 하기 때문이다.

기록물을 보던 김윤혁이 고개를 들어 이한영을 향했다.

"아쉽네."

"나도."

"아, 나 유성 전자 재판 일정을 바꿨어. 당겨서 하기로 했거든."

김윤혁은 희미한 미소를 지었지만 이한영의 눈엔 시커먼 속마음이 보였다.

'되지도 않는 수작을 부리고 있어?'

비슷한 내용의 재판이 연달아 일어나면 아무래도 뒤에 하는 사람의 부담이 클 수밖에 없다.

김윤혁은 수단과 방법을 가리지 않고 이한영의 우위에 서려 하는 것이다.

하지만 상대는 이한영이다. 그런 것 따위는 상관하지 않는다.

"좋은 판결 내려 줘. 나도 참고 좀 하게."

"그럴게."

김윤혁은 조용히 대답하며 그가 짐을 챙기는 모습을 집중해서 보았다.

김윤혁이 궁금한 것은 하나다.

몰래 보려 했던 이한영의 책상 서랍!

잠겨 있던 그곳에 무엇이 있는지 궁금했다.

이한영이 먼저 퇴근한 후에 열어 보려 했던 게 한두 번이 아니다. 하지만 이한영이 키를 가지고 다녀서 확인할 수가 없었다.

그리고 숨겨졌던 책상 서랍이 열리자 김윤혁의 눈동자는 더 짙어진다.

이한영이 꺼낸 것은 두툼한 서류 봉투다.

그런데 강신진 수석 부장의 도장이 찍혀 있다.

'뭐지?'

다른 것도 아니고 강신진 수석 부장의 도장이라니.

안에 뭐가 들었는지 미칠 정도로 궁금했다.

김윤혁이 마른침을 삼켰다.

몇 걸음만 걸어 손을 뻗으면 닿을 수 있는 거리! 마음만 먹으면 봉투를 찢고 안에 있는 내용물을 확인할 수 있다.

하지만 닭 쫓던 개가 지붕만 쳐다보듯 아쉬움으로 가득한 눈동자로 바라보는 게 전부였다.

이한영이 봉투를 박스에 넣으며 힐끗 김윤혁의 표정을 살폈다.

'궁금하지?'

일부러 보인 거다.

사실 책상 서랍 안에는 아무것도 없었지만 몰래카메라를 통해 김윤혁이 뒤지던 것을 보고 일부러 넣어 둔 거다.

강신진 수석 부장의 도장이 찍힌 서류는 김진한 부장에게 어렵지 않게 받았다.

'계속 궁금해해라.'

잠시 후, 이한영은 새로운 사무실 앞에 섰다.

문을 열자 책상에 앉아 있던 윤슬혜 판사가 벌떡 일어나 고개를 숙인다.

"제가 오른팔입니다. 앞으로 잘 부탁드립니다."

그녀가 이한영의 우배석판사를 하게 되었다.

이한영은 책상에 짐을 내려놓은 후 좌배석으로 배정된 판사에게 시선을 향했다.

"그쪽이 왼팔?"

"잘 부탁드립니다. 이소이라고 합니다."

"이소이 판사는 이제 막 예비 끝났지? 법정에 서는 건 처음인가? 힘들겠지만 잘 부탁해."

"열심히 하겠습니다."

잠깐의 인사가 끝나고 이한영이 손뼉을 쳤다.

"처음 만난 자리라 회식 같은 것도 하고 싶지만 임박한 사건부터 처리해야지. 화학 공장 산업재해, 윤슬혜 판사는 기록물의 중요한 부분을 요약하고 이소이 판사는 관련 판례를 모두 찾아봐 줘."

⚖

"완벽한데?"

김윤혁이 쓴 판결문을 읽어 본 김진한 부장이 흡족한 얼굴로 말을 잇는다.

"이한영이 어떤 판결을 내릴지 모르겠지만 네가 이 판결문을 때리면 이한영도 어쩔 수 없이 기업의 손을 들어 줄 거야. 네 논리를 깰 수는 없을 테니까. 이건 단독판사의 레벨이 아니야."

최고의 칭찬이다.

김윤혁은 며칠 밤을 지새우며 최선을 다해 판결문을 작성했고, 재판이 시작도 되기 전에 유성 전자의 승소가 적힌 판결문을 완성했다.

김진한 부장이 빙긋이 미소를 그린다.

"걱정 없겠어."

"감사합니다."

김진한 부장이 책상에 놓인 탁상용 달력을 손에 들었다.

"우리, 밥 먹은 지 오래됐지? 난 이날만 빼고 다 괜찮아. 너만 시간 내면 돼."

김윤혁의 시선은 '이날'에 집중했다.

"그날은 바쁘신가 봐요?"

"아, 선약이 있어서."

'약속?'

김진한 부장은 의미 없는 약속을 잡지 않는 사람이다.

강신진 수석 부장과의 비밀스러운 약속이라는 느낌이 확 덮쳐 왔다.

김윤혁이 가만히 있자 김진한 부장이 말을 잇는다.

"언제가 좋아?"

"……아, 전 장날이 좋은데요."

재판이 열리는 날을 장날이라고 부르기도 한다.

"그럼 유성 전자 사건 끝나고 먹을까?"

"네."

김진한 부장이 달력에 동그라미를 그릴 때, 김윤혁이 자리에서 일어섰다.

"그럼 들어가겠습니다."

"응, 오늘도 고생하고."

김윤혁은 김진한 부장의 사무실을 벗어났다. 그런데 또 오바른 판사가 보인다.

오바른 판사가 능글능글 웃으며 입을 연다.

"여기서 자주 보네?"

"그러네."

오바른 판사의 시선이 김윤혁이 들고 있는 서류 봉투로 향했다.

"그거 뭐야?"

"판결문. 김진한 부장님께 확인받고 싶었거든."

"아, 그래? 열심히 해, 흐흐."

오바른 판사의 옆을 스쳐 복도를 걷던 김윤혁은 자신이 작성한 판결문을 들어 올렸다.

'완벽하다고?'

김진한 부장의 실력은 최고 레벨이다.

그런 사람이 입에 발린 칭찬이 아니라 진심으로 말했다.

'내 판결문을 보면 이한영도 어쩔 수 없이 기업의 손을 들어 줄 거라고?'

김윤혁의 입술이 비틀어졌다.

'좋네. 이제야 상황이 역전되겠네. 다시 밑으로 내려가라. 넌 내 밑이 어울려.'

김윤혁은 사무실의 문고리를 잡았다.

자신의 사무실이 아니다. 이한영의 합의부 사무실이다.

완벽한 판결문이라는 소리를 들어서 그런지 고생하고 있

을 이한영의 얼굴이 너무나 보고 싶어졌다.

끼릭, 문이 열렸다.

그런데 이한영이 보이지 않는다. 혼자 있던 윤슬혜 판사가 자리에서 일어나 고개를 숙인다.

"이한영 판사는?"

"좌배석판사랑 도서관 갔습니다."

김윤혁은 아쉬운 표정으로 고개를 끄덕였다. 그리고 방을 둘러보며 입을 연다.

"이한영 판사가 일감 많이 주지 않아?"

"업무량은 좀 많아요."

"잘 배워. 이한영 판사가 경력이 짧아서 그렇지 실력은 최고니까."

김윤혁은 천천히 이한영의 책상으로 걸어갔다. 그리고 그 책상을 슥 어루만진다.

'합의부로 올라온 첫 재판, 나한테 밟히면 창피해서 얼굴도 못 들겠네. 어쩌면 이 책상의 주인이 바뀔 수도 있겠어. 그 주인은 바로 나.'

김윤혁의 입가에 자신만만한 미소가 스쳤다.

그때 그의 시선에 서류꽂이에 놓인 서류 봉투가 보였다. 바로 강신진 수석 부장의 도장이 찍힌 그 봉투다.

김윤혁의 눈동자가 어두워진다.

지금 이곳엔 이한영도 없다. 윤슬혜만 밖으로 내보내면 안에 어떤 내용이 있는지 확인할 수 있다.

　김윤혁이 마른 입술을 혀로 핥았다. 그리고 윤슬혜 판사를 향해 시선을 틀었다.

　"이 팀의 첫 재판이 화학 공장 산업재해 사건이지?"

　"아, 네."

　"혹시 판결문 초고 쓴 거 있어? 내가 맡은 사건이랑 비슷해서 참고하고 싶은데."

　윤슬혜 판사가 책상에서 파일철을 건넸다.

　김윤혁이 판결문 초고를 손에 들며 말을 잇는다.

　"미안한데……."

　"아, 차 한 잔 드실래요?"

　"아니, 혹시 음료수 있을까?"

　"음료요?"

　당연히 없을 거다. 이 사무실엔 냉장고가 없다.

　윤슬혜 판사가 활짝 웃으며 입을 연다.

　"제가 사 올게요. 어떤 거 드시겠어요?"

　"아냐, 아냐. 없으면 괜찮아."

　"아녜요. 우리 재판장님 동기시잖아요. 이 정도는 대접해 드릴 수 있어요."

　"그럼 사이다?"

　"네!"

　윤슬혜 판사가 쪼르르 방을 떠났다.

동시에 김윤혁의 입꼬리가 대각선으로 휘어졌다.

'병신들.'

모든 것이 자신의 예측대로 돌아가고 있었다.

혹시 지갑을 두고 갔니 어쨌니 하는 상황이 발생할지도 모르기에 일단 시간을 두고 판결문 초고나 읽기로 했다.

사실 이한영의 판결문엔 관심이 없다. 어떤 내용이 있든 자신이 쓴 완벽한 판결문이 앞설 것이라는 자신이 있기 때문이다.

하지만 대충대충 넘기던 김윤혁의 손이 점차 느려지기 시작했다.

급기야 다시 앞장으로 넘기기까지 한다.

그의 눈은 튀어나올 것 같다.

'이게 초고라고?'

김윤혁의 아래턱에 힘이 콱 들어갔다.

'도대체 이 새끼는 뭐야?'

이한영은 이 바닥에서 수십 년을 굴러먹은 사람이다. 10년도 안 된 김윤혁이 단순한 노력으로 이길 수 있는 레벨이 아니다. 게다가 미래까지 알고 있다.

절대 이길 수 없다.

김윤혁의 얼굴에 점점 먹구름이 끼었다.

'젠장!'

입안이 바짝 마르고 뒷목이 뻣뻣해지는 걸 느꼈다.

이대로 가면 박살 나는 것은 김윤혁 자신이다.

'도대체 뭐가 완벽한 판결문이라는 거야!'

김윤혁의 머릿속에서 이한영이라는 판사는 거대한 괴물처럼 느껴지고 있었다.

'어쩌지? 어떻게 해야지?'

괴물과 싸워 이길 방법이 떠오르지 않는다.

그는 머리를 최대한 차갑게 만들기 위해 깊게 숨을 들이마셨다.

일단 판결문은 뒤로한다. 당장 해결할 수 있는 문제가 아니다.

지금의 목적은 강신진 수석 부장의 서류를 보는 것이다.

그의 하얗고 마른 손이 서류 봉투로 향했다.

그 시각, 윤슬혜 판사는 휴게실에 앉아 이한영과 전화를 하고 있었다.

"네, 판사님. 김윤혁 판사가 와서 방을 비워 줬어요."

ㅡ아, 잘했어. 한 15분 정도 혼자 있게 만들어.

이한영은 김윤혁이 오면 핑계를 만들어 혼자 있게 하라고 지시했다.

그리고 윤슬혜 판사는 그 지시를 잘 따르는 중이다.

김윤혁은 이미 이한영의 손바닥에 올라왔다. 뭔 짓을 해도 도망치지 못한다.

김윤혁의 눈동자는 갈피를 못 잡고 있었다.

그의 손은 수전증에 걸린 사람처럼 파들파들 떨리고 있었다.

"이, 이게 뭐야?"

그가 꺼내 본 서류에는 충격적인 말이 적혀 있었다.

유성 전자 사건에 회유할 판사를 추천하라.

회유할 판사는 우리 쪽 라인이 아니어도 좋다. 언제든 버려도 상관없을 사람이어야 한다.

보상액은 3천만 원.

'3천만 원?'

김진한 부장에게 받은 통장에 3천만 원이 들어 있었다.

'이, 이거 내 이야기 맞지?'

몇 번을 다시 확인해 봐도 자신을 지칭하는 게 맞다.

'그러고 보니까…….'

며칠 전, 이한영이 말했었다.

─안 좋은 돈이면 다시 돌려줘.

김윤혁의 다물린 입에 꽉 힘이 들어갔다.

'다 알고 있었던 거야? 지켜보면서 비웃고 있었던 거야?'

김윤혁은 떨리는 손으로 얼굴을 쓸어 만졌다.

허옇게 마른 입술이 달싹이며 중얼대는 목소리가 흐른다.

"……버려도 되는 사람?"

생각이 정리됐는지, 힘없이 흔들리던 김윤혁의 눈동자가 천천히 자리를 찾았다.

그 순간 분노가 확 차오르며 얼굴이 무섭게 일그러진다. 힘을 준 턱엔 핏대까지 보인다.

지금껏 사람 좋아 보이던 그 얼굴이 아니다. 그야말로 악귀다.

김윤혁의 뇌리에 김진한 부장의 얼굴이 스쳐 간다.

"김진한!"

이번엔 강신진 수석 부장의 얼굴이 보인다.

"강신진!"

분노로 씹어 낸 이름이다.

마지막으로 이한영의 얼굴이 떠올랐다.

"이한영!"

가장 마음에 들지 않는 얼굴이 이한영이다.

이한영만 없었다면 지금 부장판사 대행을 했을 사람은 바로 김윤혁 자신이다. 그는 그렇게 생각하고 있었다.

김윤혁의 눈동자가 벌겋게 충혈되며 핏물로 쩍쩍 금이 갔다.

"씹어 죽여도 아까울 새끼들!"

그의 눈동자엔 분노의 불꽃이 이글이글 타오르고 있었다.

이한영은 엘리베이터를 타고 사무실로 올라가고 있었다.

'띵!' 소리와 함께 문이 열리는 순간 김윤혁이 앞을 막아섰다.

김윤혁의 눈빛이 평소와 다르다. 금이 간 가면 속의 민낯이 보일 정도다.

하지만 이한영은 아무것도 모르는 척 입을 열었다.

"그냥 가는 거야? 기다린다더니?"

"기다린다니?"

"윤슬혜 판사한테 전화받았거든, 기다린다고 해서 급히 올라왔는데."

"아, 미안. 너만 바쁜 게 아니라 나도 바쁘잖아? 할 일이 있어서 먼저 나왔네."

음성이 삐딱하다.

게다가 이한영의 앞을 가로막고 비켜서지 않는다.

잠시 불편한 시간이 흘렀다.

이한영이 한발 다가서며 입을 열었다.

"먼저 타도 좋고, 아니면 비켜 줬으면 좋겠는데?"

"한영아."

김윤혁의 눈에 흉흉한 살기가 감돌고 있었다.

하지만 이한영은 내색하지 않았다.

"말해."

"저기……."

김윤혁이 입술을 달싹인다.

하지만 그게 끝이다.

그는 한숨과 함께 고개를 저으며 가로막듯 버티고 섰던 몸을 틀었다.

김윤혁은 마음속에 담고 있는 분노를 토해 봤자 우스워지는 것은 자신이라는 걸 잘 알고 있었다.

불만을 토로하기보다 몸을 숙이고 다음을 기다리는 게 현명한 거라고 생각했다.

그리고 이한영은 그의 생각을 모두 읽고 있었다. 하지만 티를 내지 않고 그의 옆을 스쳤다.

그때 김윤혁이 나직이 입을 열었다.

"이번 재판, 난 기업의 손을 들어 줄 거야."

"알아."

"알아?"

"어, 알아."

김윤혁의 입에 비스듬한 미소가 걸린다.

"넌? 너도 기업의 손을 들어 줄 거야?"

"글쎄."

김윤혁이 어이없다는 듯 고개를 흔들었다.

"넌 피해자들의 손을 들어 줄 거야. 그렇지? 거지 같은 피해자 새끼들, 얼마 안 되는 돈 때문에 3교대를 뛰며 밤낮없이 일하는 새끼들! 넌 그런 사람들의 손을 들어 줄 거야."

이한영의 시선이 김윤혁을 향해 틀어졌다.

"지금 네가 한 말이 재판과는 상관없는 것 같은데……."

"세상을 바꾸는 것은 힘을 가진 권력자들이야. 거지새끼들은 징징거리기만 할 뿐이야. 그 새끼들이 할 수 있는 건 없어."

"무슨 말을 하는 거야?"

김윤혁이 픽 웃으며 엘리베이터에 오른다.

그리고 몸을 돌려 이한영을 향하며 냉소적인 눈빛을 보인다.

"새로운 세상이 되려면 조금의 희생은 필요하다더라. 역사는 피로 쓰여 왔고, 이번 재판의 피해자들 역시 역사를 쓰는 먹물이 될 거야. 그런데 한영아, 난 내 피를 흘리지 않을 거야."

이한영의 눈썹이 찌푸려질 때, 김윤혁이 닫힘 버튼을 누르며 가라앉은 목소리로 말을 잇는다.

"새로운 세상, 같이 가자. 혼자 가지 말고."

스르륵, 엘리베이터의 문이 닫혔다.

김윤혁의 얼굴이 완벽히 보이지 않게 됐을 때, 이한영의 입술이 대각선으로 휘어졌다.

'봤구나?'

이한영이 사무실로 들어오자 기록물에 파묻혔던 윤슬혜 판사가 고개를 들었다.

"김윤혁 판사, 방금까지 있었는데요."

"아, 복도에서 봤어."

이한영은 책상으로 향했다.

그리고 김윤혁이 몰래 봤을, 강신진 수석 부장의 도장이 찍힌 서류 봉투를 꺼내 펼쳤다.

당연하지만 이 서류는 강신진이 아니라 이한영이 작성한 거다.

쭉 들어 살펴보니 한쪽이 심하게 구겨진 게 보인다.

'흔적까지 남겨 둔 거 보니까 많이 동요했나 보네?'

서류를 보며 부들부들 떨었을 김윤혁의 모습이 눈에 보이는 것 같았다.

이한영이 픽 웃으며 들고 있던 서류를 책상에 던졌다. 그리고 손바닥을 쭉 펴 봤다.

손바닥에 올라온 김윤혁이 보인다.

어떻게 움직여야 할지 갈피를 잡지 못하고 당황하고 있다.

'네가 할 수 있는 것은 무리수야. 뭐든 해 봐라. 지켜봐 줄게. 그리고 윤혁아, 너희가 말하는 새로운 세상은 모두가 좋은 세상이 아니야. 너희들만 좋은 세상이야. 마음껏 만들어 봐. 내가 다 박살 내 줄 테니까.'

⚖️

이한영이 떠나며 잠시 혼자 쓰게 된 방.

김윤혁은 홀로 앉아 있었다.

그런데 평소처럼 정돈된 모습의 방이 아니다. 바닥에 종이가 어지럽게 떨어져 있다.

그때!

"이것도 아니야!"

김윤혁이 들고 있던 기록물을 거칠게 던지며 양손으로 머리를 감싸 쥐었다.

그의 입에서 숨이 토해진다.

"이길 수 없어!"

이번 재판이 이한영을 이길 수 있는 마지막 재판처럼 여겨졌다.

버리는 카드로 선택된 이상 발악을 해서라도 승리를 쟁취해야 한다. 그래야 강신진 수석 부장이고 다른 사람이고 자신을 바라보는 눈을 바꿀 수 있다.

"여기서 실패하면?"

그저 그런 인물로 평가되어 조용히 사라질 거다.

어쩌면 언론의 표적이 되어 사정없이 쏘아지는 화살에 법복을 벗게 될 수도 있다.

김윤혁이 핏기 없는 얼굴로 고개를 저었다.

"그럴 수는 없어."

하지만 방법이 없다.

이한영의 판결문 초고를 보고 온 이상 답이 보이지 않았다.

머리를 움켜쥐고 있던 김윤혁의 손에 꽉, 힘이 들어갔다.

"어떻게 해야 하지?"

그의 시선이 천천히 달력으로 향했다.

김진한 부장이 말했던 약속의 날이 보인다. 동시에 그의 눈이 번쩍인다.

'빠져나갈 수 있는 구멍이 있어.'

비밀 약속이 무엇인지는 모른다. 하지만 꼬투리를 잡아 쑤시면 지금 이 구렁텅이에서 벗어날 수도 있다.

잘 이용하면 빠져나오는 것뿐만이 아니라 이한영의 위에 설 수도 있다.

김윤혁의 손이 달력을 힘주어 잡았다.

⚖

"뭐 해?"

며칠 후, 복도를 걷던 이한영은 김진한 부장의 사무실 앞에서 기웃거리는 오바른 판사를 보고 입을 열었다.

오바른 판사가 화들짝 놀라더니 시선을 틀어 이한영을 향한다.

"아 씨, 기척 좀 내고 다녀."

"평소대로 걸었는데. 뭐 하는 거야? 부부장님 사무실에 뭐 있어?"

오바른 판사가 거만한 미소를 지으며 고개를 흔든다.

"부장판사 대행 하니까 좋냐? 거긴 나 같은 1등이 갔어야 하는 건데. 넌 몇 등이었지?"

'말을 돌리고 있어?'

오바른 판사는 이한영의 질문에 답하지 않고 화제를 돌리고 있다.

어떤 이유인지는 모르지만 일단 장단에 맞춰 주기로 했다.

"오바른 판사보다는 낮았겠지?"

오바른 판사의 거만한 미소가 짙어진다.

"조금만 기다려. 난 부장판사 같은 거 안 하고 바로 수석으로 갈 거니까."

"응. 알았으니까, 도박이나 주식 같은 건 절대 하지 마."

오바른 판사는 곧 스스로 목숨을 끊는다.

하지만 그의 죽음에 다른 이유가 있을 것 같아 계속 지켜보는 중이다.

그때 도박이라는 말에 욱한 오바른 판사가 소리를 질렀다.

"그런 거 안 한다니까! 내가 도박을 왜 해!"

그 목소리가 시끄러웠나 보다.

김진한 부장의 사무실이 삐걱 열린다. 그리고 김진한 부장이 밖으로 나왔다.

"도떼기시장이야?"

낮은 목소리에 이한영과 오바른 판사가 바로 허리를 굽혔다.

"죄송합니다."

김진한 부장의 시선이 오바른 판사에게 향했다. 그의 허리 굽힘은 과할 정도다.

"야, 누가 보면 조폭인 줄 알겠다. 허리 펴."

"죄송합니다."

오바른 판사는 겁을 집어먹은 목소리와 함께 허리를 더 굽힌다.

김진한 부장이 혀를 끌끌 차며 이한영에게 시선을 옮겼다.

"이한영 판사, 조만간 시간 비워 놔. 술 한잔해야지."

"아, 네."

이한영은 대답하면서 힐끗 오바른 판사의 얼굴을 살폈다.

오바른 판사의 눈은 김진한 부장의 시선을 피해 몰래 사무실을 엿보고 있다.

'겁먹은 눈빛이 아니잖아? 그러고 보니까⋯⋯.'

이한영이 도박하지 말라는 말을 했을 때, 오바른 판사는 평소보다 더 큰 목소리로 '그런 거 안 한다니까!'라고 답했다.

'왜 더 큰 목소리를 낸 거지? 김진한 부장을 밖으로 나오게 하려고?'

이한영의 눈동자가 오바른 판사의 시선을 따라 사무실 안으로 옮겨졌다.

강신진 수석 부장이 느긋하게 앉아 커피를 마시고 있는 모습이 보인다.

'강신진?'

생각은 더 이어지지 못했다. 김진한 부장이 이한영의 어깨를 툭툭 치며 입을 열었기 때문이다.

"열심히 해. 선배들 사무실 앞에선 조용히 하고."

김진한 부장이 다시 사무실로 들어가자 이한영이 오바른 판사를 보며 입을 열었다.

"오바른 판사……."

하지만 이한영의 말은 이어지지 못했다.

오바른 판사가 이한영의 말을 끊고 빠르게 말했기 때문이다.

"잘 기억해. 난 도박도 안 하고 주식도 안 해. 여자 문제도 깨끗하고 또 술도 안 좋아해. 이게 1등이야, 흐흐."

오바른 판사는 재수 없는 웃음을 흘렸다.

동시에 이한영의 눈엔 의문이 담겼다.

'또 말을 돌리고 있어?'

그 시각, 김진한 부장의 사무실 안엔 묘한 긴장감이 흐르고 있었다.

김진한 부장이 결의에 찬 눈빛으로 강신진 수석 부장을 보며 입을 연다.

"출발하실까요?"

"그러지."

김진한 부장의 긴장된 표정과 달리 강신진 수석 부장은 느굿하다.

사무실을 떠나는 모습도 마치 산책하러 나가는 것 같다.

두 사람은 곧장 지하 주차장으로 내려왔다.

운전석에 앉은 김진한 부장이 조수석에 오른 강신진 수석 부장을 보며 경직된 얼굴로 입을 연다.

"괜찮을까요?"

"안 괜찮을 건 또 뭔가?"

오늘은 검찰총장 엄준호를 만나러 가는 날이다.

다른 사람도 아니고 검찰총장을 상대해야 하는 순간이기에 김진한 부장은 평소와 달리 잔뜩 긴장하고 있었다.

"그래도 검찰총장인데요……."

하지만 강신진 수석 부장은 대수롭지 않게 답했다.

"이미 꼬리를 내린 개야."

얼마 전 엄준호 검찰총장은 자식의 마약 문제 때문에 신념을 꺾고 에스 로펌에 무릎을 꿇고 말았다.

그때를 생각하며 강신진 수석 부장이 느긋하게 말을 잇는다.

"처음이 어렵지 다음은 어렵지 않아. 내 앞에서도 무릎을 꿇을 거야. 날도 우중충하니 무릎 꿇기 좋은 날 아닌가?"

가벼운 농담에도 김진한 부장의 표정은 풀어지지 않는다.

그가 무거운 한숨을 내뱉으며 고개를 끄덕였다.

"그럼 출발하겠습니다."

김진한 부장은 천천히 핸들을 돌려 주차장을 빠져나갔다.

그리고 곧 또 다른 차량이 그 뒤를 따라 움직였다. 바로 김윤혁이었다.

Chapter 5

서울 삼성동 유성 호텔 지하 주차장.

김윤혁은 엘리베이터 앞에 서서 층수를 확인하고 있었다.

방금 강신진 수석 부장과 김진한 부장이 탄 엘리베이터다.

한 층, 한 층 올라가던 엘리베이터가 5층에서 멈춰 섰다. 그곳엔 레스토랑이 있다.

'레스토랑이라······.'

비밀스럽게 잡은 약속이다.

김진한 부장의 성격상 홀이 아니라 방을 예약했을 가능성이 컸다.

'어떻게 하지? 쫓아 올라가도 소득이 없을 수도 있어. 아니, 그 전에 카운터 앞에 강신진과 김진한이 있을지도 몰라.

조금 시간을 두고 움직여야 하나? 아니면…….'

손톱을 물어뜯으며 생각에 빠진 김윤혁의 뇌리에 문뜩 이한영의 얼굴이 스쳤다.

동시에 아래턱에 콱 힘이 들어간다.

'그놈은 망설이지 않아. 그런데 나는 뭐가 두려워서 머뭇거리지? 이한영보다 내가 위야!'

김윤혁은 더 생각하지 않았다.

그는 들고 왔던 야구 모자를 머리에 꾹 눌러썼다. 그리고 모자가 달린 바람막이까지 걸쳤다.

바람막이의 모자까지 덮어쓰자 얼굴이 완벽히 가려졌다.

엘리베이터의 문으로 자신의 모습을 확인한 김윤혁은 이내 비장한 눈빛과 함께 엘리베이터에 올랐다.

하지만 쭉 올라가야 할 엘리베이터가 곧 멈춘다.

김윤혁이 시선을 들어 층수를 확인하자 로비 층이다.

스르륵, 엘리베이터의 문이 열리며 거인과 같은 기세를 가진 남자가 예고도 없이 성큼 올라섰다.

'엄준호!'

대한민국 검찰총장이었다.

그를 본 김윤혁은 신경 말단까지 소름이 돋는 것을 느꼈다.

'설마?'

김윤혁은 엄준호 총장의 손에 집중했다. 그는 층수를 누르지 않는다.

'5층에 간다는 건가?'

설마 했던 생각이 확신으로 바뀌고 있었다.

강신진 수석 부장과 김진한 부장이 비밀리에 만나려는 사람은 바로 엄준호 검찰총장이었다.

'도대체 무슨 이유로?'

만날 이유가 없는 사람들이 갖는 회동의 이유가 상상도 되지 않았다.

하지만 지금 중요한 것은 그게 아니다.

그들이 만나는 사람이 검찰총장인 만큼, 김진한 부장이 엘리베이터 앞에서 기다리고 있을 게 분명하다.

빠르게 생각을 정리한 김윤혁은 서둘러 4층을 눌렀다.

띵, 엘리베이터가 멈춰 섰고 김윤혁은 서둘러 내렸다. 그리고 시선을 틀어 올라가는 엘리베이터의 층수를 확인한다.

'역시 5층에서 멈췄어.'

김윤혁은 큰 비밀을 엿본 긴장의 숨을 내뱉었다.

말라만 가는 입술을 혀로 핥으며 김윤혁의 눈빛은 서서히 서늘하게 바뀌어 간다.

'제대로 이용할 수 있을 것 같은데?'

10분쯤 지났을 무렵 김윤혁은 다시 엘리베이터에 올랐다. 그리고 5층에서 내린 후 곧바로 카운터로 걸어가 신분증을 꺼내 보였다.

"법원에서 왔습니다."

카운터 직원의 눈이 동그랗게 커진다.

"법원요?"

"참고할 게 있어서 왔을 뿐입니다. CCTV 영상을 보고 싶은데요. 어디서 확인할 수 있죠?"

"아, 여기서도 볼 수 있는데요."

"그럼 협조 요청서를 보내도록 할 테니까, 확인 좀 할 수 있을까요?"

신분증이 가진 위력은 크다. 카운터의 직원은 의심하지 않고 고개를 끄덕인다.

"잠시만요."

강신진 수석 부장과 검찰총장이 만났다. 어떤 식으로든 세상이 움직일 게 분명했다.

그들이 만났다는 증거를 손에 쥐고 있으면 언제든 유리한 쪽으로 이용할 수 있다.

김윤혁의 입꼬리가 휘어졌다.

'너희는 절대 날 버릴 수 없어!'

⚖

레스토랑 특실의 원탁.

침묵 속의 긴장이 팽팽하게 당겨지고 있었다.

그 긴장을 끊고 입을 연 것은 김진한 부장이었다.

그가 고개를 들어 맞은편에 앉은 엄준호 총장을 향해 입을 연다.

"아시겠지만 요즘 사법부가 혼란스럽습니다. 그 덕에 우리 백이석 법원장님께서 대법관으로 가시게 됐습니다."

엄준호 총장이 고개를 끄덕였다.

"저도 뉴스를 통해 보고 있어요. 벌써 일흔 명이 사직서를 제출했다면서요? 여기까지는 안타까운 소식이지만, 백이석 법원장님이야말로 대법관에 어울리시는 분이라 한편으로는 기쁘게 생각하고 있습니다."

김진한 부장이 마른 입술을 핥으며 말을 이었다.

"……그래서 법원장이 공석일 동안 강신진 형사 수석이 대행을 맡을 것 같습니다."

엄준호 총장은 이번에도 대수롭지 않다는 듯 고개를 끄덕였다.

"그렇겠지요."

김진한 부장이 계속 말을 잇는다.

"강신진 수석은 법원장 대행을 맡은 후, 지원장으로 1년 정도 머무른 후에 법원장에 오를 겁니다."

엄준호 총장의 시선이 강신진 수석 부장에게 향했다.

김진한 부장이 하는 말의 내용은 모두 강신진 수석 부장에 대한 것이다. 그런데 정작 강신진 수석 부장은 어떤 말도 하지 않고 음식만 먹고 있다.

"그래서 하고 싶은 말이 뭡니까? 난 강신진 수석이 법원장이 됐을 땐 은퇴하고 없을 텐데요."

그때 강신진 수석 부장이 빙긋이 웃으며 고개를 들었다.

그리고 시작부터 칼날 같은 말을 찔러 넣었다.

"조사를 좀 해 봤습니다. 총장님의 아내분께서 뒤로 받으신 게 꽤 많더라고요?"

엄준호 총장의 눈썹이 있는 대로 찌푸려졌다.

"뭐라?"

하지만 그의 말은 이어지지 못했다.

기다렸다는 듯 김진한 부장이 빠르게 말했기 때문이다.

"우리 법원장님의 사모님께 로비를 먹이려 했던 로펌을 조사하던 중에 총장님의 사모님께서 걸렸습니다. 중앙 지검에서 수사하고 있는데, 모르셨나 봅니다?"

김진한 부장의 능글맞은 목소리가 끝나자 얼음이 쏟아진 것 같은 싸늘한 분위기가 공간을 채우기 시작했다.

엄준호 총장이 김진한 부장을 향해 눈을 부라린다.

"그래서, 지금 뭘 말하고 싶은 거지?"

지금껏 말을 높였던 총장이지만, 더 이상 존대하지 않았다.

하지만 김진한 부장은 상관하지 않고 자리에서 일어나 허리를 굽혔다.

"법무부 장관을 조사해 주십시오."

동시에 벼락같은 호통이 쏟아졌다.

"같잖은 협박에 넘어가 장관을 치라는 건가! 자네들이 나를 건들고 뒷감당을 할 수 있겠어!"

"네."

들려온 말은 강신진 수석 부장의 입에서 나온 것이었다.

그가 티슈로 손을 닦으며 분위기에 맞지 않게 느긋이 말한다.

"법무부 장관이 제 뒤를 조사하고 있다고 합니다. 제가 직접 싸워 볼 수도 있지만, 그 전에 총장님께 기회를 드리고 싶었습니다."

"기회?"

"총장님의 임기가 6개월 남은 것으로 알고 있습니다. 명예롭게 가셔야죠."

누가 봐도 협박이다. 엄준호 총장의 손은 파르르 떨려 오고 있었다.

그가 분노를 씹어 뱉는다.

"감히 지방법원의 수석 따위가 검찰총장을 협박하고 있어? 내 남은 임기가 6개월, 그 전에 자네들이 먼저 옷을 벗게 될 거야. 사법부의 치욕으로 만들어 법정에 세워 주지. 약속하겠네."

하지만 강신진 수석 부장은 여유롭다. 그가 낮은 목소리가 대답한다.

"기각."

엄준호 총장의 눈빛이 무섭게 일그러지며 강신진 수석 부장을 쏘아봤다.

하지만 강신진 수석 부장은 담담하다.

"중앙 지검에서 곧 총장님의 뒤를 캐기 시작할 겁니다."

"검찰을 우습게 보지 마. 검사들은 지휘 체계 없이 제멋대로인 판사들과 달라. 내 지휘를 따르는 게 검사야! 그런데 검사들이 내 뒤를 캔다고? 말이 된다고 생각하나?"

"중앙 지검 지검장이 총장님의 자리를 노리고 있습니다."

"그놈은 아직 기수가 안 돼."

"총장님을 제물로 삼으면 새 정부에서 관심을 주겠죠. 어차피 국민에게 신뢰받지 못하는 검찰, 이번에 새로 물갈이해서 검찰 개혁을 보여 주자. 이런 시나리오, 어떻게 생각하십니까?"

엄준호 총장은 섬뜩한 불안감을 느꼈다.

그가 떨리는 목소리를 애써 감추며 태연하게 입을 열었다.

"좋은 정보 고맙네. 그런데 그 이야기를 듣고도 내가 중앙 지검장을 가만히 둘 것 같은가? 내가 먼저 그 새끼를⋯⋯."

강신진 수석 부장이 손을 휘휘 저었다.

"엄준호 총장님, 일선에서 벗어나서 잘 모르시나 본데, 영장을 주는 것은 우리입니다. 내가 법원장이 되면 어떤 힘을 써서라도 당신이 청구하는 모든 영장을 기각시킬 겁니다."

"⋯⋯!"

"영장 없이 수사해 보세요. 중앙 지검장도 좋고 나도 좋습니다. 누구든 해 보세요. 하지만 그 전에 총장님은 구속될 겁니다."

"뭐, 뭐?"

엄준호 총장의 시선이 강신진 수석 부장에게 향했다.

지금껏 평온했던 강신진 수석 부장의 눈이 불을 뿜어내고 있었다.

그가 소름 끼치는 눈빛으로 엄준호 총장을 노려보며 천천히 입을 열었다.

"처음에 총장님께 기회를 드리겠다고 말했습니다. 무소불위의 권력이라 불리는 검찰, 정권의 개라고 불리는 검찰을 바꿀 기회! 빌어먹을 세상을 바꾸는 초석이 되어 명예롭게 은퇴하지 않으시겠습니까?"

형형한 눈빛에 엄준호 총장은 자신도 모르게 눈을 피하고 말았다.

하지만 강신진 수석 부장은 꾸짖듯 말을 이어 나간다.

"언제까지 권력자들 앞에서 설설 기는 검찰로 놔둘 겁니까?"

"도대체 무슨 소리를 하고 싶은 건가?"

엄준호 총장의 목소리는 많이 누그러졌다. 하지만 강신진 수석 부장의 목소리는 여전히 강하다.

"법이라는 것은 권력과 상관없이 누구에게나 공평하게 만들어졌습니다. 그런데 검찰이나 사법부는 권력자의 편에 서 있어요! 계속 그러기를 바라시는 겁니까? 원래의 목적에 맞는 법을 보고 싶지 않습니까? 법은 예외가 없어야 합니다."

엄준호 총장은 입을 열 수가 없었다.

강신진 수석 부장이 자리에서 일어섰다. 그리고 총장을 내려다보며 근엄하게 입을 연다.

"어차피 판사나 검사나, 연수원이라는 같은 뿌리에서 나온 가지입니다. 사법부와 검찰이 손잡는다면, 대한민국의 법은 바로 설 것입니다. 한비자는 법을 받들면 강한 나라가 된다고 했습니다. 강한 나라, 총장님께서 도와주신다면 가능합니다."

"……!"

"큰일을 위해서 작은 오물은 덮고 넘어가야죠. 사모님의 일, 제 선에서 덮겠습니다. 이 나라의 미래를 위해 힘을 빌려주십시오."

회유와 협박을 넘나들며 엄준호 총장을 압박한 강신진 수석 부장은 천천히 허리를 굽혔다.

그 모습을 보며 엄준호 총장은 마른침을 삼켰다. 그리고 애써 태연한 척 입을 열었다.

"도와주지 않는다면 나를 구속하겠다는 건가?"

"협박이라 느끼셨다면 죄송합니다. 큰일에 희생은 불가피하다고 생각합니다."

엄준호 총장이 스테이크 칼을 쥐었다.

"검찰을 칼이라고 부르기도 하지? 이 칼자루, 정권이 아니라 자네의 손에 쥐어 준다면 세상을 바꿀 자신이 있는가?"

"네."

"검찰은 국민에 대한 신뢰를 잃어 가고 있어. 자네가 세워 줄 수 있겠는가?"

"새로운 세상을 보여 드리겠습니다."

엄준호 총장은 눈을 감았다. 그리고 강신진 수석 부장이 했던 말을 곱씹었다.

"새로운 세상이라……. 그 세상을 보려면 명예롭게 은퇴 해야겠군."

"큰 결심, 감사드립니다."

강신진 수석 부장이 다시 한 번 고개를 숙였다.

그때 김진한 부장은 조심히 자리에서 일어섰다.

이 이상은 김진한 부장이 계속 끼어 있을 자리가 아니다.

지금부터는 앞으로의 정책과 방향이 만들어질 순간이기 때문이다.

김진한 부장은 문을 닫고 조용히 밖으로 나왔다.

저녁 시간이라 그런지 레스토랑의 홀에선 많은 사람들이 식사하는 모습이 보인다.

주변을 둘러보던 김진한 부장의 시선이 천천히 카운터로 향했다. 동시에 그의 눈살이 찌푸려졌다.

'저놈은?'

오바른 판사다. 그가 밖으로 빠져나가는 모습이 보였다.

'저놈이 왜?'

김진한 부장은 입술을 쓸어 만지며 오바른 판사가 빠져나 간 자리에서 시선을 떼지 않았다.

'그러고 보니까 아까 내 사무실 앞에도 저놈이 있었잖아? 그 전에도 몇 번, 앞에서 봤어.'

김진한 부장의 눈빛이 얼음이 담긴 것처럼 서늘해졌다.

그가 성큼성큼 카운터를 향해 걸어갔다. 그리고 카운터 직 원을 보며 입을 열었다.

"혹시 판사나 법원이 찾아온 적 있습니까?"

"네? 네. 와서 CCTV 확인하고 싶다고……."

김진한 부장의 얼굴이 흉악한 도깨비로 변했다.

⚖️

오바른 판사는 다급히 계단을 통해 내려가고 있었다.

'김진한이 날 본 것 같은데? 씨발!'

허덕거리며 계단을 내려가던 순간 확, 그의 멱살이 거친 손에 잡혔다.

그리고 그 손은 오바른 판사의 몸을 사정없이 휘둘러 벽에 꽂아 버린다.

"끕!"

오바른 판사가 엄습하는 통증에 정신을 못 차릴 때, 거친 손의 주인은 그를 벽에 밀어붙이며 낮은 음성으로 말한다.

"너, 뭐야? 뭐 하는 거야?"

정신을 차린 오바른 판사가 멍한 눈으로 자신의 멱살을 잡은 남자를 바라봤다. 그리고 떨리는 목소리로 입을 열었다.

"어? 이, 이한영 판사? 넌 여기 왜?"

거친 손의 주인은 이한영이었다.

이한영이 무서운 눈으로 오바른 판사를 노려봤다.

"너 이러다 죽어, 이 새끼야."

오바른 판사가 비아냥거리듯 킬킬 웃기 시작한다.

"킥킥킥, 네가 여기에 왜 있는지 궁금했는데, 생각해 보니까 너도 강신진 수석 부장의 수족이었지? 이상한 일은 아니었네."

이한영을 쏘아보는 오바른 판사의 눈엔 핏줄이 꿈틀대고 있었다.

평소의 거만하고 잘난 척하던 눈빛이 아니다. 진심이 담겨 있다.

왜 죽었는지 의심스러웠는데, 모든 의문이 풀리는 것만 같았다.

오바른 판사는 계속 이죽거렸다.

"그런데 이러다 죽는다고? 죽여 봐, 새끼야."

이한영은 오바른 판사의 멱살을 천천히 놓았다.

하지만 오바른 판사는 비아냥거림을 거두지 않는다. 그가 구겨진 옷깃을 탁탁 털며 말을 이었다.

"헌법과 법률, 양심에 따라 공정하게 심판하는 판사. 법관 윤리 강령을 준수하는 판사. 본인은 국민의 편에 서서 정직과 성실로 직무에 전념한다. 본인은 정의의 실천자로서 부정의 발본에 앞장선다. 판사 임용 선서문과 서약서, 벌써 잊었냐? 우리, 선서한 지 10년도 안 지났어. 강산도 그대론데, 기억이 안 나? 그렇게 살지 마. 그럴 거면 판사 그만둬, 새끼야. 쪽팔리니까."

이한영이 무겁게 한숨을 내뱉었다. 그리고 슥, 오바른 판사를 향해 고개를 틀었다.

"오해하고 있었네. 그냥 재수 없는 놈인 줄만 알았는데⋯⋯."

"그런데 뭐?"

"멍청한 놈이었구나?"

그 시각, 호텔 레스토랑에선 김진한 부장이 사나운 인상을 감추지 않고 CCTV의 녹화된 화면을 보고 있었다.

그 덕에 마우스를 움직이는 호텔 직원은 죽을 맛이었다.

그때 화면에 엘리베이터의 문이 열리고 오바른 판사가 내리는 게 보였다.

"스톱."

직원이 재빨리 화면을 정지시켰다. 김진한 부장의 무서운 눈이 직원에게 향한다.

"이 사람이오?"

직원이 고개를 젓는다.

"아뇨. 이 사람이 아니고요."

직원은 마우스를 움직이더니 화면을 빠르게 재생시킨다. 그리고 손가락으로 모니터를 가리켰다.

"이 사람이에요!"

화면엔 처음부터 작심하고 얼굴을 가린 남자가 보였다. 그에게 집중하며 김진한 부장의 눈매가 죽 찢어졌다.

'누구지?'

화면을 앞뒤로 움직이고 엘리베이터까지 확인했지만 정체를 알아내는 것은 무리였다.

"지하 주차장은?"

"CCTV 사각지대가 많아서요."

"그럼 주차장으로 들어온 차량은 확인할 수 있죠?"

"아, 네."

직원이 차량 출입을 확인하는 동안 김진한 부장은 입을 꽉 다물고 있었다.

'놈은 지하 주차장으로 내려갔어. 호텔에 들어오고 나간 모든 차량을 확인해서라도 찾아낸다. 쥐새끼 같은 놈!'

잠시 후, 차량 번호가 빼곡히 적힌 종이를 들고 있던 김진한 부장의 핸드폰이 진동했다.

─차량 번호 조회했습니다. 그런데요, 여기 김윤혁 판사

차도 있네요?

"누구?"

잘못 들었나 싶어 다시 물었다.

－민사 단독에 있는 김윤혁 판사요.

"이런 미친 새끼가!"

이한영은 오바른 판사에게 계획 일부를 살짝 보여 줬다.

전부는 아니지만 강신진의 반대에 서 있다는 걸 알리기에는 충분했다.

그리고 두 사람은 호프집에 앉아 있었다.

"난 이한영 프로에게 그런 뜻이 있는 줄 몰랐네."

"나도 오바른 판사가 그렇게 멍청한 줄 몰랐어."

"멍청하다니!"

욱하는 오바른 판사에게 이한영이 한심한 눈빛을 보냈다.

"흔적을 질질 흘리고 다니는데 그게 멍청한 거지."

오바른 판사는 할 말이 없는지 맥주를 들어 벌컥벌컥 마실 뿐이다.

이한영이 다시 입을 연다.

"앞으로 며칠은 더 기웃거리도록 해."

"기웃거려? 그래서?"

"김진한 부장에게 또 한 번 들켜. 그리고 제발 라인에 넣어 달라고 싹싹 빌어. 어차피 들킨 거, 어설픈 첩자 짓 그만하고 평소 이미지를 이용하는 게 좋겠어."

"내 이미지가 어떤데?"

"몰라서 묻는 거야? 잘난 척 좋아하고, 남보다 앞서고 싶은 마음은 크지만 실력은 모자란 사람."

"야!"

팩트는 잔인한 법이다. 오바른 판사의 눈썹이 치솟았다.

하지만 이한영은 상관하지 않고 계속 말했다.

"그런 이미지니까 다행인 거야. 라인에 들어가고 싶어서 기회를 보던 놈으로 위장할 수 있잖아."

오바른 판사가 한숨을 내쉬었다.

"내가 그렇게 위험하냐?"

"강신진 주변엔 사람 목숨을 가볍게 생각하는 인간들이 많아. 넌 판사이기 전에 아들을 가진 아버지잖아? 앞으로는 조심히 행동하도록 해. 아들 장가가는 건 봐야지."

오바른 판사의 미간이 다시 찌푸려진다.

"아들이 아니라 딸이야! 너, 내 딸 돌잔치 왔었잖아!"

수십 년 전의 일이다. 기억이 안 난다.

이한영은 "미안!"이라는 간단한 말로 사과한 후 계속 말했다.

"지금은 몸을 숙이고 참고 버텨. 그럼 언젠가 바늘구멍 같은 빈틈이 보일 거야. 우리는 그 빈틈을 찌를 거고."

이한영의 섬광 같은 눈빛에 오바른 판사는 자신도 모르게 고개를 끄덕였다.

그렇게 이한영의 치밀한 계획 속에 오바른 판사 역시 손바닥에 올라가고 있었다.

그때 호프집의 문이 열리고 송나연 기자가 들어왔다.

이곳으로 오며 이한영이 연락했는데, 오바른 판사는 그녀가 오는 걸 모르고 있었다.

테이블 앞에 선 그녀가 물끄러미 오바른 판사를 본다.

"어? 혼자 계신 줄 알았는데, 다른 분도 계셨네요."

오바른 판사도 송나연 기자를 바라봤다.

짧은 커트 머리, 얼굴만 보면 커리어우먼이다. 그런데 입은 옷을 보면 또 그게 아니다.

오바른 판사가 이한영을 보며 물었다.

"누구?"

"내가 한 명 더 온다고 말 안 했나? 드림일보 기자님이셔."

"야, 기자님이 오는 거면 미리 말해 줬어야지. 나 술 마셨잖아. 헛소리라도 하면 어떻게 하려고."

오바른 판사의 당황한 목소리에 송나연 기자가 이한영의 옆에 앉으며 방긋 웃는다.

"드림일보 법원 출입 기자 송나연입니다. 헛소리는 걱정하지 마세요. 제가 이한영 판사님 만날 땐 보이스 레코드 하니까요."

"보이스 레코드요?"

"쏘리, 쏘리. 오프 더 레코드. 히히. 뭐, 암튼, 전 소주 마실게요. 사장님, 여기 소주 주세요!"

이한영과 오바른 판사 사이에 존재했던 묵직함은 그녀가 오며 한순간에 난장판이 되어 버렸다.

오바른 판사가 황당한 눈으로 물었다.

"정말 기자 맞으세요?"

"네! 그런데 기자처럼 안 보이죠? 그런데 판사님은 정말 똑똑해 보이세요. 판사처럼 생기셨어요!"

판사처럼 생긴 게 뭔지는 모르겠지만 똑똑해 보인다는 말에 오바른 판사가 의기양양하게 웃는다.

"제가 연수원 수석이에요, 수석. 아시죠? 앞길이 창창한 사람."

"진짜요?"

"네, 수석입니다. 그리고 기자님도 너무 미인이시라 기자인 줄 몰랐네요. 배우인 줄 알았어요! 하하하!"

두 사람이 말도 안 되는 대화로 떠들고 있을 때, 이한영이 그녀의 옷을 훑었다.

시선을 느낀 그녀가 배시시 웃는다.

"아, 판사님이 사 준 옷은 불편해서요. 기자는 계속 움직여야 하는데, 이게 편해요. 뭐, 어쨌든, 어떤 말씀을 하려고 부르신 거예요?"

이제 본론이다.

"유성 전자하고 화학 공장 재판이 다가오고 있잖아요? 분위기 좀 만들어 줄 수 있을까요?"

"유성 전자의 일은 위에서 커트할 텐데요."

"제가 맡은 화학 공장을 위주로 적되 유성을 곁다리로 넣으면 안 될까요?"

혼자 팔짱을 끼고 이리저리 고개를 갸웃거리던 그녀가 힘차게 고개를 끄덕인다.

"한번 해 볼게요!"

⚖️

"지금 뭐 하는 거야!"

다음 날, 김윤혁은 김진한 부장의 사무실에 끌려와 있었다. 바닥에는 종잇장이 쓰레기처럼 널브러져 있다.

하지만 김윤혁은 고개를 숙이지 않는다.

오히려 똑바로 시선을 들어 김진한 부장을 쏘아보고 있다.

"무슨 말씀을 하시는지 모르겠습니다."

잡아떼는 김윤혁을 보며 김진한 부장이 쾅, 책상을 내리찍었다. 그리고 핏줄이 곤두선 눈으로 김윤혁을 노려본다.

"너, 어제 뭐 했어?"

낮지만 칼날같이 시린 목소리다.

김윤혁이 대답하지 않자 김진한 부장이 서랍을 거칠게 열어젖히더니 종이 하나를 꺼냈다. 그리고 김윤혁의 얼굴을 향해 집어 던졌다.

김윤혁의 눈앞에서 펄럭이던 종잇장이 이내 힘을 잃고 바닥에 툭 떨어진다.

"주워."

강압적인 목소리에 김윤혁은 허리를 굽히고 종이를 들어 올렸다.

호텔을 출입한 차량의 번호가 적힌 종이다.

동시에 김윤혁의 미간이 확 일그러졌다.

'걸렸나?'

김진한 부장이 다시 입을 연다.

"설명해."

김윤혁은 눈동자를 굴리며 잠시 생각에 빠졌다.

'지금 치고 들어가?'

아직은 아니다. 얻을 게 없다.

자신이 버려지는 패라는 걸 아는 이상, 히든카드는 마지막에 까야 한다.

김윤혁은 재빨리 고개를 숙였다.

"죄, 죄송합니다. 버림받지는 않을까 두려운 마음에 그만……."

목소리는 울먹이기까지 하고 있었다.

김윤혁이 계속해서 서러운 음성을 토해 낸다.

"제가 충남에서 몇 년이나 있었는지 아시지 않습니까? 겨우 서울로 올라왔지만 강신진 수석 부장님께선 제 이름도 잘 모르시고……. 제가 지금까지 했던 노력이 아무것도 아니었다는 생각에 무서웠습니다."

김윤혁은 힐끗 김진한 부장의 표정을 살폈다.

그의 눈빛은 변하지 않았다. 여전히 불을 뿜어내고 있다.

김윤혁이 계속해서 설움을 뱉어 냈다.

"얼마 전에 이한영 판사의 판결문 초고를 봤습니다. 부장님께선 제 판결문이 완벽하다고 하셨지만……."

논리적이지 못한 변명이 쏟아졌다.

김진한 부장이 얼굴을 쓸어 만지며 싸늘한 음성을 내뱉었다.

"윤혁아……."

"네."

"너 안 버려. 그러니까, 다른 생각 하지 말고 일이나 해."

소나기는 피했다고 생각했는지 김윤혁의 입에서 안도의 한숨이 흘렀다.

김진한 부장이 말을 잇는다.

"그리고 이한영 판결문이 대단하다고?"

"제가 이길 수 없을 것 같았습니다."

"네 판결문 다시 가지고 와 봐. 확인해 줄 테니까."

김윤혁은 판결문을 가지러 가기 위해 방을 벗어났다.

문이 닫히자마자 누그러진 것처럼 보였던 김진한 부장의

눈동자에 다시 불길이 치솟아 오른다.

그가 천천히 전화기를 귀에 댔다.

"이번 재판에서 불미스러운 일이 생기면 김윤혁을 바로 버리겠습니다."

—알아서 해.

강신진 수석 부장은 김윤혁은 신경도 쓰지 않는다는 말투다.

⚖

사무실에 있던 이한영은 시선을 틀어 윤슬혜 판사에게 향했다.

"윤슬혜 판사, 잠시만."

자리에서 일어나 쪼르르 다가온 그녀에게 이한영은 서류 봉투를 건넸다.

"이거 판결문이거든. 김윤혁 판사에게 보여 봐."

"김윤혁 판사요?"

"내가 줬다는 말은 하지 말고 검토 부탁한다고 해."

재판이 열리기도 전에 판결문이 완성됐다.

하지만 윤슬혜 판사는 이유를 묻지 않는다. 알겠다는 대답만 남기고 사무실을 벗어난다.

복도를 걷던 그녀는 곧 김윤혁을 만날 수 있었다.

그녀가 생긋 웃으며 김윤혁에게 고개를 숙인다.

"판사님, 죄송한데요…….."

김윤혁이 걸음을 멈춰 섰다.

"왜?"

"저희 판결문인데, 김윤혁 판사님 재판과 비슷하잖아요. 그래서 재판 들어가기 전에 검토받고 싶어서요."

김윤혁은 하얀 손으로 서류 봉투를 건네받았다. 그리고 휙휙 넘기기 시작한다.

김윤혁의 눈동자가 꿈틀댔다.

'어?'

뭔가 이상하다.

지난번에는 완벽한 논리로 무장된 판결문이었는데 이번에는 허점이 보인다.

아주 작은 허점, 다른 사람은 모르겠지만 그동안 이한영을 연구했던 김윤혁은 알 수 있는 것.

'뭐지?'

그는 다시 앞장으로 넘겼다가 뒷장으로 넘기길 반복했다.

그의 입술에 잔잔한 미소가 걸린다.

김윤혁 판사가 시선을 들어 윤슬혜 판사에게 향했다.

"완성본이야?"

"그런 것 같아요."

김윤혁의 입가에 걸린 미소는 더 짙어졌다.

완벽한 초고가 완벽한 완성본을 말하지는 않는다. 마지막엔 빈틈을 보이기 마련이다.

'다른 사람은 모르겠지. 하지만 내 눈엔 보여!'

이한영은 배석판사나 보통 단독판사의 눈으론 알 수 없을 작은 오류를 만들어 뒀다.

그리고 예상대로 김윤혁은 그것을 찾아냈다.

완벽히 망가진 논리라면 의심했겠지만 미세한 실수는 오히려 강한 확신을 주고 있었다.

바둑의 고수라 할지라도 그 판을 모두 읽을 수는 없지만 훈수 두는 사람에겐 보이는 경우가 있다.

'이건 실수다!'

김윤혁이 표정을 숨긴 채 입을 열었다.

"나쁘지 않네. 이한영 판사 솜씨 알잖아?"

"감사합니다."

윤슬혜 판사는 고개를 숙였고 김윤혁의 주먹은 꽉 쥐였다.

'이길 수 있어.'

그는 왔던 방향으로 다시 몸을 돌린다. 향하는 곳은 김진한 부장의 방이다.

'이번 재판으로 인정받으면, 그리고 내가 두 사람의 비밀을 알고 있는 이상, 난 성공한다.'

김윤혁의 눈동자가 빛났다.

잠시 후, 다시 들어온 김윤혁을 향해 김진한 부장이 시선을 들었다.

"가지고 왔어?"

그는 방금 김윤혁에게 판결문을 가지고 오라고 지시했었다. 하지만 김윤혁은 빈손이다.

"스스로 해 보겠습니다."

의기소침해 있던 목소리가 자신만만하게 바뀌었다.

"내가 봐줄 필요 없는 건가?"

"이길 수 있습니다."

김진한 부장이 고개를 끄덕였다.

"그래, 열심히 해 봐."

김윤혁을 버릴 마음을 가졌지만 김진한 부장의 눈길은 다정하다.

지금 그의 눈에 김윤혁이 마음에 들 수는 없다. 하지만 유성 전자 사건을 해결하기 위해선 김윤혁이 필요했다.

김진한 부장이 자리에서 일어나 김윤혁의 어깨를 툭툭 쳤다.

"재판이 시작되면 울고불고하는 피해자들이 있을 거야. 신경 쓰지 마."

"알겠습니다."

⚖️

이한영은 창밖을 보고 있었다.

'김윤혁, 되지도 않는 공명심에 혼자 하겠다고 설치겠지? 지금껏 무리수는 실컷 뒀으니 이제 자멸할 시간만 남았어.'

김진한 부장이 본격적으로 개입하면 골치 아파진다. 그가 이한영에게 기업의 손을 들어 주라는 지시를 내릴 수도 있기 때문이다.

아직은 김진한 부장과 붙을 때가 아니다. 지금은 김윤혁을 완벽하게 박살 낼 시간이다.

그리고 재판의 날이 왔다.

법원 앞, 가득한 시위대 안에 비니를 쓴 피해자가 보인다. 스물두 살의 나이에 백혈병에 걸린 여성이다.

김윤혁은 창밖을 통해 시위대를 보고 있었다. 그의 입가에 비웃음이 가득하다.

"이거 어쩌나? 난 너희들이 뭐라고 지껄이든 발병의 원인과 회사는 상관이 없다고 판결할 건데."

재판 시간이 다가오자 피해자들과 그 가족들은 법원에 들어와 있었다.

"우리가 이길 수 있을까요?"

"그럼요. 우리 측 증거자료 아시잖아요? 변수가 없는 한 무조건 이기는 게임이에요."

변호사는 시원하게 답했지만 비니를 쓴 피해 여성의 표정은 좋지 않다. 그녀가 기어들어 가는 목소리로 입을 연다.

"……그래도 유성이잖아요."

사람들은 힘없는 민초가 기득권을 이길 수 없다고 생각한다.

그런데 상대는 보통의 기득권도 아니고 유성 그룹이다.

상상할 수 없는 돈으로 정계의 인물들을 후원하고 있으며, 그 힘은 법조계에까지 닿아 있다.

소송을 걸어 법정까지 왔지만 계란으로 바위 치기라는 생각이 드는 것은 어쩔 수 없나 보다.

음료를 입에 대던 변호사가 슬쩍 웃었다.

"그렇게 걱정하실 필요 없어요. 영화나 드라마처럼 대기업의 편에 서서 일방적인 재판을 진행하는 판사는 거의 없으니까요."

변호사가 안심시키려 했지만 그녀의 눈빛은 그대로다.

짓고 있는 눈빛도 중요한 만큼, 변호사는 그녀의 표정을 바꾸기 위해 계속 말을 잇는다.

"이 재판을 담당하는 판사가 김윤혁이라는 사람인데, 충남에서 올라왔거든요?"

"충남요?"

"네. 재판은 판사의 성향도 중요해서, 충남에 있는 변호사들한테 어떤 사람이냐고 물어봤어요."

"뭐래요?"

"한곳에 치우치지 않고 깔끔한 판결을 내리기로 유명하대요. 그러니까 우리만 잘하면 된답니다."

치우치지 않는 판사라는 말에 피해 여성의 표정이 조금은 풀어진다.

변호사가 그녀의 표정을 살피며 계속 말했다.

"그리고 우리는 다행이에요. 비슷한 재판을 진행하는 화학 공장 있잖아요? 그 재판은 이한영이라는 판사가 담당인데, 변호사들 사이에서는 탱탱볼로 불려요."

"탱탱볼?"

"어디로 튈지 모른다고 해서 탱탱볼이에요. 만나 본 적은 없지만 듣기만 해도 가관이에요. 이 사람도 충남에 있었는데……."

이한영에 관한 이야기가 흥미로웠는지 피해 여성의 표정은 완전히 풀어져 있다.

이게 좋은 거다. 괜히 걱정만 하다간 될 것도 안 된다.

변호사는 계속해서 이한영에 관한 이야기를 이어 갔다.

실제로 만나 보지는 못했지만 파격적인 행동으로 유명했기에 할 말은 많았다.

이야기를 듣는 동안 피해 여성은 깔깔 웃는다.

"정말요? 판사가 그래도 되는 거예요?"

"되긴 되는데, 그렇게 하는 사람이 없으니까 탱탱볼이라고 부르겠죠?"

그때 옆에서 '풉!' 하고 웃음소리가 들렸다.

변호사와 피해 여성이 고개를 돌리자 단발머리의 여성이

보였다.

"아, 죄송해요. 말씀이 재밌으셔서 저도 모르게 그만 웃었어요. 그런데 변호사님들 사이에선 이한영 판사님이 탱탱볼로 불리나 봐요?"

변호사가 고개를 끄덕이자 단발머리가 피해 여성의 옆으로 엉덩이를 끌어다가 앉으며 입을 연다.

"저도 이한영 판사님에 관해 들은 게 있거든요. 검사들 사이에선 궁예라고 불려요, 궁예."

"궁예요?"

피해 여성의 질문에 단발머리가 고개를 끄덕이며 말을 이었다.

"예전에 좀도둑이 잡힌 적이 있어요. 그 좀도둑한테 이한영 판사가 '너, 사형!'이라고 한 거예요. 그거 기사도 났어요. 볼래요?"

좀도둑에게 사형이라니, 피해 여성은 재판을 앞둔 것조차 잊었는지 집중해서 듣고 있다.

그때 단발머리가 말을 뚝 멈추더니 시선을 다른 곳으로 옮기며 입을 열었다.

"이한영 판사님이 어떻게 생겼는지 궁금하죠?"

피해 여성이 고개를 끄덕이자 단발머리가 한쪽을 가리킨다.

"저렇게 생겼어요."

그곳엔 판사가 아니라 깡패같이 생긴 사람이 서 있었다.

"재판하러 온 사람이 아니라 재판받으러 온 사람처럼 생겼죠?"

피해 여성이 고개를 끄덕끄덕할 때, 이한영의 시선이 그들을 향해 틀어지더니 뚜벅뚜벅 걸어와 앞에 선다.

"기자님, 뭐 하세요?"

단발머리는 송나연 기자였다.

기자라는 말에 변호사와 피해 여성의 시선이 꽂히자 그녀가 어색하게 웃는다.

"드림일보 송나연 기자입니다. 좋은 기사 쓰겠습니다."

변호사가 눈을 크게 떴다.

"드림일보요?"

"네, 드림일보."

지금껏 언론에 몇 번 오르긴 했지만 메이저급 언론사가 움직인 적은 단 한 번도 없었다. 그런데 메이저에서 왔다는 말에 변호사의 얼굴에 화색이 돈다.

드림일보급 대형 언론이 움직이면 기름에 불꽃이 닿은 것처럼 순식간에 알려질 수 있기 때문이다.

"잘 부탁드립니다."

변호사가 송나연 기자에게 간절히 부탁할 때, 이한영은 피해 여성을 보고 있었다.

비니를 쓴 안타까운 모습.

누가 말해 주지 않아도 피해자라는 걸 알 수 있다.

자본만 좇는 시대의 피해자다.

이한영이 그녀를 향해 살짝 허리를 굽혔다.

"좋은 결과가 있길 바랍니다."

할 수 있는 말은 이것뿐이다.

하지만 그에 관한 놀라운 이야기를 들은 피해 여성은 이한영의 말이 동화 속 주인공의 응원처럼 느껴졌다.

그녀는 간단한 메시지에도 활짝 미소 지었다.

"감사합니다."

그리고 그들은 법정으로 들어갔다.

이한영도 송나연 기자와 함께 법정으로 향했다.

그녀가 물었다.

"손에 든 그 모자는 뭐예요?"

"동기가 하는 재판이잖아요. 괜히 부담스러워할 수도 있어서요. 그리고 기자님이랑 같이 있는 걸 보면 안 좋을 수도 있잖아요."

"아……."

송나연 기자가 이해한 듯 고개를 끄덕였고, 이한영은 모자를 푹 눌러썼다.

⚖️

"모두 일어나 주십시오."

법대에 선 김윤혁이 주변을 둘러본다.

언론 보도가 되지 않은 사건이지만 사람이 꽉 차 있다. 대부분 피해자나 또는 그 가족들이다.

김윤혁은 그들의 간절한 시선을 마주하고 있었다.

김윤혁의 입가에 희미한 미소가 걸린다.

'어떤 정치인이 민중은 개돼지라고 말했지? 그 말이 맞아. 너희는 짖어 대기만 하는 개돼지야. 너희가 할 일은 고기가 되어 나를 살찌우는 거야. 고기를 먹을 때, 죽은 가축에게 미안한 감정을 갖지는 않잖아? 나 역시 마찬가지야. 너희에게 미안함은 없어. 나는 너희를 짓밟고 위로 올라간다. 그러니까 그냥 죽어라.'

김윤혁이 눈을 번쩍이며 자리에 앉았다. 그의 입에서 건조한 목소리가 흐른다.

"재판을 시작하겠습니다. 원고 소송대리인, 출석하셨습니까?"

본격적으로 재판이 시작되었다.

피해자 측의 변호사가 자리에서 일어났다. 방금 피해 여성과 이야기하던 사람이다.

복도에선 꽤 활달한 모습을 보였지만 법정의 그는 날카롭게 느껴졌다.

"피해자 진혜정 씨는 유성 전자에서 2년간 근무하면서 벤젠, 포름알데히드, 납, 비전리방사선 등 여러 가지 발암물질에 노출되어 있었습니다."

변호사가 방청석을 향해 몸을 돌리며 더 강한 목소리로 외쳤다.

"미 국립 암 연구소 연구 팀의 연구 결과에 의하면 포름알데히드의 직업적 노출은 백혈병 등 각종 암을 유발할 수 있으며 특히 골수성백혈병의 사망 위험은 78퍼센트나 높은……."

하지만 변호사의 강한 목소리는 끝까지 이어지지 못했다.

"대리인."

김윤혁의 칼로 자르는 듯한 목소리 때문이었다.

그 목소리에 위화감을 느낀 변호사가 몸을 돌려 김윤혁을 향했다.

"네, 재판장님."

"기록물에 적힌 내용은 그만 말씀하시죠?"

"네?"

김윤혁이 두툼한 서류 뭉치를 들어 보이며 말을 잇는다.

"이미 다 본 내용인데, 일일이 말씀하실 겁니까? 새로운 내용을 말씀해 주세요."

판사의 냉랭한 눈빛에 변호사는 당황했다. 어떻게 해야 할지 몰라 멍하니 서 있을 뿐이다.

기록물에 적힌 쟁점만 확인하고 빨리빨리 넘어가는 재판도 있기는 하다.

하지만 이번 재판은 사안이 중요한 일이다. 그런데 대충하는 모습이라니…….

그가 머뭇거리자 김윤혁이 단호하게 말한다.

"없으면 들어가세요."

변호사는 자리로 돌아갔다.

피해 여성은 애가 타는 심정으로 변호사를 바라봤지만, 그의 입에선 아무 말도 들려오지 않았다.

김윤혁의 시선이 유성 전자의 변호사에게 향했다.

"피고 측 대리인, 시작하세요."

유성 전자의 변호사가 자리에서 일어섰다.

"간단히 말씀드리겠습니다. 조사 결과, 발암물질로 알려진 포름알데히드 등에 대한 노출 수준이 측정되지 않았습니다. 그리고 피해자분의 업무와 질병 사이의 인과관계가 존재하지 않습니다. 이상입니다."

피해자 측의 변호사가 벌떡 일어섰다.

"재판장님! 이 사건의 근무 환경을 조사했을 당시는 사건 발생일로부터 몇 달이나 지났을 때입니다. 그동안 유성 전자는……!"

김윤혁이 고개를 젓는다.

"원고 측 변호인, 지금 말씀도 기록물에 적힌 내용이잖아요."

"네?"

"앉으세요."

피해자 측 변호사의 얼굴에서 핏기가 사라지고 있었다.

완벽히 이길 수 있다고 생각했는데, 판사가 변수였다. 경력이 오래된 판사들보다 더 고압적이다.

'치우치지 않는 판사라고? 그쪽 변호사들 눈이 삔 거야? 이거 너무 노골적이잖아?'

변호사의 시선이 피해 여성에게 향했다.

아직 괜찮다고 웃어 주려 했는데, 피해 여성도 이 분위기를 느끼고 있나 보다. 분을 이기지 못한 그녀의 몸이 사시나무처럼 떨리고 있었다.

뒤에서 노트북을 열고 재판 과정을 적던 송나연 기자가 이한영의 귀에 대고 속삭였다.

"저래도 되는 거예요?"

"뭐가요?"

"변호사들 말 자르고 진행하는 거요."

이한영이 고개를 끄덕인다.

"판사 마음이죠. 막말 판사라는 말이 왜 나왔겠어요?"

송나연 기자가 황당한 표정으로 고개를 저었다.

"왕이네, 왕."

송나연 기자가 툴툴댈 때, 이한영은 법정의 분위기를 살피기 위해 주변을 둘러보았다.

균형을 잡아야 할 판사가 피해자의 말을 개 짖는 소리로 취급하고 있으니 모두의 눈에 울분이 차오르고 있었다.

전생에선 이들의 분노는 소리 없는 아우성이었다.

재판은 이렇게 끝났고, 누구도 그들의 한을 들어 주지 않왔다.

하지만 이번은 다르다. 이한영이 있다.

이한영이 고개를 틀어 송나연 기자를 향했다.

"끝나고 피해자 측 변호사와 인터뷰할 거죠?"

"네, 해야죠."

"조만간 나올 기자님의 기사에 댓글도 달고 공유도 하라고 전해 주세요. 불씨는 만들어질 것 같으니까 바람 불어서 불꽃 한번 키워 봐야죠."

송나연 기자가 눈을 깜빡인다.

"그렇게만 하면 돼요?"

"네, 나머지는 제가 알아서 할게요."

이한영은 말을 마치고 자리에서 일어섰다.

조금 있으면 강신진 수석 부장과 김진한 부장이 법정으로 들어올 시간이다. 그들의 눈에 송나연 기자와 함께 있다는 걸 보여서는 안 된다.

법정을 빠져나간 이한영은 문 앞에 서 있었다. 눌러썼던 모자는 벗어 던진 지 오래다.

잠시 기다리자 강신진 수석 부장과 김진한 부장이 법정 앞으로 다가왔다.

허리를 굽히는 이한영을 보며 김진한 부장이 묻는다.

"분위기는 어때?"

"냉랭합니다."

"냉랭해?"

원하는 분위기였는지 김진한 부장의 입가에 미소가 걸린다.

그가 강신진 수석 부장을 보며 입을 열었다.

"들어가시죠."

이한영이 재빨리 문을 열었다.

모르는 사람이 본다면 이한영 역시 충실한 사람처럼 보일 것이다.

법정의 문이 열리고 강신진 수석 부장이 앞서 들어간다. 그 뒤를 김진한 부장과 이한영이 따랐다.

조용하던 법정의 문이 활짝 열리자 법대에 앉은 김윤혁의 눈동자가 그곳으로 향했다.

먼 거리였지만 그의 동공이 커지는 것을 이한영은 놓치지 않았다.

이한영이 빙긋이 미소를 그리며 김윤혁과 눈을 마주쳤다.

'강신진, 김진한의 옆에 내가 왜 함께 있는지 고민스럽지?'

이한영의 예상은 맞았다. 김윤혁의 눈살은 찌푸려지고 있었다.

'뭐지? 왜 이한영과 김진한 부장이 같이 있는 거지?'

강신진 수석 부장이 법정을 참관할 땐 보통 김진한 부장만 대동한다. 그런데 오늘은 이한영과 함께 있다.

'젠장!'

이한영과 강신진 수석 부장이 그만큼 가까워졌다고 생각할 수밖에 없었다.

김윤혁의 입이 꽉 닫혔다.

'위험한 일은 버릴 새끼에게 시키고, 원숭이가 쇼하는 것은 이한영과 함께 본다는 거지?'

김윤혁이 사나운 눈으로 이한영을 쏘아본다.

이한영은 그 눈빛을 느꼈지만 모른 척, 김진한 부장에게 더 친근한 척을 한다.

목소리는 들리지 않을 테지만 웃고 말하는 모습은 김윤혁의 머릿속을 사정없이 찌르고 있을 것이다.

그리고 지금, 이한영이 비웃음을 한껏 담은 미소로 고개를 들어 김윤혁과 눈을 마주쳤다.

'돈 3천에 감옥 갈 쓰레기 판사 김윤혁. 카운트다운 들어간다. 제대로 무리수 한번 둬 줘야지?'

"따라서 원고의 청구를 인정하지 않는다."

김윤혁의 목소리가 울렸다.

예상했던 판결에 법정의 분위기가 싸늘해지며 분기로 가득한 눈동자가 김윤혁을 노려보고 있다.

하지만 김윤혁은 그들의 눈빛을 외면한다.

"이상으로 유성 전자 사건에 따른 판결 선고 및 재판을 마칩니다."

김윤혁이 자리에서 일어나 몸을 돌리자 뒤에서 욕이 들려 왔다.

"야, 이 개새끼야! 판사라는 새끼가……!"

"피해자 말은 제대로 듣지도 않고 제멋대로 판결이냐!"

"너, 돈 받아먹었지! 개새끼야!"

김윤혁은 한숨을 내쉬며 다시 방청석을 향했다.

그때 강신진 수석 부장의 옆에 서서 자신을 조롱하듯 보고 있는 이한영이 보였다.

김윤혁은 이한영을 노려보며 싸늘한 목소리를 내뱉었다.

"경위."

"네, 판사님."

"지금 욕하시는 분들 모두 감치하세요."

"네?"

경위는 눈을 깜빡였다.

법정 경위도 사람이다.

법정에서 소란을 피우면 안 되지만 피해자 가족들이 얼마 나 분에 차 있을지 뻔히 알고 있다.

게다가 재판도 끝났고, 평소 김윤혁의 성격이라면 이 정도 는 넘어갈 줄 알았는데…….

일갈이 터진다.

"안 해요?"

"아, 네. 알겠습니다."

법정에서 판사의 명령은 절대적이다.

경위들이 욕설을 내뱉은 사람을 향해 우르르 움직이기 시작했다.

"놔! 내가 뭘 잘못했는데! 저 판사 새끼가······!"

비명에 가까운 절규를 들으며 김윤혁은 법정을 빠져나갔다.

'병신 새끼들.'

툭, 툭, 툭.

어두운 공기만 가득한 사무실.

볼펜으로 책상을 두들기던 김윤혁의 입가에 비열한 미소가 걸렸다.

피해자 가족들이 뭐라고 지껄이든 재판이 성공적으로 끝났으니 마음이 한결 가벼운 모양이다.

이제 이한영의 재판이 망쳐지길 기다리면 된다.

'넌 나한테 안돼.'

김윤혁은 이한영이 자신의 논리를 부술 수 없다고 확신하고 있었다.

'강신진은 대법원장이 될 사람이야. 그것도 역사상 가장 강력한 대법원장이 될 거야. 그런 사람 옆은 이한영 같은 새끼가 아니라 내가 어울려.'

김윤혁은 기지개하듯 팔을 쭉 펴 들었다.

'이한영의 재판이 끝나면 자연히 비교될 테고, 그럼 강신진

도 나를 새롭게 보겠지? 이제야 정리 정돈이 되는 기분이네.'

김윤혁은 지금껏 이한영에게 눌리고 살아왔다.

하지만 앞으로의 일을 생각만 해도 명치에 박혀 있던 바위가 부서져 내려가는 듯한 느낌이 들었다.

그는 싱글싱글 웃으며 핸드폰을 들었다. 그리고 자동차를 검색한다.

받은 3천만 원으로 차나 바꿀 생각이다.

한참 핸드폰을 들여다보던 김윤혁은 문뜩 뭐가 생각났는지 고개를 들었다.

"결과가 나오기 전에 좋아하는 것은 하수지. 고수는 결과를 기다리는 게 아니라 만들어 내는 거야."

입에 걸린 재수 없는 미소가 점점 더 짙어지며 시선은 모니터로 향했다.

그리고 이한영이 담당한 화학 공장 사건 재판을 검색해 기업 측 변호사를 찾는다.

김윤혁이 핸드폰을 들어 귀에 댔다.

"아, 법무 법인 멧이죠? 천성대 변호사님 계십니까?"

⚖️

"댓글이나 쓰라고요?"

"공유도 하시고……."

송나연 기자의 말에 유성 전자 피해자 측 변호사는 머리를 북북 긁었다.

그가 벌겋게 충혈된 눈으로 송나연 기자를 노려본다.

"기자님, 진혜정 씨가 몇 살인지 아세요?"

진혜정은 피해자의 이름이다.

송나연 기자가 어렵게 대답한다.

"……스물두 살이죠?"

"맞아요. 그럼 앞으로 얼마나 살 수 있는지 아세요? 1년을 못 살아요! 1년을! 스물셋도 되기 전에 돈이나 벌다가 죽는 거예요! 꿈도 있었어요. 미래를 위해 적금도 넣고 있었고요! 돈 많이 벌어서 부모님 호강시켜 드리고 결혼해서 떡두꺼비 같은 자식도 낳고 알콩달콩 행복하게 살고 싶었대요! 진혜정 씨가 돈이나 받자고 이 싸움을 시작한 줄 아세요? 그냥, 억울해서! 회사를 위해 밤낮으로 일했는데, 나 몰라라 발뺌하는 게 억울해서! 하, 씨발."

변호사가 고개를 절레절레 저으며 한숨을 푹 내쉬더니 말을 잇는다.

"죄송합니다. 기자님도 우리 도와주려는 거 아는데, 그 판사 새끼 때문에 짜증이 나서……."

한참이나 한숨을 내뱉던 변호사가 고개를 틀어 송나연 기자를 향했다.

"어? 기자님? 왜 그러세요?"

송나연 기자는 금방이라도 울음을 터뜨릴 눈을 하고 있었다.

급기야 뚝뚝 눈물을 흘린다. 그러더니 눈을 박박 비비며 말한다.

"작은 불씨가 불꽃이 되려면 여론이 필요해요. 그러니까 댓글과 공유 부탁드려요. 도와주세요."

도와 달라고 말해야 할 사람은 오히려 변호사다. 그런데 송나연 기자가 이러고 있다.

변호사는 깊게 고개를 숙였다.

"감사합니다."

앞으로의 일을 잠시 의논하고 변호사가 자리를 떠나려 할 때, 송나연 기자가 다급히 입을 열었다.

"아, 이한영 판사님이 전해 달라고 한 말이 있어요."

"이한영 판사요?"

"자기 재판 꼭 보러 오래요. 그럼 실마리가 보일 수도 있을 거라고요."

⚖️

이한영은 창밖을 보고 있었다. 법원 정문으로 김윤혁의 차가 빠져나가는 게 보인다.

차량을 보며 이한영이 피식 웃었다.

'내 예상에서 조금이라도 벗어났으면 했는데…….'

이한영이 천천히 핸드폰을 든다.

"어디세요?"

ㅡ피해자 측 변호사님이랑 헤어진 다음 김윤혁 판사를 쫓고 있습니다. 바빠요, 바빠!

송나연 기자였다.

창밖을 보니 김윤혁의 차 뒤로 빨빨거리며 경차가 따라붙는 게 보였다.

"예쁘게 찍어 주세요."

ㅡ그런데 그 법무 법인 사람을 만나는 게 확실해요?

"아마도요."

건물 전체를 사용하는 고깃집.

차를 댄 김윤혁이 가게 안으로 들어간다.

"특실이 어디죠?"

고개를 숙인 종업원이 앞장선다.

"이쪽으로 오십시오."

따라간 곳은 2층이었다.

시원하게 트인 창으로 밖의 풍경이 훤히 보이는 방이다.

먼저 와 있던 한 남자가 자리에서 일어나 허리를 굽혔다.

배가 불뚝 나온 모습이, 툭 치면 데구루루 굴러가게 생겼다.

"법무 법인 멧의 천성대 변호삽니다."

이한영이 맡은 화학 공장 사건. 그 재판에서 기업의 편에 선 로펌의 변호사다.

"김윤혁이라고 합니다."

김윤혁이 사람 좋은 미소를 지어 보이며 고개를 숙이자 천성대 변호사는 다시 한 번 허리를 굽힌다.

잠깐의 인사를 나누고 두 사람은 자리에 앉았다.

천성대 변호사가 능글능글 웃으며 입을 연다.

"어떤 걸 좋아하시는지 몰라서 한 점에 1만 원 하는 소고기로 주문했습니다."

"아, 네. 상관없습니다."

"그리고 이거……."

천성대 변호사가 테이블에 서류 봉투를 꺼내 올렸다.

물끄러미 서류 봉투를 보던 김윤혁이 물었다.

"이게 뭡니까?"

"올해 새로 출시한 독일제 자동찹니다. 회사에서 굴리던 찬데, 필요하시면 중고로 사 가시라고 서류를 준비해 왔습니다."

"중고?"

김윤혁이 서류를 손에 들자 천성대 변호사가 계속 말한다.

"가격이 1억 중후반쯤 되는데 워낙 험하게 탄 차라 딱 8천에 드리겠습니다."

김윤혁은 서류를 빼내 죽 훑어봤다.

험하게 탔다고 말했지만 실제로는 이제 막 출고된 신차였다.

천성대 변호사가 가방에서 봉투를 꺼내 테이블에 올린다.

서류를 들어 보던 김윤혁이 봉투를 향하자 천성대 변호사가 입꼬리를 올리며 말한다.

"식사비입니다. 김영란법 때문에 각자 계산해야 하잖아요. 미리 받아 두십시오."

김윤혁이 봉투를 들었다.

안에는 수표가 보인다. 금액은 1억.

천성대 변호사가 씩 웃으며 말을 이었다.

"그 돈으로 식사 계산하고 중고차 사시면 되겠네요. 회사에 출근하실 땐 평소 타던 거 타고, 주말이나 퇴근 후엔 독일차를 타고. 좋지 않습니까?"

차를 그냥 주겠다는 소리다.

그가 계속 말한다.

"지금 자동차 명의는 로펌이나 변호사들과 전혀 상관없는 사람입니다. 그러니까, 잘 아시겠지만, 법망에 걸리는 것은 어떤 것도 없습니다."

재판을 결정하는 것은 변호사도, 검사도 아니다. 판사다.

어리지만 유망한 판사, 게다가 연수원에서 2등까지 한 판사와 손잡는다는 것은 로펌의 입장에서 아주 좋은 투자다.

천성대 변호사가 테이블 위로 자동차 키를 올려 두며 말을 이었다.

"가실 때는 독일 차 타고 가십시오. 타고 오신 차는 대리기사 불러서 댁으로 보내겠습니다."

김윤혁이 손을 뻗어 키를 손에 쥐자 천성대 변호사가 빠르게 입을 연다.

"판사님, 아직 결혼 전이죠?"

"아, 네."

"나중에 결혼하실 때, 또는 집을 사실 때 돈이 필요하시면 연락 주십시오. 우리가 거래하는 사채업자가 있는데, 판사님껜 무이자로 빌려드릴 수 있습니다. 원금 상환의 거치 기간은 원하시는 대로 잡으시면 되고요."

김윤혁이 빙긋이 미소를 지었다.

돈을 받는다는 것, 첫 번째가 어렵지 두 번째는 쉽다.

유성 전자 사건에서 3천을 받았는데 이번엔 아무것도 하지 않고 고급 자동차를 받는다. 앞으로 집도 주겠단다.

김윤혁에겐 나쁘지 않은 조건이었다.

"이런 걸 받으려고 전화한 건 아닌데요."

"나라를 위해 고생하시는 분인데, 이건 약소한 겁니다."

"뭐 어쨌든, 화학 공장 사건을 맡고 계시다고요?"

"아, 네."

김윤혁은 차 키를 자신의 주머니에 넣으며 천천히 입을 열었다.

"전 기업인들이 열심히 해야 나라가 잘산다고 믿고 있습니다."

"암요."

"미안한 말이지만, 노동자 한 명이 만들어 내는 가치와 기업이 이뤄 내는 가치는 차이가 커요. 대를 위해서 소를 희생한다. 어쩔 수 없다고 생각합니다."

"그럼요."

천성대 변호사가 고개를 끄덕이자 불도그처럼 늘어진 볼살이 같이 흔들렸다.

이번엔 김윤혁이 가방에서 서류 봉투를 꺼내 천성대 변호사 앞으로 건넸다.

"이한영 판사가 작성한 주요 쟁점과 논리를 정리해 봤습니다. 오늘 제 재판으로 인해서 보강되거나 변경되는 부분은 있을 수 있겠지만 뼈대는 바뀌지 않을 겁니다."

천성대 변호사의 눈이 빛났다.

⚖

서늘한 바람이 불어오던 날, 법원 앞에선 피해자와 그 가족들이 죽 늘어서 시위를 하고 있다.

그 모습은 며칠 전 유성 전자 재판이 있던 날의 법원과 흡사했다.

피해자 대표가 확성기로 뭔가를 호소하지만 거리를 지나는 사람들에겐 시끄러운 소음일 뿐이다.

하지만 피해자 대표는 계속해서 외친다.

"화학 공장은 산업재해를 인정하고!"

그때 휠체어에 앉은 창백한 안색의 여인 앞에 그녀의 엄마가 무릎을 꿇어앉으며 입을 열었다.

"춥지? 먼저 들어가 있자."

휠체어에 앉은 여인이 고개를 젓는다.

"괜찮아요."

그녀의 이름은 한나연, 이번 사건의 피해자였다.

그녀의 엄마가 안쓰러운 눈으로 딸을 살피다가 그녀의 손을 두 손으로 꼭 감싸 쥔다.

"조금만 참아."

한나연이 천천히 고개를 끄덕였다.

그때 그들의 앞으로 천성대 변호사와 화학 공장 대표가 지나갔다. 법원 바로 앞에 로펌이 있으니 걸어온 모양이다.

그들의 등장에 피해자들의 눈에 시뻘건 불꽃이 튀며 입에서는 욕설이 토해져 나온다.

참지 못한 한나연의 엄마가 그들을 향해 달려갔다.

"넌 자식도 없어?"

화학 공장 대표는 대답하지 않는다. 두 손을 양복 주머니에 꽂고 무시한 채 지나갈 뿐이다.

"자식도 없냐고, 이 새끼야!"

화학 공장 대표의 걸음이 멈춰졌다.

그리고 슥 고개만 돌려 한나연의 엄마를 노려본다.

"내 자식 아니잖아?"

"뭐?"

"그리고 아줌마, 우린 당신 딸한테 해 줄 만큼 해 줬어요. 취직이 안 돼서 빌어먹던 사람 채용해서 일하게 해 준 게 우리예요. 그런데 일하다가 몸 아프다고 돈을 내놓으래! 말이 된다고 생각해요? 씨발, 감기 걸리면 약값 대 줘야겠네? 당신 딸이 지금껏 불량 낸 거 다 가져다가 민사 한번 걸어 볼까? 그 손해가 얼만 줄 알아? 사람이 그렇게 살면 안 되죠. 자기들만 생각하지 마요. 이래서 검은 머리 동물은 거두지 말랬어. 이기적이네, 이기적."

"뭐? 이기적?"

상황이 험악해질 것 같자 그 사이로 천성대 변호사가 섰다.

그가 기름기로 가득한 미소를 지으며 말한다.

"원고분들, 여기서 이래 봤자 얻는 거 없어요. 날도 추운데 어서 들어가시죠? 어차피 누가 잘못했는진 법이 해결해 줄 거 아닙니까? 아, 그리고 소식 들었는지 모르겠는데, 며칠 전 유성 전자 재판 아시죠? 그거 피고 측이 이겼어요. 똑같은 내용의 재판인데 이번엔 누가 이기려나?"

말을 남기고 천성대 변호사는 몸을 돌린다.

화학 공장 대표가 그 뒤를 쫓으며 피해자들에게 한마디를 남긴다.

"병신들."

한나연의 엄마는 바닥에 주저앉아 오열한다. 견딜 수 없는 설움이다.

그런 엄마의 눈물을 멍하니 보던 한나연이 중얼댄다.

"그냥 죽었으면 좋겠어……."

⚖️

법정으로 향하는 복도를, 법복을 입은 이한영과 윤슬혜, 이소이 판사가 빠르게 걷고 있었다.

이한영의 좌배석판사인 이소이는 이번이 처음 서는 법정이라 그런지 긴장한 표정을 숨기지 못하고 있다.

그녀의 마음을 알아챈 윤슬혜 판사가 옆으로 바짝 붙어 섰다.

"표정 관리."

"아, 네."

이소이 판사가 작게 한숨을 내뱉자 윤슬혜 판사가 말을 잇는다.

"천성대 변호사님, 아는 분이라고 했지?"

천성대 변호사는 법무 법인 멧 소속으로, 화학 공장 측 대리인이다.

"네. 대학 다닐 때 교수님이셨어요."

그 말에 이한영이 고개를 틀어 이소이 판사를 향했다.

"교수님 만났다고 인사하고 그러면 안 돼. 아는 사람을 만나도 모른 척하는 게 법정이야."

"네."

이소이 판사가 작게 고개를 끄덕일 때, 윤슬혜 판사가 다시 입을 연다.

"법정에서는……."

윤슬혜 판사는 처음 재판에 들어가는 신임 판사에게 이것저것 주의할 점을 알려 줬다.

며칠 전부터 교육했지만 벼락치기의 효과만큼 좋은 게 없기에 다시 한 번 되새겨 주는 중이다.

그리고 그들은 '법관 출입문' 앞에 섰다.

이한영이 몸을 돌려 두 사람을 향했다.

"설명은 다 끝났지?"

"네."

이한영의 시선이 이소이 판사에게 향했다.

"하나만 더 기억해. 넌 판사야. 법복을 몸에 걸치는 순간 한 사람의 인생을 바꿀 수도 있다는 걸 잊지 마."

"네."

"그럼 들어가자."

이한영이 문고리를 잡았다.

"모두 일어나 주십시오!"

법정의 모든 사람들이 일어섰을 때, 이한영의 뒤로 윤슬혜, 이소이 판사가 따라 들어왔다.

법대에 선 이한영이 방청석을 죽 둘러봤다.

피해자와 그 가족들로 꽉 차 있다.

얼마 전 김윤혁의 재판에서 기업 측이 승소해서 그런지 그들의 시선은 따끔따끔할 정도로 강렬했다.

이한영은 그 눈빛을 피하지 않고 서류를 펼쳐 들었다.

"시작하겠습니다. 한나연 씨 등 스물네 분이 화학 공장에서 근무하다가 급성 백혈병과 뇌종양에 걸리셨네요. 이미 망인이 되신 분이 아홉 분이나 되고요. 맞습니까?"

피해자 측 변호사가 자리에서 일어섰다.

"네, 맞습니다."

"각 3억 원을 손해배상하라고 하셨는데요. 원고 소송대리인, 요지를 설명해 주세요."

"원고 한나연 씨는 3년 전, 화학 공장에 취업했습니다. 업무로…….'"

그때 화학 공장 측 변호사인 천성대가 뜬금없이 벌떡 일어나 목소리를 높였다.

"이의 있습니다! 한나연 씨가 근무했던 작업 현장은 유해 물질이 들어올 수 없도록 공기의 유입까지 완벽히 차단되어 있습니다. 영향을 받았다는 말에 동의할 수 없습니다!"

지금은 피해자의 주장을 듣는 시간이다. 천성대 변호사가 낄 자리가 아니다.

하지만 그는 기선 제압을 위해 일부러 치고 들어왔고, 무서운 눈빛으로 한나연을 노려보고 있었다.

예상치 못한 기습에 피해자 측 변호사는 잠시 말문이 막혔지만, 말 그대로 잠시뿐이었다. 밀리지 않고 빠르게 입을 연다.

"사람들이 병에 걸리고 나서야 보완한 공정을 말해서 뭐 합니까? 게다가 백혈병은 벤젠이나 포름알데히드에 조금만 노출돼도 발병할 수 있습니다!"

"근거가 있어요? 가지고 오세요!"

"가지고 왔잖아요! 제출한 것 안 봤습니까?"

두 변호사의 언성이 높아지며 법정은 개판으로 바뀌어 갔다.

하지만 양측은 목소리를 낮추지 않는다. 여기서 밀리면 기세가 꺾인다는 것을 잘 알기 때문이다.

결국 이한영이 벼락같이 입을 열었다.

"피고, 자리에 앉으세요! 저는 원고에게 질문했습니다!"

"죄송합니다. 원고 측이 말도 안 되는 걸 진술해서요."

"피고!"

"죄송합니다, 재판장님."

천성대 변호사는 슬그머니 앉는다.

이한영에게 한 소리 들었지만 그의 입가에 걸린 미소는 짙어지고 있었다.

방금의 소란에서 '원고가 말도 안 되는 걸 진술한다.'라는 문장을 판사의 머릿속에 각인했다고 생각하기 때문이다.

천성대 변호사가 옆에 앉은 화학 공장 대표에게 고개를 틀고 작게 말했다.

"피해자에게 '안타깝다, 불쌍하다.'라는 말을 첫마디로 시작하는 병신 같은 변호사 새끼들이 있어요. 그거 다 머저리 같은 짓입니다. 불쌍하다고 말하는 순간 판사의 대가리에도 그 감정이 고스란히 전달돼요. 그럼 시작부터 지고 들어가는 거예요. 그 짓을 왜 해? 불쌍한 게 누구야? 열심히 일해서 돈을 벌어야 할 시간에 여기에 계신 대표님 아닌가요?"

화학 공장 대표가 입술을 비틀며 거들먹거리는 표정으로 고개를 끄덕인다.

"그러니까. 배우신 분이라 잘 아네. 못 배워서 그런가? 저 새끼들은 자기들이 피해잔 줄 알고 있어요."

"무조건 이겨 드리겠습니다. 걱정하지 마세요."

천성대 변호사는 재판이 열리기 전 김윤혁을 만나 이한영의 행동과 논리를 미리 들었다. 그래서인지 자신감이 하늘을 치솟고 있었다.

화학 공장 대표가 원고석에 앉아 있는 한나연을 벌레 보듯 하며 입을 열었다.

"저 새끼들이 나한테 달라고 하는 돈이 3억씩, 총 72억이에요. 내가 스케일이 작은 사람도 아니고 기부도 많이 하는데, 거지새끼들한테 그깟 72억? 적선하라면 하죠."

"암요."

"그렇지만 죽은 남편이나 자식 팔아 돈 뜯어먹으려는 개새끼들한테는 못 주지. 인간 말종들 아닙니까? 남편 월급 꼬박꼬박 받아먹고 살다가, 남편 뒈지니까 그 돈을 나한테 내놓으라는 거잖아요?"

천성대 변호사가 동의한다는 듯 고개를 끄덕인다.

"그러니까요."

"그리고 저 한나연이라는 여자애. 어미랑 둘이 살고 있는데, 지 죽고 나서 혼자 남을 어미를 나한테 책임지라는 거잖아? 취업도 안 되던 사람을 취직시켜서 월급 안 밀리고 줬더니 병 걸렸다고 소송을 걸고 있네? 이러다가 술 처마시고 술병이 난 새끼도 나한테 소송 걸겠어요."

"은혜를 모르는 인간들이죠."

"저딴 새끼들도 사람이라고, 쯧쯧. 그러니까 이겨 주기만 하세요. 정의가 무엇인지 보여 줘요! 내가 변호사님한테 추가로 5억 떼 드릴게. 물론, 로펌은 모르게, 현찰로."

"아이고, 감사합니다, 크크크."

천성대 변호사가 간신배처럼 손바닥을 비벼 댔다.

피해자 측 변호사가 피해자들의 안타까운 상황을 설명하고 있었지만 이들에게는 그 목소리가 들리지 않았다. 그들이 듣기엔 개소리일 뿐이다.

그때 이한영이 입을 열었다.

"피고 측, 반론해 주세요."

천성대 변호사가 화학 공장 대표를 향해 빙긋이 미소를 지으며 자리에서 일어섰다.

　　"존경하는 재판장님, 백혈병과 유해 환경의 인과관계는 불명확합니다!"

⚖️

　　복도를 걷는 김윤혁의 옆으로 김진한 부장이 섰다.

　　"이한영이 법정에 가는 거지?"

　　김윤혁이 고개를 숙였다.

　　"아, 네."

　　"걱정되냐?"

　　"아뇨. 괜찮습니다."

　　"그래, 걱정하지 마. 네 논리를 깨려면 적어도 고등법원 부장이나 내 급은 돼야 하니까, 흐흐."

　　김윤혁은 고개를 저었다.

　　"그래도 한영인데요."

　　겸손한 말투에 김진한 부장은 힐끗 김윤혁의 표정을 살폈다.

　　가면을 쓴 것처럼 표정 관리를 잘하던 김윤혁이다. 하지만 최근 얼마간 그 가면이 산산이 부서져 조바심이 그대로 드러났었다.

　　그런데 그의 얼굴에 다시 가면이 덮여 있다.

'이것 봐라?'

김진한 부장이 묘한 미소를 지었다.

이윽고 그들은 법정의 문을 열고 안으로 들어갔다.

법정의 분위기는 냉랭했다. 얼음 창고에 들어온 것처럼 한기가 확 느껴질 정도다.

김진한 부장과 김윤혁의 시선이 앞으로 향했다.

천성대 변호사가 피해자 한나연의 앞에 서서 이죽거리고 있었다.

"원고, 공장 유리창에 돌을 던져 박살 냈었죠? 자기 생각대로 안 되니까 홧김에 그런 거죠?"

한나연이 핏기없는 얼굴로 입을 연다.

"네."

얼마 남지 않은 생을 확정받았던 그날, 화학 공장 대표는 "돈만 좇는 벌레냐?"라고 말했고 화가 난 그녀는 공장의 유리창을 향해 돌을 던졌다.

하지만 그녀는 길게 변명하지 않았다. 모든 걸 포기한 표정으로 고개를 끄덕일 뿐이었다.

천성대 변호사가 계속 말했다.

"한나연 씨, 대한민국은 엄연히 법치국가예요. 법에 따라 해결될 일인데 왜 그랬습니까? CCTV에 똑똑히 찍혀 있어요. 우리는 이 소송이 끝나면 곧바로 깨진 창문과 그 손실에 대해 청구 들어갈 겁니다."

피해자 측 변호사가 자리에서 일어섰다.

"이의 있습니다! 지금 피고 측 대리인은 이번 사건과 관련 없는⋯⋯!"

"이봐요! 관련 있어요!"

천성대 변호사가 눈을 부라리며 피해자 측 변호사를 노려 본다.

"이봐요, 법원이 무슨 시장 바닥입니까? 그리고 어디가 관련이 있다는 겁니까!"

"여보세요, 우리는 CCTV라는 명확한 증거를 가지고 있습니다. 하지만 그쪽이 내세우는 건 뭐죠? 직접적인 증거는 단 하나도 없고 다 정황! 지금 조사를 하면 아무것도 안 나오니까 몇 달 전, 몇 년 전에는 안 좋았을 것이다! 다 억측! 우리도 똑같이 해 볼까요? 한나연 씨가 유리창에 돌을 던질 때, 칼을 들고 있었습니다."

"뭐요!"

한나연이 힘없이 고개를 저었다.

"칼은⋯⋯ 없었어요."

"있었을 거라는 정황이죠! 그때 어땠는지 내가 어떻게 알아요? 지금은 안 가지고 있지만 그때는 가지고 있었겠죠. 이게 지금 당신들의 논리예요. 정황으로 화학 공장을 압박하고 있어요!"

천성대 변호사가 몸을 돌렸다. 그리고 뚜벅뚜벅, 화학 공장 사장 앞으로 걸어가며 입을 열었다.

"존경하는 재판장님, 피해자들의 숫자는 스물네 명. 그런데 화학 공장에서 일하는 노동자의 숫자는 이백 명에 가깝습니다. 40년이 넘어가는 공장의 역사상, 지금껏 일하다가 그만둔 사람, 드나드는 협력 업체의 직원까지 합치면 1만 명이 훌쩍 넘어갑니다."

천성대 변호사가 이한영을 향해 몸을 돌린다. 그리고 강렬한 눈빛을 내뿜으며 말을 이었다.

"통계학적으로 일반 사람이 백혈병에 걸릴 확률과 이 공장에서 근무하다가 백혈병에 걸린 사람들의 확률이 비슷합니다. 즉, 공장의 작업환경을 이유로 드는 것은……."

그때 뒤에서 천성대 변호사의 말을 듣던 김진한 부장이 픽 웃었다.

"못된 놈이네."

"천성대 변호사요?"

김윤혁의 질문에 김진한 부장이 고개를 끄덕인다.

"그래. 아주 못된 놈이야. 그런데 알지, 저런 놈이 이기는 거? 듣고 있으면 재수는 없지만……."

그때 이한영의 목소리가 들렸다.

"양측 대리인, 재판장 좀 봐 주시겠어요?"

느긋한 목소리.

하지만 김윤혁의 마음엔 어떤 위화감이 느껴지며 순간적으로 '쿵!' 하는 소리가 들리는 것만 같았다.

오랜 시간 이한영을 지켜봤던 김윤혁은 알고 있다.

이한영의 저 목소리는 법정을 장악하고 있다는 뜻이다.

'뭐지?'

분명 법정은 개판인데, 장악하고 있다니.

김윤혁의 눈동자가 빠르게 이한영에게 향했다.

이한영이 피해자 측 변호사를 보며 입을 연다.

"대리인, 재판을 준비하면서 어떤 게 가장 힘들었습니까?"

"네?"

뜬금없는 질문에 피해자 측 변호사가 마른침을 삼켰다.

상대는 이한영이다. 예측할 수 없는 행동으로 변호사들을 난감하게 하는 판사로 유명하다.

그래서 '탱탱볼'이라는 별명까지 있다.

변호사는 탱탱볼의 방향이 자신에게 유리할지 불리할지 가늠해 보려 했지만 이한영은 그럴 시간을 주지 않았다.

"말씀해 보세요."

변호사가 입을 열었다.

"업무상 질병을 인정받으려면 재해 노동자나 가족이 직접 증명해야만 합니다. 하지만 회사는 영업 비밀을 근거로 정보를 공개하지 않습니다. 그래서 피해자가 어떤 환경에 처해 있었는지 연관성을 입증하는 게 어렵습니다."

"그러니까, 대리인 말씀은 지금 자신의 주장 근거가 완벽하지 않다는 걸 인정하는 겁니까?"

"네? 아뇨."

하지만 변명의 시간도 없었다.

이미 이한영의 시선은 천성대 변호사에게 향하고 있었기 때문이다.

이한영이 입을 열었다.

"피고 측 대리인, 아까 40년 된 공장의 역사까지 언급하시면서 백혈병이 발병할 확률을 말씀하셨잖아요?"

"아, 네."

"그런데 피해자분들은 최근 5년간 몰려 있네요. 그럼 일반적인 확률보다 높은 것 아닙니까? 그리고 그 시기가 전 대표분께서 은퇴하신 후, 지금 대표님이 자리한 시간이네요?"

"까마귀 날자 배 떨어졌다고……."

이한영이 고개를 저으며 천성대 변호사의 변명을 단칼에 자른다.

"팩트를 답해 주세요."

"우연이 겹쳤을 뿐입니다……."

천성대 변호사는 말끝을 얼버무렸다.

이한영은 침묵했다.

모든 사람의 시선은 자연스럽게 이한영에게 향했다.

방금 이한영의 말은 양측 모두에게 불리한 이야기였기 때문이다.

어느 쪽도 희망 없이 기다리고 있을 때, 이한영이 묵직한 목소리를 내뱉었다.

"현장검증 하죠."

사건의 현상 등이나 설명이 모호한 경우 판사가 직접 현장 검증에 나서기도 한다.

연간 어마어마한 사건을 처리하는 판사들의 일정상 이례 적인 일이긴 하지만, 그 위력은 대단하다.

말로 했던 거짓이 드러나는 순간일 수 있으니 잘못한 쪽은 당황할 수밖에 없다.

"현장검증요? 정말요?"

"네."

천성대 변호사가 빠르게 방청석을 향해 고개를 돌렸다.

그의 시선이 닿은 곳에 김윤혁이 있다.

'얘기했던 것과 다르잖아!'

눈으로 따져 물었지만, 대답이 들려올 리가 없었다.

그리고 이한영의 시선 역시 김윤혁에게 향했다.

'넌 왜 당황하고 있냐?'

김윤혁의 가면이 다시 쩍쩍 갈라지고 있었다.

다음 권으로 이어집니다

200평 초대형 24시 만화방

수면실 (침대식)　─　사우나석

다인석　─　샤워실

세탁기　─　신간100%

📖 수원 인계동점

● 나혜석거리　　　● 농협

● CGV　　● 수원시청역⑧

무비 사거리

소주한잔 건물
24시 만화방 3F　● 홍콩반점　● 홈플러스

TEL : 031-226-3771
수원시 팔달구 인계동 1041-11 3층 24시 만화방

📖 의정부점

의정부역④⑤　　흥선지하도

◀서울방향

진성약국　　　던킨도넛츠

24시 만화방 3F

TEL : 031-856-3971
경기도 의정부시 의정부동 197-13 3층

📖 주안점

주안 남부역

◀제물포　　민병철 어학원　　간석동▶

25시 만화방 6F

TEL : 032-426-2871
인천광역시 주안남부역 지하상가 4번 출구 GS25시 건물 6층

📖 안양점

● 안양역　　　　육교

◀관악역　　　　　명학역▶

● 농협
24시 만화방 2F
안양일번가

TEL : 031-466-3771
경기도 안양시 안양동 674-163 죠이당구장건물 2층